KB070364

소
금

소금

박범신 장편소설

한겨레출판

차 례

"달고 시고 쓰고 짜다 인생의 맛이 그런거지
아, 사랑하는 나의 당신 달고 시고 쓰고 짜다
달고 시고 쓰고 짜다 나는야 노래하는 사람
당신의 깊이를 잴 수 없네 햇빛처럼, 영원처럼."

소금

햇빛 살인

그날 아침 한 염부가 죽은 채 발견되었다.

섬까지 포함해 1만 7천여 킬로미터가 넘는 한반도 해안의 특별하지 않은 한 지점에서 벌어진 일이었다. 그곳은 우주 끝까지 놓인 장려한 철로에서, 웬만한 기차는 멈추지 않고 지나치는 게 너무도 당연한 변방의 이름 없는 간이역 같은 지점에 불과했으며, 죽은 그는, 한반도에 살림터를 잡고 사는 7천만 명이 넘는 사람 중 어디에 어떻게 세워놔도 전혀 표가 나지 않을 한 사람의 중년 남자에 지나지 않았다.

그냥 염부1이라 불러도 좋을 사람이었다.

그가 발견된 지점은 소금을 거두는 마지막 단계인 최종 '결정지'였다. 결정지는 여러 단계의 '증발지'를 거치면서 염도를 옹골차게 다진 바닷물이 마지막으로 깃들어 꽃으로 피었다가 비로소 육체를 갖춰 소금이라는 이름을 얻는 존엄한 곳이었다. 염부1은 함수(鹹水)를 가둬두는 '해주'의 슬레이트 지붕에서 얼마 떨어지지 않은 곳에 엎드려 있었다. 이웃 결정지에서 일하던 염부2가 보다 일찍 그를 발견하지 못한 것은 그들 사이에 해주의 슬레이트 지붕이 가로놓여 있었기 때문이었다.

해는 벌써 한 뼘이나 솟아나 있었다.

어제 저물녘에 거두었어야 할 소금이었다. 그러나 어떻게 된 노릇인지 요즘은 저녁이 돼도 기온이 35도 이하로 떨어지지 않았다. 그래서 염부2는 물론 다른 염부들도 새벽 시간에 나와 소금을 거두고 있었다. 결정지의 소금을 큰 고무래인 '대파'로 대강 밀어 모아놓고 한숨을 돌리려다가 염부1을 발견한 염부2는, 처음에 염부1이 단지 실수로 미끄러져 넘어졌다고 생각했다. 결정지의 바닥은 미끈미끈한 데가 많아 힘에 부치면 넘어지기 일쑤였다.

"어이, 날씨 좋네. 소금 많이 오시겠어!"

염부2는 매끈한 목소리로 소리쳤다.

염부들은 너나없이 소금이 "온다"라고 말했다. 소금은 염부의 손으로 만들어지는 것이 아니었다. 햇빛과 바람이 바닷물을 익혀주기 기다리면 시간의 레일을 타고 마침내 눈부시고 가뿐

한 결정체로 찾아와주는 귀빈이 바로 소금이었다. 때마침 바닷바람도 나슬나슬 불고 있었다. 소금이 오기에 아주 좋은 날씨였다. 염부2의 목소리엔 그러므로 자연스럽게 윤기가 자르르 흘렀다. 이런 날씨라면 보나 마나 소금이 더 알뜰히 꽃피우며 흐벅지게 찾아와줄 터였다.

염부1에게선 아무런 대답도 날아오지 않았다.

해주의 슬레이트 지붕 높이는 지상에서 겨우 1미터 정도였다. 대파의 손잡이를 고쳐 잡으려고 잠시 허리를 펴던 염부2는 다시 한 번 해주 너머로 염부1을 기웃, 바라보았다. 가슴이 그 순간, 철퍼덕 하고 내려앉았다. 염부1은 결정지 한가운데, 둥글게 모아진 소금 더께의 한쪽 모서리에 이마를 넣 채 여전히 꼼작하지 않고 있었다. 살진 소금꽃이 염부1의 머리칼과 해진 작업복 따위에 덤턱스럽게 엉겨 붙어 있는 걸 염부2는 보았다. 그것은 염부1이 조금 전에 쓰러진 게 아니라는 명백한 증거였다. 대파 손잡이가 염부2의 손아귀에서 쓰윽 빠져나갔다.

"아이고, 이게 뭔 일! 어이! 어허이!"

염부2가 허둥지둥 달려가기 시작했다.

먼 곳에서 증발지의 물꼬를 보고 있거나, 다른 결정지에서 외발 수레에 소금을 퍼 담고 있던 몇몇 염부들이 염부2의 왜장치는 소리에 비로소 허리를 펴고 이편으로 고개를 돌렸다. 여과를 끝낸 증발지 바닷물은 유리처럼 투명해 능히 햇빛의 깐깐한 살기를 가볍게 튕겨내고 있었다. 먼 곳의 염부들은 아직 형편을 알지 못했으므로 손차양을 하고서 미친 듯 달려가는 염부2를 데면데면 바라보았다.

서두는 것은 염부2뿐이었다.

너무 조급하게 달려가느라 두렁에 발의 앞부리를 부딪히고 얄망스럽게 고꾸라지기도 했다. 고꾸라진 염부2의 몸이 달려온 관성을 따라 쭉 미끄러지다가 엎어진 염부1의 허벅지에 닿고서야 멈췄다. 염부1의 전신이 이미 빳빳이 굳어 있다는 것을 염부2는 본능적으로 알아차렸다.

소금밭 저수조 둑을 돌아온 경찰차가 잔자갈과 잡초들이 범벅된 비포장 길을 따라 굼뜬 걸음새로 들어왔다. 소금 자루나 오가는 길이었다. 땜질을 여러 번 한 궁뚱망뚱한 소금 창고를 세 개나 지나와서 경찰차가 멈춰 섰다. 정복 순경과 사복형사 한 사람이 차 문을 열고 나왔다.

사복형사는 검은 안경을 쓰고 있었다.

차에서 내리자마자 목을 쭉 빼 올리고 좌우로 몇 번 꺾어본 뒤에야 '사복'은 비로소 염부들이 기다리고 있는 이쪽으로 시선을 돌렸다. 염부들 중엔 형사와 안면이 있는 이도 있었다.

"내 말대로, 현장은 그대로 뒀지요?"

염부1은 그가 애초 쓰러져 있던 결정지에서 하늘을 향해 반듯이 누워 있었다. 소금을 모으다가 쓰러졌는지 층을 이룬 소금 더께의 한쪽에 뒤꼭지를 댄 자세였다. 염부2가 뒷머리를 긁적이면서 엎어져 있던 시신을 자신이 반듯이 뉘어놓았다고 자백했다. "사람을…… 소금에 코 박고 있게…… 차마 내버려둘 수 없어서……." 벌그레해진 얼굴로 염부2가 우물우물 말하고 나자 사복이 미간을 와락 찌푸렸다. 해는 벌써 중천에 가까워져 있었다. 일은 물론 아침밥도 작파한 채 모여 선 염부들의 흐린 눈동자에 손수건만 한 구름 떼가 시나브로 지나갔다.

바람도 햇빛도 정말 원만한 날씨였다.

사복이 검은 안경을 벗고 염부1의 시신을 시시콜콜 살폈다. 심지어 사복은 염부1의 입을 벌려 보고 감은 눈을 까뒤집어 보기까지 했다. 염부1의 입안에 다 녹지 않은 소금이 한 움큼 들어 있었다. 그 무렵엔 계속 비가 오지 않아 염부들은 한 식경도 쉴 틈이 없었다. 염부1도 물론 예외가 아니었다. 한계치에 달하는 노동력과 피어린 단심(丹心)을 다 바쳐 마침내 맞아들인 귀하고 귀한 손님을 그가 마지막 가는 길, 입안 가득 물고 있었다.

"엎드려 있을 때 어떤 자세였나요?"

사복이 물었고, 염부2가 두서없이 대답했다.

흡족한 대답이 아니라는 사복의 섬쩍지근한 눈빛에 염부2는 염부1이 엎드려 있던 대로 직접 엎어져 보이기까지 했다. 해진 트레이닝복을 걸친 채 염부1은 대파를 한쪽 가슴께에 대고 엎

13

어진 자세로 죽어 있었다. 낡아서 갈라진 소금 장화 틈으로 소금 가루들이 엉겨 붙은 발목이 보였다. 염도 30도 가까운 소금물에 그의 발은 늘 절여져 있었을 것이었다. 어떤 염부는 아침에 그가 제1증발지인 '난치'에 저수조 바닷물을 들여앉히는 것을 보았다고 했고, 또 어떤 염부는 한낮에 그가 저수조 건너편 하천 부지 콩밭을 매는 걸 보았다고도 했다. 그는 일벌레였다. "아들 대학 졸업식에 가봐야 한다고 했어요. 요즘처럼 더우면 새벽에 거두어야 하는데, 서울에 다녀와야 한다면서⋯⋯." 염부2가 덧붙였다. 다들 임대염업자 신세라 힘들지 않은 사람은 없었지만, 그중에서도 염부1은 마누라도 없는데다 자식이 많아서 남달리 혹독한 삶을 살아오던 중이었다.

"대학생 아들 하나 보고 살아온 사람인데!"

사복과 안면이 있는 늙수그레한 염부3이 중얼거렸다.

그 역시 평생 한 번도 소금밭을 떠나보지 않은 사람이었다. 한번 시작하면 거의 놓을 수 없는 것이 소금밭 대파질이었다. 사복이 하늘을 올려다보다가 햇빛의 칼끝에 눈이 찔려 얼른 검은 안경을 다시 썼다. 하늘은 허공에도 있고 결정지의 순도 높은 함수에도 들어박혀 있었다.

"어, 어떻게 된 노릇인지, 원!"

염부2가 말을 더듬적거렸다. 반짝거리는 결정지 바닥을 찢어진 솜털 같은 구름이 천천히 가로질러가는 중이었다.

14

"뻔하지!"

사복이 이윽고 몰강스럽게 말했다.

"햇빛이 죽인 거지. 소금이 죽인 거지! 그래도 모르겠어요? 소금 만드는 양반들이, 참 뭘 모르네. 안 먹고 땀만 많이 흘리면 몸속의 소금기가 속속 빠져 달아나요. 이 양반, 몸속 염분이 부족해 실신해 쓰러졌던 거예요. 만들기만 하면 뭐해요, 자기 몸속의 소금은 챙기지도 못하면서!"

배롱나무

　　배롱나무는 꽃은 물론 그 줄기도 품격이 남달라 예로부터 선비들의 지극한 사랑을 받았다. 내가 다녀본 웬만한 고택의 뜰엔 꼭 배롱나무가 한 그루쯤 서 있었다. 이를테면 수많은 관직을 제수받았으나 오탁(汚濁)의 세월을 한 사람 뜻으로 뒤집을 수 없다는 걸 알고 한 번도 벼슬길에 나아가지 않은 소론파의 거두 명재(明齋) 윤증(尹拯) 선생의 고택 뜰 앞 연못의 작은 섬에도 배롱나무가 있었다. 벼슬길의 유혹이 있을 때마다 명재 선생은 아마도 배롱나무가 껍질을 벗듯이 울분의 껍데기를 벗겨내며 자기 각성의 길을 옹골차게 도모했을 터였다.

　　내가 그 배롱나무를 발견한 것은 가을 초입이었다.

저물녘이었다. 한적한 시골 보건지소 앞을 지나다가 무엇에 홀린 듯 그 안쪽 길로 꼬부라져 들어갔는데 어떤 폐교의 철문이 나왔다. 운동장 북쪽 울타리를 따라 도열한 키 큰 전나무와 플라타너스들이 우선 눈에 들어왔다.

폐교는 정갈한 고요를 품고 있어서 좋았다.

빈 운동장에 서 있으면 작은 것들의 소멸을 보는 애련함이 가슴에 나붓나붓 들어찼다. 금방이라도 교실 문을 박차고 나올 것 같은 아이들의 오동통한 발소리, 해맑은 함성 등 그 멀고 깊은 청음(淸音)들을 듣는 느낌도 좋았다. 그것은 추억으로 가는 너른 길이었으며, 추억은 구체적인 기억들조차 모두 일관되게 추상화했으므로 언제나 나를 편안하게 했다. 아내와 이혼하고 내려와 있던 그 무렵의 나에겐 더욱 그러했다.

걸음을 멈춘 건 운동장을 반쯤 지난 다음이었다.

플라타너스 그늘에 서서 나는 그것을 보았다. 내가 그것을 발견하고 걸음을 멈추었는지, 아니면 앞으로부터 뻗어 나오는 어떤 서기를 본능적으로 느껴 걸음을 멈추었는지는 분명하지 않았다. 아, 하고 한순간 나는 입을 벌렸다. 허물어져가고 있는 교실 지붕 너머로 바야흐로 저녁놀이 홍옥(紅玉)처럼 익어가는 중이었다. 가슴속에서 파장이 일었다. 사멸로 내닫는 교실 지붕과 내박차 오르는 놀의 선홍빛 대비가 주는 감흥 때문이 아니었다. 교실 앞에 줄지어 선 배롱나무들이 은은하고 부드럽게 내게로 밀어내주는 황홀한 서기 때문이었다.

배롱나무가 네 그루, 교사 앞에 도열해 있었다.

놀빛을 역광으로 받고 있는 곳에 서 있어서 가까이 다가갈 때까지 발견하지 못했던가 보았다. 잡초들이 허리께까지 자라나 있었지만 그것들은 단연코 그 모든 것을 사소한 것으로 만들 만큼 품격이 있었다. 보는 이 없는 폐교의 운동장을 여름 내내 지키고 있었을 배롱나무였다. 꽃잎들이 하롱하롱 지고 있었다.

유독 내 시선이 머문 것은 첫 번째 나무였다.

밑동에서 쌍으로 나눠진 두 가지가 밀어내듯 서로 멀어지다가 되구부러져 돌아와 스치는 형국으로 만나면서 여러 잔가지로 나뉘어 자랐다. 그 바람에 나무는 자연스럽게 한가운데 ㅁ자형의 허공을 만들어 품고 있었다. 균형 잡힌 좌우대칭이 미학적 전형을 보여주고 있었으며, 그 위에서 수많은 꽃이 막 떠오르는 우주선처럼 장중한 타원을 이루고 있었다. 그것은 태양의 광채를 품은 비의적인 영원성을 아낌없이 내게 보여주었다. 나는 감동에 차서 굵은 줄기를 가만가만 쓰다듬어보았다. 아내를 떠나보내고 나서 이렇게 감흥의 게이지가 비등한 것은 처음이었다. 눈가가 젖어드는 기분을 느꼈다. 만약 교실 쪽에서 아무 소리도 들리지 않았다면 나는 그만 나무의 허리를 부둥켜안고 소리 내어 울었을지도 몰랐다.

처음에 나는 풀벌레 소리를 들은 줄 알았다.

놀이 잦아들며 풀벌레 우는 소리가 났기 때문이었다. 플라타너스 너른 잎들 사이로 자맥질하는 바람의 숨소리도 들렸다. 그러나 잠깐의 시간이 지났을 때 나는 풀벌레 소리 사이에서 다른 음색을 감지할 수 있었다. 여자인 것 같았다.

우는가, 라고 생각했다.

여트막한 바람 소리 같기도 하고 간헐적으로 끊어지는 낮은 휘파람 소리 같기도 했다. 그 울음소리엔 뭐랄까, 누군가를 간절히 그리는 듯한 외따로운 느낌이 배어 있었다. 코를 푸는 것 같은 소리가 나고, 곧 교실 복도를 걸어 나오는 발소리가 들렸다. 그 자리를 떠나는 게 미지의 그에 대한 속 깊은 예의일 터였지만 그럴 틈이 없었다. 발소리가 아주 빠르게 다가왔다.

그렇게, 나는 그녀, 시우를 처음 만났다.

그녀, 시우가 교실에서 나올 때 미처 도망가지 못한 나는, 배롱나무 꽃그늘 밑에서 엉거주춤 등을 돌리고 서 있었다. 혼자 울다가 나오는 여자를 차마 정면으로 보기가 민망했기 때문이었다. 나를 발견하고 멈칫했던 발소리가 이내 내 옆구리를 그냥 스치고 지났다. 나는 그때까지 짐짓 딴 데를 보고 있었다. 멀어지던 그녀가 불현듯 되돌아서 나를 향해 빠르게 다가오기 시작

한 건 잠시 후였다. 야상점퍼를 걸친 젊은 여자였다. 나를 보는
눈빛이 사뭇 쨍쨍했다.

"저기요, 혹시 라이터 있어요?"

그녀의 손가락 사이에 담배 한 개비가 끼여 있는 게 보였다.
"어, 없는데요." 내가 더듬는 말투로 대답하자 "그럼 휴대폰 있
어요?" 하고 그녀는 사이를 두지 않고 또 물었다. 담배도 휴대
폰도 숙소에 그냥 두고 나온 참이었다. "그럼 차는요? 교문 앞
에 혹시 타고 온 차가 있나요?" 당연지사 교문 앞에 차는 없었
다. 내가 당황해서 얼굴을 붉히자 앙똥했던 그녀의 눈빛에 슬쩍
웃음기가 담겼다.

"아저씨는 대체 가진 게 뭐예요?"

말로는 쏘아붙이고 있었지만 그사이 나를 다 파악한 듯 편안
해진 눈빛이었다. 타고 들어왔던 택시를 전화로 다시 부르겠다
고 해놓고 폐교를 둘러보는 사이 그만 휴대폰 배터리가 수명
을 다했다고, 그녀는 잠시 후 설명했다. 나는 근처에 사는 사람
으로서 산책 중이었다고 말했고, 그녀는 교실에서 나와 나를 처
음 발견했을 때 혹시 뒤따라온 남자인가 하고 두려워했었다고
대꾸했다. "나쁜 사람인가 했어요. 아저씨가 쫓아와 금방이라도
뒷덜미를 잡아챌 것처럼 무서웠었다고요. 교문까진 너무 멀고,
그래서 차라리 정면 승부할 셈으로 뒤돌아온 건데 뭐, 나쁜 사
람은 아닌 거 같네요. 오해해서 미안해요." 그녀는 시내까지 나

갈 방도가 없어 난처한 눈치였다. "괜찮다면, 우리 동네로 가서 택시를 불러드릴게요." 내가 제안했다.

　어둑어둑해지고 있었다.
　호남고속도로를 관통하는 굴다리를 지나고 나자 오른쪽으로 효암서원(孝岩書院) 입구의 정려(旌閭)가 보였다. 서원을 등지고 왼쪽으로 돌아들면 소나무 숲 사이로 뚫린 마을 안길이었다. "저거, 열녀문이죠?" 그녀가 정려를 가리키며 물었고, "정려라고, 저건 효자를 기리는 뜻에서 세운 문이에요. 저 서원에 모셔진 조선 시대 중화재(中和齋) 강응정(姜應貞)이란 선비가 지극한 효자였대요." 내가 대답했다. 마을 어귀의 보안등에 벌써 불이 들어와 있었다. "효자문인 셈이네요. 아까 그 폐교요, 사실은 우리 아빠가 졸업한 학교라서 들러본 거예요. 처음이지만요." 그녀는 아득한 눈빛으로 정려를 다시 돌아다보았다.
　어조에 물기가 잔뜩 배어 있었다.
　아하, 하고 속으로 웅얼거리며 나는 머리를 끄덕거렸다. 돌아가신 아버지가 그리워 그 흔적을 찾아왔던가 보았다. 그녀가 젊은 것으로 미루어보아, 그녀의 아버지는 아마 예순 살도 채 되기 전에 유명을 달리했을 것이었다. 최근에 죽은 것일까, 어쩌면 쉰 살조차 안 된 젊은 아버지였을는지도 몰랐다. 험준한 산맥을 타고 오르듯이, 사랑하는 딸을 위해 험한 세상을 낮은 포복으로 가로지르는 젊은 아버지의 이미지가 내 눈앞에 두서없이 흘러갔다.

숲이 끝나자 과수원이었다.

우리는 말없이 과수원 사이를 지났다. 너무 고요해서 과실들이 익어가는 소리까지 들릴 것 같았다. 둘레가 30여 킬로미터에 달하는 아름다운 탑정호의 남동쪽 호안에 불쑥 나앉은 평매(坪梅) 마을은 띄엄띄엄 자리 잡은 살림집을 빼곤 거의 모두가 과일밭이었다. 카페 이정표가 세워진 사거리에서 왼쪽으로 돌아들자 민물매운탕집이 나왔다. 내가 사는 흰 벽의 주택은 매운탕집을 지난 야트막한 경사로 끝에 있었다. 내게 강의를 마련해준 선배의 고모네 집이었다. 애들이 다 떠나서 적적한 참이라 주인 부부가 아래층만 쓰고 내게 2층을 내준 것이었다. 마당을 기웃기웃하던 그녀가, "그러니까 저 너머에 호수가 있는 거죠?" 하고 물었다. 북서쪽 마당 너머에서부터 호수를 향해 살갑게 내려앉은 과일밭이 있고, 과일밭 너머는 호수였다.

그녀는 이목구비가 다 시원시원했다.

미인이랄 수는 없겠지만 전체적으로 건강하고 해맑은 인상이었다. 해맑은 느낌을 주는 건 아마 크고 맑은 그 눈 때문인 듯했다. 야무지게 튀어나온 이마와 거침없이 묶어 올린 헤어스타일이 특히 마음에 남았다. 원만하다고 느낄 만큼 살집도 있었다. 잇속이 가지런해서 웃을 때 정갈하고 예뻤다. 웃을 때마다 눈가에 잔주름이 물결쳤는데 그 또한 선한 심성이 느껴져 나쁘지 않았다. 활달하고 선드러진 말씨나 모나지 않은 수수한 얼굴이 어떻게 보면 남자 같기도 했다. 나중에 안 것이지만, 그녀는 나보다 열 살이 어린 스물아홉이었다.

"나는 이름이 시우예요. 선시우요!"

호수를 기웃거리며 그녀가 말했다. "글 시, 벗 우, 시우(詩友)요. 평생 회사만 다녔는데 울 아빠는 왜 내 이름을 시우라고 지었는지 모르겠어요. 나는 시를 모르는데." 가슴속에 찌르르 어떤 동통이 지나갔다.

내가 바로 시인이었다.

사람들은 나를 시인이라고 불렀다. 하지만 시인으로 불리는 것이 시와 본질적으로 무슨 상관이 있겠는가. 시를 모르기는 시인인 나도 마찬가지였다. "마침 읍내에 나갈 일도 있고 하니까 내 차로 터미널까지 데려다 드릴게요." 내가 말했고, "평매가 무슨 뜻이에요?" 그녀는 동문서답으로 물었다. '평매'는 들녘의 매화나무라는 뜻으로서, 바로 이곳 사과밭에서 묵을 때, 컨테이너 안 철제 침대 위에 엎드려 쓴 나의 데뷔 시 제목이기도 했다. 나의 데뷔 시 〈평매〉는, 심사평에 따르면 사과밭에서의 노동을 모티프 삼아 '문명의 경계를 부정하고 그 너머의 초월적인 이상을 형상화한 시'였다.

"차 키를 갖고 나올게요!"

내가 말했다.

아내와 이혼 수속을 끝낸 것은 이른 봄이었다.

나는 서른아홉, 아내 우희는 서른한 살이었다. "어느 쪽으로 갈 거야, 오빠?" 수속을 마치고 나온 법원 현관의 너른 계단 어귀에 서서 우희는 물었다. 방금 이혼하고 나온 티가 전혀 나지 않는 반짝반짝한 눈빛이었다. 금방이라도 농담을 건네면서 그녀다운 포즈로 깔깔대며 웃을 것 같았다. 그녀는 그런 여자였다. 내가 세상과 관계들이 남기는 모든 얼룩을 흡수지처럼 빨아들여 안으로 쌓는 것과 달리 그녀는 계면쩍은 일도, 께적지근한 감정도 남기는 법이 없었다.
    통과,
    통과,
    통과가 그녀의 인생법이었다.
    "나에겐 왕복 티켓이 필요없어!" 그녀는 늘 말했다. 어떤 환경에서도 그녀는 자신의 빛을 따라가는 타입이라 할 수 있었다. "봐. 오빠 그게 문제야. 지금도 머뭇거리고만 있잖아!" 키드득 웃고 나서 그녀는 이내 덧붙였다. "이혼한 부부가 나란히 거리를 걷는 것도 좀 이상할 테고, 그러니 내가 먼저 내 방향을 찍을 게. 난 이쪽!" 그녀가 계단의 남쪽 방향을 가리켰고 나는 우두망찰 그쪽을 보았다. 어디쯤에서 이혼 후 첫 담배에 불을 붙일까, 나는 그것만을 생각하려고 애썼다. 다가온 그녀가 내 어깨를 가볍게 안고 속삭였다. "그냥 나를 쏴악, 통과해버려. 맘에 오래 두지 말라고." 그녀는 남쪽 방향으로, 나는 북쪽 방향으로 계단을 내려왔다. 계단을 다 내려온 뒤 담뱃불을 붙이며 고개를 돌렸을 때 저만치, 흰색 승용차 속으로 쓰윽 빨려 들어가는 그녀의 남색 스커트 자락이 얼핏 보였다. 그녀가 최근 사랑하는 사람이라고 내게 소개한 적이 있는 남자의 승용차였다.

나는 그녀를 사랑했던 것일까.

내가 사랑한 것이 사랑이었는지, 아니면 갖지 못한 것에 대한 분별없는 끌림이었는지는 분명하지 않았다. '눈 깜짝할 사이의 우행(愚行)이 사랑'이라면 결혼은 '장기간에 걸친 우행'이라는 니체의 말을 나는 결혼 전부터 언제나 숭상했다. 서른일곱이 될 때까지 결혼하지 않았던 것도 그 잠언에 대한 확신 때문이었다. 2년여에 걸친 결혼 생활은 그래도 나쁘지 않았다. 진실로 사랑한다고 느낀 적도 있었다. 온갖 것들이 내 속에 들어와 본래의 가름을 넘어 해낙낙 해낙낙 한통으로 섞이는 뜨거운 열락의 순간도 시시때때 있었다. 문제는 내 마음 깊은 곳에선 '우행'이라는 그 확신이 계속 유지됐었다는 점이었다. 혼자서 아파트 엘리베이터에 실려 있을 때, 개수대에 모아놓은 지저분한 빈 그릇들을 무연히 내려다볼 때, 혹은 빅뱅의 오르가슴을 만나고 숨을 고르기 위해 그녀로부터 잠시 돌아누워 있을 때, 난데없이 쭈뼛해지며 그 '우행'이라는 낱말이 떠올랐다. 결혼할 때부터 이렇게 다른 방향으로 떠날 날이 오리라는 사실을 나는 알고 있었던 것도 같았다.

내 짐은 겨우 대형 여행 가방 한 개 분량이었다.

나는 봄꽃들이 피기도 전에 가방을 꾸렸다. 내게 남은 것은 아내와 나눈 얼마간의 돈과 낡은 지프차와 여행 가방 하나가 전부였다. 무기력은 여전히 내 몸을 제 숙주로 삼고 있었다. 때맞춰 고향 근처의 대학에 몸담고 있는 선배에게서 강의를 해달라는 연락이 왔고, 그것은 좋은 핑계가 되었다. 여름 한철 아르바이트를 한 적 있는 사과밭이 떠올랐다. 아내한테 결혼 선물로 받은 노트북을 따로 챙겼다. 그곳에서 만약 노트북으로 내 손가락들이 되돌아갈 수만 있다면 그것은 당연히 최상의 길이 될 것이었다.

꽃다운 스물한 살 때 나는 시인으로 데뷔했다.

데뷔한 시의 초고를 쓴 것이 바로 지금 돌아와 살고 있는 평매 마을의 사과밭 귀퉁이에 놓인 컨테이너 속에서였다. 마을 이름 그대로, 평평한 들녘에 매화꽃잎들이 가만가만 내려앉는 꿈을 매일 꾸던 시절이었다. 낡은 철제 침대가 놓인 컨테이너 속은 어떤 나에겐 불의 감옥이었고 어떤 나에겐 자유의 전당이었다. 사방에서 사과 향기가 밀물처럼 내게로 들어왔고 호수는 나날이 깊어졌다. 라면만 먹어도 부족한 것이 없었다. 날마다 시를 썼고 날마다 별을 보았다. 푸르른 예지와 힘 있는 상상력을 결합한 영적 촉수로 무장한 낭만주의 시절이 내 인생에도 있었다면 그때였을 것이었다.

그러나 이제 모든 게 지나간 꿈이었다.

나의 '그리스 로마 시대'는 오래 계속되지 않았다. 등록금을 벌어서 다녀야 했기 때문에 지방대학을 스물아홉에 겨우 마쳤다. 삶에 부대끼며 시적 감수성은 나날이 닳아 없어졌다. 밥을 먹을 수 있을까 해서 서른 살 땐 짐짓 이것저것을 애바르게 짜깁기해 작가로 데뷔한 일도 있었다. 사람들은 반짝, 나를 '2관왕'이라 불렀다.

그러나 그 역시 잠깐 지나가는 바람에 불과했다.

원고 청탁은 없었고, 문단의 중심부로 이어지는 에스컬레이터도 없었다. 얕은 술수에 의지해 '2관왕'이 됐으므로 당연한 결과였다. 서울로 가야 한다고 생각해 별 볼 일 없는 대학의 석사과정에 들어간 것은 더 나쁜 선택이었다. 그것은 속기로 가득 찬 지루하고도 에푸수수한 여정이었다. 어설프고 소모적인 사회화 과정에 불과한 석·박사과정을 거치면서 나는 글쓰기의 열망과 잠재성을 거의 모두 소진했으며, 시간강사로 밥벌이를 하는 동안엔 돌아올 수 없는 사막의 강을 매일 넘어가는 기분이었다.

아내를 만난 게 그 즈음이었다.

갓 건져 올린 물고기 같은 아내는 나에게 각성의 불씨를 주었다. "이렇게 늙다가 머잖아 난 지팡이를 짚고 걸어야 할지 몰라." 어리광 부리듯 내가 말하면 "글을 써. 오빠는 시인이잖아! 작가잖아!" 아내는 언제나 명쾌하게 대답했다. "내가 오빠를 충전시켜줄게!"

그렇지만, 이곳에서도 여전히 내 노트북은 닫혀 있었다.

시우를 다시 만난 것은 한 달쯤 후였다.

10월로 접어들어 호숫가 숲들이 누렇게 물들기 시작할 무렵이었다. 전화가 걸려 온 것은 라면이나 끓일까 하고 막 냄비에 물을 받고 있을 때였다. "저예요, 아저씨. 시우요!" 전화를 받자마자 활달한 목소리가 날아왔다. "시우?" 내가 반문하자 "시의 친구 시우라고요. 아, 그 배롱나무요!" 비로소 시원하게 튀어나온 그녀의 앞이마가 떠올랐다.

그녀는 강경읍에 와 있었다.

일이 있어 내려왔다가 내 친구를 우연히 만나 전화를 하게 됐다면서, 선뜻 친구를 바꿔주었다. 대흥리에서 젓갈 가게를 운영하는 동창생 '텁석부리'였다. "와서 젓갈도 좀 가져다 먹고 해

라. 엎어지면 코 닿을 텐데, 이거 너무 무심한 거 아니냐." 한때
는 단짝 중 하나였으니 타박을 들을 만도 했다. 나는 곧 차를 몰
고 나왔다. 20여 분이면 당도할 거리였다. 논산 강경 사이의 벌
판은 모난 데 없이 풍요로웠다. 계룡산 쪽에서 불어온 바람을
맞아 일제히 쓰러졌다가 일어나는 벼들의 황금물결에서 나는
경이롭고 장엄한 성숙을 느꼈다.

"이 아가씨가 글쎄, 아버지를 찾아다닌다네."

늦은 점심을 먹으려고 염천리 복국집에 들어가 마주 앉고 나
서 텁석부리가 말했다. 그녀의 아버지가 죽었다고 생각한 것은
틀린 상상이었던가 보았다. "여기 강경에서 아버지 같은 사람
을 봤다고 해서요. 우리 이모가 젓갈 사러 왔었는데 아버지 같
은 사람이 자전거를 타고 휙 지나치더래요. 역 앞 사거리에서
요. 그게 전부예요. 아버진 얼굴이 흰 편인데 당신이 본 것은 시
커먼 노인네였다면서, 이모도 잘못 본 걸 거라고 말했어요. 그
래도 왠지 마음에 걸려 찾아온 거지요." 그녀가 말했다. "지난번
아저씨 만나던 날도 아버지 찾아 여기 헤집고 다니다가 그쪽으
로 갔던 거예요. 참, 그 배롱나무는 잘 있죠?

"이 친구한테도 그 사진 보여줘봐요."

텁석부리가 채근하자 그녀가 사진 한 장을 꺼냈다. 부모를 앞
에 앉히고 자매인 듯, 세 명의 처녀가 둘러서 있는 사진이었다.
한 명만 교복 차림이었다. 교복 차림은 꽃다발을 들고 있었다.

"교복이 나예요. 중학교 졸업 때 찍은 사진인데요, 아빠랑 함께 살 때는 몰랐는데 나중에 생각해보니까 울 아빠, 되게 사진 찍기 싫어하셨던 것 같아요. 사진은 많은데 모두 엄마랑 언니들하고 찍은 거뿐이더라고요. 아빠는 늘 사진 밖에 있었던 거죠. 이게 그나마 아빠가 제일 잘 나온 사진이에요."

그녀의 아버지는 조금 어색하고 굳은 표정이었다.

흰 와이셔츠에 검은빛 정장을 한 전형적인 월급쟁이 스타일이었다. 하지만 자세히 보면 자못 또렷한 이목구비를 갖고 있었다. 그녀처럼 눈이 컸다. 머리는 2 대 8로 가르마를 탔으나 눈빛만은 어딘지 모르게 깊고도 서근서근했다. "잘생기셨네." 턱석부리가 말했고, "그쵸?" 그녀가 반색하며 동의했다. "근데요, 이상한 것은, 아빠랑 함께 살 때는 우리 식구 모두, 아빠가 미남이라고 생각한 적이 한 번도 없었다는 거예요. 울 아빤 못생겼다고까지 생각했었는걸요. 잘생긴 편이라고 깨달은 것은, 아빠가 떠난 다음이었어요."

그녀의 목소리에 회한의 그림자가 서렸다.

구름이 많이 낀 날씨였다. 벌써 3시나 됐으니 새벽 기차로 내려온 그녀로서는 지칠 만한 시각이었다. 오래된 사진 한 장으로 강경 바닥에서 잃어버린 아버지를 찾기는 역부족이라는 걸 그녀 또한 알고 있었다. 아무런 사전 징후도 없이 아버지가 홀연히 자취를 감춘 게 그녀의 여고 졸업 무렵이었다는 말을 들은 건 복국집에서 일어나기 직전이었다.

"아빠는요."

그녀는 짐짓 담담한 어조로 말했다.

"어느 날부터, 그냥, 돌아오지 않았어요. 남들이 '통근 버스'라고 놀릴 만큼 일 끝나면 언제나 집으로 바로 오던, 정말이지 외박 한 번 한 적이 없는 분이셨는데요. 그 무렵 아빠가 중병에 걸렸다는 건 나중에 알았지만, 그래도, 그리 착실한 분이 어떻게, 어느 날 문득, 완전히 사라질 수가 있을까요. 흔적도 없이요."

자취를 감추었다기보다 실종이었다.

나와 텁석부리는 입을 다물었다. 뭐라고 대거리를 하겠는가. 연락은 고사하고 그 어떤 흔적도 남기지 않고 지워진 듯 사라지고 만 거라면 이미 이 세상 사람이 아니라고 보는 게 차라리 옳을 것이었다. 병사했을 수도, 우발적인 범죄나 교통사고에 의해 암매장됐을 수도 있었다. 우리들 생각을 알아챘다는 듯 "나는요, 어딘가에 아빠가 살아 계실 거 같아요. 흔적이 전혀 없다는 점이 오히려 그런 확신을 줘요"라고, 그녀는 덧붙였다.

텁석부리가 가게로 데려가 젓갈까지 선물해주었다.

아버지를 수소문한다고 들른 낯선 처녀에게 점심을 먹이고 선물까지 준 텁석부리가 가게 앞에서 마음씨 좋게 웃으며 손을 흔들었다. 대흥교를 지날 때 빗방울이 떨어졌다. 논산 터미널에 내려줄 요량이었는데, 그녀가 말했다. "그 배롱나무, 한 번 더

보고 싶어요. 아빠 어렸을 때도 있었음 직한 늙은 나무니까, 살아 계시다면 아빠도 그 나무를 기억하고 있을 것 같아서요." 나도 알 만한 복합예술센터에서 비정규직으로 일하면서 연극배우로 활동하고 있다고 그녀가 자신을 소개한 건 강경읍을 완전히 빠져나왔을 때였다. 소나기구름에게 제 속살을 속절없이 내맡기고 있는 황금벌판을 나는 재빨리 통과했다.

그동안에도 나는 물론 종종 그 폐교에 갔다.

우연히 만난 그녀를 떠올린 적도 물론 있었다. 아버지를 그리면서 그녀가 울었을 텅 빈 교실도 들어가보았다. 어떤 소년이 그렸는지, 밀짚모자를 쓰고 배롱나무 꽃그늘에 우두커니 서 있는 '아버지'를 그린 크레용 그림이 교실 뒷벽에 붙어 있었다. 그 그림을 그렸을 소년은 지금쯤 어느 먼 도시에서 그 자신이 이미 아버지가 되어 있을지도 몰랐다. 배롱나무만 여전히 그 자리에 남아 있었다. 잎과 꽃이 차례로 지는 그 탈속한 종언도 나는 보았다. 옷을 벗은 배롱나무는 허공으로 솟아난 그 어연번듯한 줄기들 때문에 더욱더 품격이 있어 보였다.

"그날은 내 생일이었어요."

배롱나무 밑에 서자 그녀가 이윽고 어스레한 기억의 빗장을 열어젖혔다. 소나기가 그쳐 더욱 투명해진 배롱나무 잔가지들이 머리 위에서 가만가만 흔들리고 있었다. 그녀의 긴 이야기를 그 배롱나무 밑에서 듣게 된 건 과연 우연에 불과했을까. 그녀

에게 그 배롱나무가 잃어버린 아버지의 그림자였다면 내게 그
것은 그리운 초월적 세계의 한 그림자였다. 지나간 시간이라고
해서 단순히 잃어버린 것만은 아니라고 그녀는 말하고 싶은 눈
치였다.

　그렇고말고.

　때로는 도망쳐 떠나간 시간이 오히려 누군가를 붙잡고, 옥죄
고, 마침내 두려운 공증(公證)의 증언대로 끌어낸다는 걸 나도
알고 있었다. 나는 그 증언대에 올라선 그녀를 가만히 바라보
았다.

　꽃그늘이 그녀의 이마에서 흔들리고 있었다.

아버지

시우에게, 아버지를 잃어버린 지난 10년은, 아이러니하게도 아버지를 조금씩 이해하고, 그래서 아버지와 조금씩 가까워진 시기였다. 그것은 함께 있을 때, 아버지가 따 오는 과실만은 언제나 달게 받아먹었으면서 정작 아버지에 대해 아는 건 전혀 없었다는 사실을 나날이 환기시킨 시기와도 일치했다.

어머니는 늘 아버지를 가리켜 '숙맥'이라고 불렀다.

"숙맥이 무슨 뜻이야, 엄마?" 작은언니가 묻고 "콩과 보리. 콩과 보리도 구별 못하는 사람!" 엄마의 설명에 큰언니, 작은언니, 시우는 한꺼번에 까르르르 웃었다. 작은언니는 세 살이 많았고 큰언니는 다섯 살이 많았다. 어머니는 또 아버지를 "쑥"이라고 부르면서 "융통성이라곤 바늘귀만큼도 없는 사람!"이라고 토를 달았다.

"맞아, 맞아!"

"울 아빠, 쑥!"

그녀들은 박장대소, 동의했다. 심지어 가끔 아버지를 부를 때 "쑥아빠!"라고 부르기도 했다. "쑥아빠, 엄마가 식사하래!" 그녀도 아버지에게 그렇게 말한 적이 있었다. 깊이 생각하고 한 말은 아니었다. 구태여 마음에 들지 않은 점도 없었다. 어느 편이냐 하면 아버지는 과묵한 편이었으며, 자기 의견을 주장하는 법이 거의 없는 타입이었다. 그에 비해, 어머니는 수식도 화려할뿐 아니라 자기표현에서 언제나 똑 부러졌다. 매사에 그녀들은 당연히 어머니의 견해를 따르는 데 익숙했다. 집안의 작고 큰일에 대한 결정권은 물론, 경제권도 절대적으로 어머니에게 있었다. 오랜 세월 그렇게 살아왔으므로 그녀들은 차츰 아버지에게는 무슨 일이든 상의하는 법도 없었고, 아버지 또한 불만 없이 그것을 받아들였다. 심지어 대학과 전공을 선택하는 일도 어머니와 상의해 결정하면 그걸로 끝이었다.

처음부터 그랬는지는 알 수 없었다.

하지만 막내로 태어난 시우의 기억 속에서 아버지는 늘 그 자리를 견지했다. 아버지에게도 푸르른 청춘이 있었을까. 아니, 청춘은 고사하고 아버지의 소소한 일상조차 상상한 적이 없을 정도였다. 당신의 유년이나 청년기에 대해 말하는 경우도 없었고, 젊은 날의 추억이나 직장 생활에 대해 언급하는 법도 없었다. "첨 만났을 때 엄마 어땠어?" 누가 물으면 "으응. 예뻤지." 아버지는 그 한마디로 끝이었다. 있으나 없으나 한, 흐릿한 사람이 아버지였다. 이를테면 다섯 식구가 함께 외식할 때, 함께 영화를 보거나 쇼핑하러 나갔을 때, 함께 여행을 다녀왔을 때도 아버지가 그 자리에 있었는지 없었는지, 며칠만 지나면 그녀는 물론 언니들도 잘 기억해내지 못했다. "그 호텔에서 밥 먹던 그날 아빠도 거기 있었나?" 그런 식의 대화가 다반사였다.

가족 행사에서 아버지가 빠지는 경우는 거의 없었다.

빠지기는커녕, 행사를 도맡아 준비하고 뒷바라지해온 것이 바로 아버지였다. 가족들의 모든 축일에 대해, 모든 행사에 대해 아버지는 언제나 철저히 준비했고 알뜰한 선물, 깜짝 세리머니도 빠트리지 않았으며, 조용하고 빈틈없이 그 뒤처리도 맡았다. 아주 충직한 시종이라 할 만했다. "너희 아빠 같은 모범생, 드물지. 드물고말고!" 칭찬처럼 들리진 않았으나 어머니 역시 그렇게 말한 일도 있었다. 그런데도 그녀들은 늘 그 모든 축일에 어머니와 넷이서만 함께 있었던 것처럼 느꼈다.

일종의 그림자, 유령 같은 존재가 바로 아버지였다.

그날은 시우의 스무 번째 생일이었다.

"저녁에 집에서 파티하자!" 아침에 어머니가 한 말을 시우는 상기했다. "방배동 일식집 주방장 보고 물 좋은 생선 좀 구해 집으로 오라 할게." 어머니가 생선을 좋아했으므로 그녀와 언니들도 당연히 생선을 좋아했다.

생선 냄새가 위층 그녀의 방까지 올라왔다.

일식집 부주방장이 아이스박스에 생선을 가득 채워 들고 온 것이 벌써 두 시간 전이었다. 집으로 요리사를 부르는 것은 빌라로 이사 오고 나서 새로 생긴 관행이었다. 왁자한 음식점에서 누가 사용했을지도 모를 그릇에 담아다 주는 음식을 먹는 건 문화적으로 "한 수 아래"라고 어머니는 지적했다. 이사 오며 가구와 식기들을 최고급으로 모조리 바꾸었기 때문에 어머니는 앞으로도 이런 식의 회식을 자주 즐기고 싶은 눈치였다. 클라리넷을 전공하는 작은언니의 연주를 듣고 나면 어머니의 소프라노 가창이 곁들여질 때도 있었다. 쌓아놓은 생일 선물을 하나씩 풀어보게 하는 것도 어머니가 좋아하는 프로그램 중 하나였다.

곧 대학생이 된다고, 그녀는 생각했다.

대학 입학도 결정되어 있었고, 또 성년이 되는 날이라 그녀로서는 특별히 의미 있는 생일이었다. 청춘의 광휘를 좇아 멋지게 출발하고 싶기도 했다. 가족들 이외에 삼총사처럼 지내온 서현과 혜리, 그리고 노래 잘하는 영인까지 초대한 것은 그 때문이었다. 영인이가 기타를 치면서 노래할 때면 언제나 가슴에서 둥, 북소리가 나곤 했다. 그녀는 얼굴을 다 다듬고 나서 얼마 전 어머니가 새로 사준 흰 원피스를 입었다. 원피스의 눈부신 흰빛은 전인미답의 새로운 시간을 맞아들이기 위한 예복으로 손색이 없었다.

그녀의 방은 복층으로 된 빌라 4층에 있었다.

아직도 곳곳에서 새것들의 냄새가 상큼하게 흐르는 빌라는 방만 해도 아래위층 여섯 개나 되었다. 어머니의 주장에 따라 이사 들어온 게 지난 늦가을이었다. 남쪽 창으론 관악산의 스카이라인이 한눈에 들어왔고 북쪽 창으론 버스 정류장까지 이어진 비탈길이 보였다. 휘돌아 오르는 비탈길 좌우에 오래된 단층집들이 빼곡히 들어차 있었다. 잡다하고 꾀죄죄한 그곳 풍경에 비하면 그녀가 사는 빌라는 가히 궁전이라 할 만했다. 유일한 단점이 있다면 바로 누추하기 이를 데 없는 그 동네를 지나와야 당도할 수 있다는 것뿐이었다. "저놈의 집들은 언제 다 허무누?" 어머니가 눈살 찌푸리고 말하면 아버지는 "뭐 곧……." 하고 더듬더듬, 마치 자기 잘못인 양 뒤통수를 긁었다. 재개발의 불길이 한때 달동네라고도 불리던 이곳에 산불처럼 나날이 번지고 있었다. 어머니의 소망대로, 비탈길 좌우의 낡은 집들을 싹쓸이하고 조만간 그곳에 고급 아파트가 앞다투어 들어서게 될 터였다.

아래층에서 왁자지껄한 소리가 났다.

친구들이 드디어 온 모양이었다. "시우야!" 어머니가 소리쳐 불렀고, "네. 내려가요, 엄마!" 그녀는 카랑하게 대답했다. 이제 오늘의 프리마돈나가 무대 위로 등장해줘야 할 차례였다. 신선한 생선들이 몸을 바꿔 누워 있을 정갈한 식탁과 보기 좋게 쌓인 선물 꾸러미들과 열렬한 환호가 자신을 기다리고 있었다. 마지막으로 립스틱을 덧칠한 뒤 방을 나가려고 그녀는 마침내 거울을 등지고 돌아섰다. 아, 하는 탄성이 나온 것은 그다음 순간이었다.

눈이 오고 있었다.

설편들이 푸짐하게 날아와 너른 북쪽 창에서 다투어 미끄럼을 타는 중이었다. 한참 전부터 내렸던가 보다. 빌라로 올라오는 비탈길에도 이미 눈이 쌓이기 시작하고 있었다. 살진 누에처럼 실팍한 눈송이였다. 그것들은 줄지어 다가오고 있는 새날들이 내쏘는 하나의 신비한 빛과 같았다. 스무 살이 되지 않는가. 경이와 감미로 가득 찬 20대가 해낙낙한 예감의 비늘을 반짝이면서 그 설편들 속에서 자신에게 빠르게 다가오는 걸 그녀는 그때 느끼고 또 보았다. 가슴속이 뻐근했다.

그녀는 창유리에 잠시 이마를 댔다.

설편들의 젖은 발들이 유리창을 투과해 이마에 직접 닿고 있는 느낌이었다. 아늑하고 서늘하고 상쾌했다. 관악산 정상으로부터 떠난 땅거미가 멈칫거리며 비탈길로 내려오고 있었다. 가로등에도 불이 켜지자, 어머니가 "쓰레기 더미"라고 부른 적도 있는 비탈길 좌우의 낮은 집들이 불빛에 밀려 성큼 내려앉았다. 눈은 천지의 원근을 없애고 땅거미는 세상의 경계를 다 없앴다. 세상 모든 것이 눈발 속에서 한통속이 되어 느긋하게 부풀어 오르는 것을 보는 느낌이었다.

"아빠야!"

그녀는 무심코 혼잣말을 했다.

그때 시선에 잡혀든 게 바로 아버지라고 느껴졌기 때문이었다. 창에서 이마를 떼어내고 미간을 모으자 비탈길을 올라오고 있는 아버지의 모습이 좀 더 뚜렷이 보였다. 아버지는 늘 들고 다니는 검정 가방을 들고 있었다. 생일 선물로 디지털카메라를 갖고 싶다고 말해두었으므로 가방 속엔 최신식 카메라가 들어 있을 터였다. 아버지는 우산을 쓰고 있지 않았다. 검은 외투 차림이었고, 비탈길을 올라오느라 그런지 어깻죽지를 한껏 오그리고 있었다. 아니, 어깻죽지를 오그린 것이 비탈길 때문인지는 분명하지 않았다. 뭐랄까, 아버지는 등짐을 잔뜩 짊어진 것 같았다. 멀고 먼 풍진세상을 걸어온 듯 힘들고 외로워 보였다. 그렇게 그녀는 느꼈다. 아버지에게서 그런 느낌을 받은 것은 그때가 처음이었다.

아버지는 단연코 외로운 사람이 아니었다.

그런 걸 느낄 리 만무했다. 행복한 사람도 아니었으나 또 불행한 사람이라고 여긴 적도 없었다. 박장대소 큰 소리로 웃는 걸 보지 못했듯이 격하게 노여워하는 표정도, 특별히 슬픈 얼굴도 보지 못했다. 희로애락은 아버지의 몫이 아니라고, 그녀는 무의식적으로 늘 생각했다. 자기 아버지가 가정의 권력자라는 말을 혜리에게 들었을 때, 서현의 아버지가 개그 프로를 보다 배꼽을 잡고 경망스럽게 웃는 걸 보았을 때, 그녀는 고개를 갸웃했다. 아버지가 권력자라는 혜리의 말은 이해할 수가 없었고, 개그 프로를 보면서 경망스럽게 웃는 서현의 아버지를 보고서는 괜히 기분이 언짢았다. 무슨 아버지가 저래, 하고 그녀는 속으로 중얼거렸다. 그녀에게 아버지는 그저 아버지일 뿐이었다. 아버지는 사람이다, 라고 누가 말하면 웃음이 날 것 같았다.

그런데 그때는 확실히 느낌이 달랐다.

구태여 말하자면 그때의 아버지는 '외로운 사람'이었다. 느릿느릿 올라오던 아버지가 걸음을 멈춘 것은 비탈길을 반쯤 올라온 다음이었다. 아버지는 고개를 들어 그녀가 서 있는 빌라의 창 쪽을 올려다보는 듯했다. 그녀는 얼른 창에서 한 발 뒤로 물러났다. 어쩐지 자신의 모습을 아버지에게 들키면 안 될 것 같아 그랬으나, 이미 아버지와 찰나적으로 시선이 마주쳐버린 것 같은 느낌도 들었다.

공연히 가슴이 두근거렸다.

아버지, 하고 손이라도 흔들어주면 좋았을 거라고 뒤늦게 생

각했다. 그러나 다시 내다보았을 때 아버지는 어느새, 뒤돌아서
비탈길을 걸어 내려가고 있었다. 멈춰 서서 숨을 돌리려는 줄
알았는데 그게 아니었던가 보았다. 길에 뭔가를 빠뜨리고 왔던
것일까. 올라올 때와 다르게 많이 허둥대는 걸음걸이였다. 절름
절름하는 듯 보이기도 했다. 아버지가 가족들 파티에 이처럼 늦
은 일도 그날이 처음이었다.

생일 파티는 화기애애하고 도담했다. 영인의 선물은 자신의
기타 연주와 노래를 녹음한 시디였다. "직접 녹음한 거라 좀 그
렇지만 곁에 두고 가끔 들어. 언젠가, 제대로 된 내 시디를 선물
할 날이 올 거야." 귓불이 붉어진 영인의 말에 박수갈채가 터졌
다. 출장 나온 일식집 부주방장이 차린 식탁은 아주 세련미가
넘쳤으며, 언니들이나 친구들의 선물도 모두 실하고 맞춤했다.
이제 여고 시절이 지나갔으니 술도 마실 줄 알아야 한다면서,
큰언니는 포도주를 넘치게 따라 주었다.
정작 주인공인 그녀만이 건성이었다.
이 불안감은 대체 뭐지, 하고 그녀는 생각했다. 새날들에 대
한 뿌듯한 예감은 온데간데없었다. 눈바람 부는 비탈길을 기우
뚱기우뚱 내려가던 아버지의 뒷모습이 끈질기게 떠올랐다. "어
떻게 된 거야, 너희 아빠?" 어머니가 말했고, "올라오시다가 다
시 내려가는 걸 봤어." 그녀가 대답했다.

"선물 사둔 걸 회사에 두고 나왔었나 보네."

"그러니까 울 아빠, 쑥이지!"

작은언니 큰언니가 대거리를 주고받으며 깔깔대고 웃었다. 어머니의 얼굴에만 짜증 섞인 그늘이 얼핏 지났다. 아버지가 들어오면 현관 앞에 두 손 들고 앉아 있으라고 벌이라도 내릴 초등학교 여선생님 같은 표정이었다. 그러나 어차피 있어도 없는 듯한 아버지가 아닌가. 기타를 치며 영인이가 이윽고 생일 축하 노래를 선창했고, 언니와 친구들이 허밍으로 그 노래를 따라 부르기 시작했다.

이제 케이크의 촛불을 불어 끌 차례였다.

한참이나 보이지 않던 어머니가 안방에서 거칠게 문을 열고 나온 것이 그때였다. 아버지에게 전화라도 걸고 나온 모양이었다. 전에 없이 날카롭고 성마른 표정이었다. 사교적인 어머니가 손님들을 앞에 두고 그런 표정을 짓는 것은 특별한 일이 아닐 수 없었다. 더구나 막 촛불을 불어 꺼야 하는 파티의 절정이 아닌가. "왜 그래, 엄마?" 작은언니가 물었다. 예상대로라면 어머니의 대거리는 "어휴, 그 빙충맞은 양반!" 하고, 연락조차 되지 않는 아버지에게 타박을 했어야 옳을 터였다. 예상은 그러나 빗나갔다.

"싸가지 없는 것들! 아빠 걱정도 안 하니!"

어머니는 소리쳤다.

파티 분위기는 이내 싸늘해졌다. 식사가 시작되고 벌써 한 시간 이상이 지나 있었다. 어머니가 들어오지 않는 아버지에게 화를 내지 않고 언니들에게 화를 낸 것도 정말 뜻밖의 일이었다. 아버지를 감싸려고 그녀들에게 짜증을 낸 적은 한 번도 없었다. 그녀들은 그래서 몹시 당황했다. 작은언니가 "엄마도 참, 왜 우리한테 화를……" 하다가 찔끔, 입을 다물었다. 어머니의 눈가에 핑 하고 눈물이 도는 듯했기 때문이었다. 아버지가 가족들 생일에 늦은 일은 한 번도 없었다. 비정상적인 상황인 것은 사실이었다. 그러나 언니들 입장에선 어머니의 반응이 더 비정상적이었다. 케이크 위에서 촛불이 저 혼자 타고 있었다.

파티는 흐지부지 끝났다.

친구들을 배웅하느라 나와 본 빌라 마당엔 그새 눈이 오보록 쌓여 있었다. 폭설이었다. 살진 눈송이들이 가로등 불빛 아래로 자욱이 날고 있었다. 아버지는 계속 전화를 받지 않았다. "휴대폰 배터리가 나갔는지도 몰라. 차가 좀 밀려서 늦겠지, 엄마." 큰언니의 말에 "너희 아빠, 그렇게 태평한 사람 아니다!" 어머니가 외투를 찾아 걸치면서 살차게 대꾸했다. 어머니의 말이 옳았다. 아버지는 당신의 휴대폰 배터리가 나갈 때까지 방치해둘 사람이 절대 아니었다.

아버지는 돌아오지 않았다.

밤이 지나고 출근 시간이 지나도 마찬가지였다. 회사에선 오히려 왜 출근을 안 하느냐고 물었다. 아버지가 20년 넘게 일해온 음료 회사에서 상무로 임명받은 것은 2년 전이었다. "상무님, 어제 따님 생일이라면서 평소보다 좀 일찍 나가셨는데요." 여직원은 말했다. 아버지를 마지막 본 것은 회사 정문 수위였다. "평소와 좀 다르긴 했어요. 인사하면 언제나 웃으며 받아주셨는데, 어제는 본 체 만 체, 앞만 보고 황급히 나가시더라고요. 급한 일이 있으신지, 좀 혼이 나간 것 같기도 했고요."

다음 날에도 아버지의 행방은 오리무중이었다.

아버지의 휴대폰도 캄캄했다. 몇 년 전 시작한 홍보 대행 회사를 운영하느라 아버지보다 오히려 더 바쁜 나날을 보내온 어머니는 시간이 지날수록 거의 제정신이 아니었다. 사태가 심각한 건 사실이었지만, 어머니의 반응 또한 도를 넘어서고 있었다. 사흘이 지나자 어머니는 거의 식음을 전폐했고, 화장을 하지 않았으며, 말도 때론 조리가 없었다. 그런 어머니의 모습은 생전 처음이었다.

어머니는 사람들 앞에서 품격을 잃는 법이 없었다.

화장기 없는 어머니의 얼굴조차 본 사람이 아무도 없을 정도였다. "어려운 일이 생길수록 몸단장, 마음 단장, 놓치면 안 돼!" 어머니는 늘 말했다. 세상은 무너지는 사람을 붙잡아주지 않는

다는 게 어머니의 지론이었다. 무너지는 사람을 보면 더 밀어버리고 싶어 하는 것이 세상인심이라는 것이었다. 그러니 설령 죽을 만큼 배가 고파도 뱃속 허기가 내는 비명 소리를 헛기침으로나마 단호히 감출 것이며, 외로워도 눈물 나도 사람들과 눈마주치면 세상에서 가장 행복한 사람처럼 웃어 단속해야 할 것이고, 화가 머리 꼭대기를 뚫고 솟아도 오늘과 내일을 고려한 비즈니스 전략을 버려선 안 된다고 어머니는 가르쳤다. 아버지의 문제가 있다면 그런 것들을 능수능란하게 하지 못하는, 바로 그 점이라고 말하기도 했다. 그러나 한번 기우뚱하고 나자, 어머니는 젖은 창호지처럼 무너졌다. 아버지가 없어졌다는 사실보다, 아버지가 없어도 사는 데 전혀 지장을 느끼지 않을 거라고 생각했던 어머니가 속절없이 무너지는 일을 보는 것이 시우와 언니들에겐 오히려 더 충격적이었다.

어머니는 아버지를 사랑했던가.

연애결혼을 했다고 들은 적은 있지만, 연애보다 중매를 통해 마지못해 함께해온 것 같은 두 분이었다. 러브 스토리를 시시콜콜 들은 일도 없었다. 워낙 무미건조한 부부로 보였기 때문에, 설령 꿈같은 러브 스토리가 있었다고 해도 그녀들은 귀담아듣지 않았을 터였다. 특히 건강검진에서 아버지에게 결정적인 문제가 있었다는 것을 알게 된 날부터 어머니의 상태는 최악으로 치달았다.

"너희 아빠가 그런 병에?"

오 전무의 말을 듣고 어머니는 비틀, 주저앉기까지 했다. 실종된 지 나흘이 지났을 때였다. "어떻게…… 우리…… 너희가 그걸 모를 수가……." 하고 어머니는 부르짖었다. 회사에서 주관하는 정기검진 후, 아버지가 병원으로부터 정밀 진단을 강력히 권유받은 것은 가을이 저물 때였다고 했다. 지금의 빌라로 이사 들어올 무렵이었다. 어머니는 물론 누구도 그동안 그런 말을 들어본 일이 없었다.

아버지는 강건한 체질이었다.

그렇게 믿었다. 갱년기가 다가왔는지, 하루가 멀다 하고 병원 출입을 해온 것은 아버지가 아니라 어머니였다. 어머니는 몸을 철저히 챙기는 편이었고, 또 그만큼 여기저기 부실한 데도 많았다. 아버지는 자주 어머니의 어깨나 허리를 오래 주물러야 했으며, 영양제나 기타 약들을 끼니때마다 한결같이 어머니에게 챙겨 먹였다. 아버지는 그럼 건강했던가. 그런 질문은 한 번도 해본 일이 없었다. 아버지와 병원은 당연히 어울리지 않았으니까. 왜냐고 누가 물으면 그녀들은 이구동성 대답했을 것이었다.

"아빠잖아!"

아버지는 환자가 될 수 있는 권리가 없다, 라고 그녀들은 무의식적으로 생각했다. 아픈 아버지를 본 일도 없었다. 심지어 결근 한 번 한 적이 없는 게 아버지였다. 그랬던 아버지가 죽을지도 모르는 치명적인 병에 걸렸다는 사실은 어머니뿐만 아니라 그녀들에게도 큰 충격을 주었다. 이상한 배신감을 느끼기도 했다. 아버지에게 병이라니, 말이 안 되는 소리였다. 그것도 생존율이 아주 낮은 췌장암이었고, 아버지는 병원 측의 권유를 시종일관 무시한 것으로 밝혀졌다. 병원 기록에 따르면, 즉각 조처를 취하지 않으면 돌이킬 수 없는 결과를 만날 수 있다는 강력한 권고를 아버지에게 두 번이나 더 한 것으로 되어 있었다.

아버지가 병원에 다시 찾아간 흔적은 없었다.

췌장암은 일찍 발견하기 매우 어려운 병이었다. 장기들 뒤의 깊은 곳에 위치하고 있어 치료도 어렵고 조기 발견도 어려운 게 췌장암이었다. 그녀가 인터넷 등을 통해 얻은 사전적인 지식으로 보면 췌장암일 경우, 생존할 수 있는 방법은 수술밖에 없었다. 초기에 발견되고, 종양이 췌장의 두부(頭部)에 생긴 경우만 수술할 수 있어 수술 치료도 매우 한정적이었다. 설령 조건이 맞아 수술한다고 해도 수술 후 생존율 자체가 25퍼센트 내외에 불과했다. 수술조차 받지 못하는 대부분의 환자들은 증상을 완화시키는 처방만 받을 뿐이기 때문에 치료 전망은 거의 제로에 가깝다고 할 수 있었다. 췌장암 진단을 받고 나서 6개월 이상 생존하는 환자가 겨우 5퍼센트밖에 되지 않는다는 사실에 시우는 부르르, 몸을 떨었다.

그런데 왜 아버지는 병원에 가지 않았을까.

워낙 치명적이라는 걸 알고 그 두려움 때문에 죽을 날을 기다리고 있었을 거라고 상상해볼 수도 있었다. 아니, 병원의 공식적인 통보는 정밀 진단을 해보자는 것이었지 췌장암으로 확진했다는 것은 아니었다. 복막에 가스가 차거나 하는 경우가 많아, 췌장암은 오진 가능성도 아주 높았다. 아버지는 그럼 대수롭게 생각하지 않았을는지도 몰랐다. 그러나 생존이야말로 가장 보편적인 욕망일진대, 췌장암 소견을 통보받고 어느 누가 그것을 그냥 무심히 지나칠 것이며, 어느 누가 두려움으로 지레 삶을 대뜸 포기하겠는가.

아버지는 그 어떤 병의 예후도 보이지 않았다.

그 점에선 가족들과 회사 동료들의 견해가 모두 일치했다. 그동안, 아버지는 언제나 제시간에 출근했고 퇴근했으며 회의나 회식에 빠지지 않았을 뿐 아니라 특별히 음식을 삼가는 법도 없었다. 퇴근 후엔 여전히 어머니의 팔다리를 주물렀고 시우와 언니들의 영양제까지 손수 챙겨 먹이는 걸 잊지 않았다. 유일한 징후가 있었다면 그 무렵 아버지가 전에 없이 소화제를 가끔 복용했다는 점이었다. 아버지 부서의 여직원도 그 말을 했고, 시우도 아버지가 어떤 알약을 먹는 걸 본 적이 있었다. "뭐야, 아빠?" 그녀는 물었고, "으응, 소화제." 아버지는 말끝을 흐렸다. "아빠가 소화제 먹는 거 첨 봐. 울 아빠 소보다 튼튼한 위장을 가진 줄 알았는데!" 소화제뿐 아니라 약을 먹는 아버지를 보는 일 자체가 아주 드문 일이었다.

"일단 실종자로 수사해볼 거예요."

실종 담당 형사는 말했다. 경찰은 일단 뺑소니차에 당했다고 가정하고 최근의 교통사고 목록을 낱낱이 뒤지는 눈치였다. 어머니도 미친 듯이 병원을 찾아다녔다. 교통사고 사망인 경우엔 운전사에 의해 암매장을 당하는 경우가 종종 있다고 어떤 경찰 아저씨가 말했다. "아니에요. 그이는 살아 있어요!" 어머니가 탁자를 치며 소리쳤다. 시우도 그렇게 소리치고 싶었다. 도저히 받아들일 수 없는 상상이었다.

아버지의 통장이 문제가 된 건 열흘쯤 후였다.

아버지 통장에서 꽤 많은 돈이 빠져나가 잔고가 완전히 비었다고 했다. 형사는 고개를 갸웃했다. 만약 뺑소니 사고에 당했다면, 그 가해자가 어떻게 죽은 자의 카드를 이용해 통장의 돈을 완전히 인출할 수 있었겠느냐는 것이었다. 납치도 상상할 수 있었고, 스스로 종적을 감추었다고 상상할 수도 있었다. 회사 직원들에게는 담당 형사가 아버지의 여자관계를 묻기도 했다는 말이 들렸다. 아버지의 여자관계는 아버지의 췌장암보다도 상상하기 훨씬 더 어려웠다. 아버지에게 여자라니, 도무지 말이 되지 않는 소리가 아닐 수 없었다.

디지털카메라를 받게 된 것은 그 무렵이었다.

그 가게는 지하철역 근처에 있었다.

작은언니랑 지하철 출구를 나와 마을버스를 타려고 기다리는데 누가 부르는 것 같아 돌아보았더니 카메라 전문 가게의 아저씨가 손짓을 했다.

"전에 함께 들렀던 게 기억나서요. 선명우 씨가 아버지 맞죠?"

아저씨는 낯선 카메라 가방을 매대 위에 올려놓았다. 가방 속엔 최신식 디지털카메라가 들어 있었다. "이 카메라 정말 좋은 거예요. 방수도 되고, 스캐너 역할도 하고. 막내따님 생일이고 곧 대학에도 들어가는데 선물로 무엇이 좋겠냐 해서 제가 아버님께 이걸 권했어요. 돈도 다 지불하고 가셨는데, 웬일인지 찾으러 오질 않으시더라고요. 전화 통화도 안 되고요. 아버지는 어디 출장 가셨나 보죠?"

그날 밤 시우는 카메라를 안고 오래 울었다.

어떻게 된 노릇인지는 알 수 없으나, 이상하게도 아버지가 죽었다는 생각만은 들지 않았다. 눈을 감으면 아버지가 눈밭 속을 걷고 있는 뒷모습이 너무도 뚜렷이 떠올랐다. 절룩거리는 것 같기도 하고, 허둥지둥하는 것 같기도 한 걸음새였다. 먼 길을 도망쳐온 외로운 망명자의 뒷모습이 아마 그럴 것이었다.

아버지는 죽지 않았어, 라고 그녀는 생각했다.

죽지 않았을 뿐만 아니라 아버지는 여전히, 어디선가 그렇게 걷고 있을 것 같았다. 어떤 날엔 낯선 산협 사이로 난 외줄기 벼랑 끝을, 또 어떤 날엔 가뭇없는 허공을 걸어가는 아버지의 꿈을 꾸기도 했다. 아버지 없는 자리는 나날이, 놀랄 만큼 확장되고 있었다. 무심히 지나쳐 무의식 속으로 침전되어버린 아버지에 대한 기억들이 하루가 다르게 복원되는 속도도 놀라웠다. 아버지는 수많은 해석의 길을 거느린 놀라운 텍스트였다.

그녀는 그것을 너무 뒤늦게 알았다.

어머니가 시우와 언니들을 두고 영원히 떠난 것은 그로부터 한 달쯤 후였다. 유난히 바람이 많이 불고 기온이 뚝 떨어진 밤이었다. 어느 노숙자 합숙소를 뒤져보고 나온 어머니를 과속으로 돌진한 대형 트럭이 정면으로 받았다고 했다. 어머니는 하늘로 날아올랐다가 맞은편 1차선에 뚝 떨어졌다. 트럭 운전사는 어머니가 갑자기 차도 한가운데로 뛰어들어 왔다고 진술했다. 어머니가 횡단보도가 아닌 곳으로 무단 진입한 게 사실이라는 목격자도 나왔다. 경찰은 혹시 어머니가 자살을 시도한 게 아닌가 하고 의심하는 눈치였다.

"아니에요! 아니에요!"

그녀는 미친 듯이 소리쳤다.

어머니만큼 뜨거운 목숨은 세상에서 본 일이 없었다. 그렇지만 어머니는 다시 눈을 뜨지 못했다. 아버지에 이어 어머니가 수많은 기억들이 축적된 불가사의한 텍스트로 편입되고 만 것이었다.

노래

어느 날, 대학 도서관에서 고산자(古山子) 김정호(金正浩)의 《대동지지(大東地志)》 번역본을 이리저리 넘겨보다가 우연히 강경(江景)에 대한 이런 구절을 읽었다. "충청도와 전라도 사이에 걸쳐 있어 바다와 육지로 통하는 요충지이므로 어부나 농부도 이곳으로 나와 물건을 사고판다. 선박이 모여들고 화물이 자유롭게 운반되는 금강의 대도회(大都會)이다."

예로부터 강경은 내륙항으로 유명했다.

비옥하고 드넓은 곡창지대를 끼고 있는 데다가 금강 본류와 서해가 지척에서 맞닿는 위치 때문에 일찍부터 번성했던 강경포(浦)였다. 서해에서 잡히는 갖가지 해산물이 강경포로 들어왔고, 소금이나 곡물 등이 강경포에서 빠져나갔다. 풍경 또한 빼어나기 이를 데 없었다. 계룡산, 대둔산에서 발원한 작고 큰 물길들이 흘러와 금강 본류와 만나며 빚어낸 그 합일의 정경도 아름답지만, 옥녀봉과 채운산 사이에 반주그레 자리 잡은 살림터의 지형도 넘침과 모자람이 없이 맞춤하면서 조화로웠다. 18세기에 이미 강경은 근대적인 하항도시(河港都市)를 이루었고, 충청도는 물론 경기도와 전라도, 경상도의 일부 지역까지 배후지로 거느릴 만큼 그 세력이 광대해졌다.

그러나 모든 게 흘러간 영광에 지나지 않았다.

경부선 철로의 개통으로 기호지방과 공주, 청주 일대가 먼저 상권에서 이탈했고, 군산선과 호남선이 생기면서 해산물 집산지로서의 기능도 속절없이 잃었다. 군산선은 일제가 김제평야의 질 좋은 쌀을 보다 효과적으로 빼앗아 가기 위해 만든 철로였다. 군산항은 그 통에 빠르게 성장했으나 강경포는 서서히 몰락의 길을 걸었다. 일제 때까지만 해도 장날이면 파시(波市)가 수 킬로미터에 이르렀고 기생집에선 노랫소리가 끊이지 않았다고도 했지만, 해방 이후의 몰락은 가속적이었다. 관공서들은 하나씩 둘씩 소재지 논산으로 이전됐으며, 뱃길은 완전히 끊겼다. 동란 후 개성에서 피난 온 사람들 중심으로 '개성 베' 직물 공장이 여기저기 생겨나기도 했는데 얼마 가지 못했고, 잠시

가발 수출의 전진기지가 된 적도 있었으나 그 또한 지나가는 바람에 불과했다. 일제 때엔 4만 가까운 주민에다 유동 인구를 합쳐 10만여 명이 됐지만 90년대 와선 상주인구가 2만여, 최근엔 겨우 만 명을 조금 넘는 수준에 이르렀다. 개발의 연대를 숨가쁘게 보내며 세상이 급진적으로 달라질 때도 강경은 그 물결로부터 늘 저만치 밀려나 있었다. 건물들은 하루가 다르게 주저앉았으며, 성공을 꿈꾸는 젊은이들은 가차 없이 고향을 등지고 떠났다. 영화로웠던 역사를 기억하는 사람은 턱없이 줄어드는 대신, 그 기억들이 무엇을 가져다주었느냐는 자조적인 분위기는 시간이 갈수록 팽배했다.

"이러다가 곧 면으로 내려앉게 생겼네!"

이렇게 말하는 강경 사람들도 있었다. 몰락을 거듭해온 수상한 세월 때문에 자조적 피해의식이 은연중 생겨난 것이었다. 그렇다고 앉아서 굶을 수도 없는 노릇이었다. 예전부터 해산물을 취급해온바, 떠나지 않은 강경 사람들에게 남겨진 생존의 끈이 있다면 염장(鹽藏)의 전통뿐이었다. 조선 중엽부터 중국 소금이 강경포에 대대적으로 유입됐다. 특히 서창리, 염천리 일대는 오래전 이미 염업의 집산지가 되었다. 강경은 조기나 새우 등 해산물을 소금에 절여 멀리까지 내다 팔아온 역사적 경험을 축적하고 있었다. 비록 뱃길이 끊겼다 해도 육상 교통은 오히려 빨라졌으니, 염장의 전통만 회복시킨다면 해산물을 취급하지 못

할 것도 없었다.

바로, 젓갈이었다.

시우가 다녀간 후 나는 자주 강경에 갔다.

텁석부리의 젓갈집이 내 베이스캠프가 되었다. 서울에서 월급쟁이도 해보고 장사도 하면서 이렇게 저렇게 돈만 까먹고 내려온 텁석부리가 아버지의 젓갈 가게를 물려받은 게 벌써 5년여 전이었다. 역에서 내리면 금강 제방까지 곧게 열린 대로가 보이는데, 대흥로였다. 번성했던 시절의 아래 장터가 나날이 피폐해진 것과 달리 요즘 읍내 중심 상권은 이 대흥로 주변이라 할 수 있었다. 텁석부리의 젓갈 가게는 대흥로 끝에 있었다.

"요즘은 자주 납시는구나!"

텁석부리가 웃으면서 맞아주었다.

내가 가장 잊을 수 없는 젓갈은 조기젓과 황석어젓이었다. 조기젓은 봄에 담그는 게 좋고 황석어젓은 여름에 담그는 게 좋다고 했다. 어머니는 치마저고리를 날렵하게 챙겨 입고 철마다 강경포구로 나갔다. 부여군 세도면에 우리 집이 있었다. 지금은 금강 위에 황산대교가 놓여 자동차로 불과 10여 분이면 오갈 수 있는 길이 됐지만 예전엔 10리 가까운 길을 걸어 나가 나룻배로 강을 건너야 읍내에 다다랐다. 부여군이라지만 부여는 멀고 강경은 금강 하나를 사이에 둔 지척이라, 동네 사람들은 너나없이 강경 장을 삶의 배후지로 삼고 살았다. 동구 밖에 서면 나루터로 이어진 길고 곧은 하상의 모랫길이 한눈에 들어왔다.

부여를 지날 때 금강은 백마강이라고 불렸다.

전라도 신무산에서 발원한 물줄기는 중부 내륙을 휩쓸며 파죽지세로 북진했다가 수구초심의 마음일까, 남쪽으로 방향을 급격히 튼 뒤에, 역사의 정한이 깊이 서린 공주 부여에 이르러 소정방의 전설이 서린 백마강이라는 새 이름을 얻었다. 계룡산으로부터 흘러내린 여러 지천의 물을 여기에서 더하면 강은 훨씬 넓어져 낮은 포복의 걸음새가 되고, 논산 성동면 넓은 들의 배후에 부딪혀서 강은 애당초 길을 잘못 잡았다는 듯이 선뜻 남쪽으로 틀어지는데, 그제야 비로소 금강이라는 본래 이름을 회복했다. 이것저것 나누지 않고 하나로 합쳐 도저하게 흐르는 것이야말로 강물의 일이 아니던가. 논산천을 통해 대둔산 물까지 오롯이 모아 품는 강경포에 이르면 금강은 마침내 제가 꿈꾸던 본래의 꿈 자리를 알아차린 양 오랜 갈지자(之字) 행보를 끝내면서 서쪽으로 다시 길을 잡았다. 그 휘돌아가는 하상의 안쪽 산비탈에 우리 고향 마을이 자리 잡고 있었다.

어머니는 철마다 강경으로 나가 생선을 사 왔다.

봄에 담그는 젓갈로는 조기젓 꼴뚜기젓이 으뜸이고, 초여름엔 조개젓 황석어젓, 한여름엔 오징어젓이 제철이며, 맛깔 나는 가을 젓갈로는 대구모젓과 어리굴젓이 제일이었다. 다른 건 몰라도 어머니는 조기젓과 황석어젓만은 꼭 직접 담가 먹었다. 키가 납작한 항아리에 소금과 조기를 시루떡 쟁이듯이 쟁여 어두컴컴한 툇마루 밑에 깊이 밀어 넣으면 끝이었다. "왜 마루 밑에 놔, 엄마?"라고 어린 내가 물으면 "항상 컴컴하잖아. 컴컴한 게 좋은 것도 있단다, 세상엔." 어머니는 웃으며 대답했다.

햇빛이 환해서 좋은 것도 있었다.

가령 황석어를 한 짐 사 오면, 반은 젓을 담그고 반은 햇빛에 말리는 게 어머니의 일이었다. 어머니는 이엉을 얹은 담 위에 황석어를 늘어놓아 말렸다. 내가 "왜 햇빛에 말려, 엄마?" 물으면 "오래 두고 먹으려고 그러지. 환한 데가 좋은 것도 있단다, 세상엔." 어머니는 또 웃었다. 그때처럼 어머니가 행복해 보인 적은 없었다.

젓갈의 종류는 해산물의 종류처럼 다채로웠다.

텁석부리 젓갈 가게만 해도 취급하는 종류가 수십 가지였다. 새우젓 한 가지로 보아도, 오동통한 유월 새우로 담그는 육젓이 있고, 오월 새우로 담그는 오젓과 가을 새우로 담그는 추젓이 있으며, 동백하젓, 새하젓이 있는가 하면, 돗대기새우로 담그는 데떼기젓도 있었다. 새우의 내장에는 강력한 소화효소가 많아 육질을 빠르게 분해해내기 때문에 돼지고기 등을 먹을 땐 새우젓을 얹어 먹는 게 관행처럼 되었다. 어머니는 늘 봄 새우로 담근 오젓이나 육젓을 사다가 단지에 갈무리해두고 고춧가루와 청양고추로 버무려 밥상에 올려주곤 했는데, 불그스름한 살진 새우젓을 뜨거운 쌀밥 숟갈에 올려놓아 먹던 맛은 언제나 내 입맛 깊이 남아 있었다.

"시우 씨 아버지, 좀 알아봤냐?"

텁석부리에게 내가 물었다. 시우의 아버지 이름은 선명우였다. 선씨가 희성이니 겨우 만여 명밖에 안 되는 강경 사람 중에서 선씨를 수소문해보는 건 그리 어려운 일이 아닐 터였다. 읍사무소엔 동창생 직원도 있었다.

"없어!"

텁석부리는 금방 고개를 가로저었다.

"강경 읍내 선씨가 다 해도 여남은 집밖에 안 돼. 네 부탁으로 어제도 읍사무소 들러봤다만, 그분 나이에 맞는 선씨는 한 명도 없었어. 너도 정말 그 사람이 살아 있다고 믿냐? 췌장암에 걸려서 홀연히 사라진 사람이?"

"행려병자로 죽어 벌써 매장됐는지도 모르지."

날이 저물기 시작했다. 황산공원 돌산 위의 등대 꼭대기에 붉은 놀이 걸려 있었다. 연전에 이 일대를 근린공원으로 조성하며 세운 가짜 등대였다. 돌산 아래엔 젓갈 전시관이 있었다. "시우던가 하는 그 아가씨한테 너까지 전염됐나 보네?" 등대 꼭대기를 올려다보다가 텁석부리가 말했고, "글쎄, 예서 아버지 비슷한 사람을 봤다고 하니 한번 알아나 보자는 거지, 뭐." 내가 심드렁, 대꾸했다. 두 번째로 내려와 아버지에 대한 긴 이야기를 한 후로 시우는 다시 내려오지 않았다. 그녀는 어떤 연극에 캐스팅되어 연습 중이라고 했다.

젓갈 가게는 휑뎅그렁 비어 있었다.

김장철도 끝나가니 이제 봄까지 가게는 열어두나 마나였다. 겨울 젓갈로 제맛을 낼 수 있는 것으로는 어리굴젓 정도가 있었다. 어리굴젓의 재료는 알갱이가 작고 난소가 발달하지 않는 겨울철 바위굴에서 자란 석화를 으뜸으로 쳤다. 나는 조밥을 섞어 담근 서산 어리굴젓을 제일 좋아하는데 요즘은 서산에 가도 그런 어리굴젓은 볼 수조차 없었다.

"선씨라고 해서 생각난다만."

발효실을 둘러보고 나온 텁석부리가 말했다.

요즘은 모든 젓갈집이 온도를 마음대로 조절할 수 있는 현대화된 발효실을 부대시설로 갖고 있었다. 발효실을 둘러보다가 불현듯이 생각이 난 눈치였다. "선 뭐라고, 사람 이름이 붙은 소금만 취급하는 소금집이 옥녀봉에 있어. 자기는 선씨도 아니면서. 근데 그 집 주인 괴짜야. 주말이면 소금 창고에서 노래를 하고 놀아. 막걸리도 있고. 나도 얼마 전에야 우연히 알게 됐는걸. 마침 주말인데 한번 가볼래?"

때마침 출출했던 참이었다.

시간도 좀 이른 편이니 운동 겸해서 걸어가자고 제안한 건 나였다. 둑길로 올라서면 내가 태어나고 자란 마을이 강 너머로 아스라이 보일 것이었다. 텁석부리와 나는 젓갈 가게를 나와 곧 둑길로 올라왔다. 강이 한눈에 내려다보였다. 오랫동안 갈대밭이었던 강안(江岸)은 잘 가꿔진 너른 둔치 마당으로 변해 있었다. 최우수 축제로 지정되기도 한 '강경발효젓갈축제' 때면 인산인해를 이루는 곳이지만 지금은 텅 빈 채 바람만 쌀쌀했다.

"네 고향 동네가 어디라고?"

텁석부리가 묻고 나는 실눈을 떴다.

마지막 놀빛을 역광으로 받고 있어 강 건너 고향 마을은 잘 보이지 않았다. 고향을 완전히 떠난 건 중학교를 졸업한 직후였다. 장마가 지면 불어난 강물이 모든 걸 휩쓸어 가곤 하던 모래땅 땅콩밭만 믿었다간 아들의 고등학교 뒷바라지조차 할 수 없다고 여긴 어머니의 고집 때문이었다. 큰아버지네를 쫓아 군산으로 간 게 더 나쁜 선택이 됐다. 부두에서 하역 노동자가 된 아버지가 고된 노동과 세상에 대한 원망이 깊어 급격히 알코올중독자로 전락한 것이었다. "네가 이사 오자고 했잖아!" 술만 마시면 아버지는 노상 어머니의 머리끄덩이를 휘어잡았다. 고향에

선 없었던 일이었다. 치마저고리를 단정히 입고 강경 장을 오가던 어머니의 기품 있는 모습은 더 이상 볼 수 없었다.

우리들은 공원으로 조성된 둔치 마당으로 내려왔다.

강물이 옥녀봉 아랫단을 적시고 황산나루를 향해 비스듬히 그 방향을 꺾고 있었다. 금강 본류였다. 옥녀봉을 향해 우리는 둔치 마당을 사선으로 가로질렀다. 옥녀봉은 높지 않은 암산이지만, 서북으로는 휘돌아가는 강에 발을 대고 동남간으로는 너른 벌판을 사이에 둔 채 계룡의 준령들과 대둔산에 뻗대어 있어, 그곳에서 보는 정경은 모난 데 없이 늘 원만하고 풍요로웠다. 옥녀봉 아래는 강경포의 전성기에 수많은 상선들과 어선들이 들어와 짐을 내리고 싣던 국제적 관문이기도 했던 곳이었다. 푸드득, 하고 청둥오리 한 마리가 강안의 갈대밭에서 날아올라 강심으로 갔다.

"그 사람 부인은 다리를 좀 절어."

내가 누구? 하는 표정으로 건너다보자 텁석부리가 말을 이었다. "우리가 지금 찾아가는 소금집. 큰딸은 키가 안 크고, 가족 구성원이 좀 그래. 부인의 오빠라는 사람까지 모시고 사는데 전신 마비여서 침대에 누워 살아. 막내딸이 그나마 정상인데 개도 눈이 나쁜지 어린 게 두꺼운 뿔테 안경을 쓰고 있어." 옥녀봉 너머로 그때 달이 기웃 얼굴을 내밀었다. 보름이 가까워지고 있는 모양이었다. 논산의 여덟 가지 빼어난 경치 중에 옥녀봉의 명월

(明月)이 들어 있었다. 목욕하러 내려왔다가 다시 하늘로 가지 못한 옥황상제 딸 옥녀의 전설이 깃든 곳이기도 했다.

우리들은 옥녀봉 서북쪽 발치를 가뿐하게 돌았다.

논산천이 금강 본류와 만나는 지점이었다. 옥녀봉 일대를 공원으로 조성하면서 서북쪽 기슭에 다닥다닥 붙어 있던 허름한 집들은 다 쓸어냈으므로 마른 갈대에 싸인 길은 인적 없이 텅 비어 있었다. 1920년대 이미 화력발전소를 자체적으로 세워 밤이 돼도 대낮처럼 불이 밝았다는 그 옛날 선창가는 이제 자취 하나 없이 어스레할 뿐이었다. 을씨년스러운 배수 펌프장 건물이 곧 보였고 그 너머 옥녀봉 북동 기슭을 싸고 내려온 몇몇 가옥들이 보였다. 슬레이트 지붕을 얹은 오래된 건물들이었다. 폭력적으로 느낄 만한 재빠른 변화의 물결이 한사코 비켜간 강경의 북촌이 거기서 시작됐다.

그 남자는 나이가 짐작되지 않았다.

구레나룻에서 시작돼 뺨의 거지반을 채우고 내려와 턱 밑에서 호방하게 아퀴를 지은 반백의 수염 때문인지 몰랐다. 아니면 햇볕이 골고루 잘 익힌 청동빛 피부색 때문인지도. 이제 막 쉰을 넘긴 것도 같았고 일흔을 웃돌 것도 같았다. 눈빛은 흐릿했으나 미풍이 지나가는 듯 부드러웠고 이목구비는 잔주름이 잔뜩 덮였으나 어디 한군데 기운 데 없이 맞춤했다. 기타를 든 남자의 손은 힘줄이 툭툭 불거져 나와 있어 강직한 물갈퀴의 느낌을 풍겼다.

옥녀봉 북동쪽 맨 위에 그 집이 자리 잡고 있었다.

북으로는 배수 펌프장 어둔 지붕 너머로 논산천이 금강 본류와 합쳐지는 정경이 손바닥처럼 내려다보였고 동쪽으로는 성동면 너른 벌판이 한눈에 들어왔다. 멀리, 계룡의 연봉들은 윤곽만 우뚝했다.

오래 묵은 집을 최근에 개축한 모양이었다.

마당 끝으로 말라붙은 도라지들이 줄지어 서 있는 게 인상적이었다. 서쪽은 살림방인 거 같았고, 동쪽은 소금 창고였다. 푸른색 비닐 천막이 씌워진 소금 자루들을 나는 보았다. '선기철 소금'이라고 프린트된 소금 자루의 상호도 볼 수 있었다. 텁석부리가 나를 이곳으로 데려온 것은 소금 자루에 쓰인 '선'이라는 성씨 때문이었다. 남자는 아마 서해 어디에서 나는 '선기철 소금'을 받아다 파는가 보았다. 바닥엔 멍석이 깔려 있었고, 한쪽에선 파전을 구워내고 있었으며, 막걸리병과 양재기 등이 준비되어 있었다. 손님은 겨우 여남은 명 되어 보였다. 젊은 사람들도 더러 눈에 띄었다. 장애인용 휠체어에 누운 남자가 전신마비로 누워 지낸다는 이 집 부인의 오빠인 듯했다. 들쭉날쭉 사람들이 둘러앉은 한가운데 청동의 조각 같은 그 남자가 기타를 들고 앉아 있었다. 송창식의 노래를 막 끝낸 '청동조각'이 나와 텁석부리에게 숫된 표정으로 눈인사를 건넸다.

"그건 송 머시기 노래 아닌가?"

머리가 벗겨진 노인이 아는 체를 했다.

"송창식이지, 송창식!" 다른 노인이 받고, "그 친구 죽은 지가 얼마나 됐는가?" 하고 머리 벗겨진 노인이 대거리를 이었다. "죽기는요. 아직도 쌩쌩히 노래하며 사는데." 텁석부리가 대답하자 여기저기 히힛, 웃음소리가 지나갔다. 청동조각은 미소만 짓고 있었다. 절름발이 부인이 한쪽에서 열심히 파전을 부치고 있었고 얼굴은 처녀티가 나는데 키는 겨우 유치원생이나 될 법한 '키 작은 소녀'와 뿔테 안경을 낀 오동통한 '안경소녀'가 파전을 나르고 있었다. 안경소녀는 예닐곱 살이 될까 말까 했다.

"어느덧 달이 떴네요."

청동조각이 말하자 모두 밖을 보았다.

만월에 가까운 달이었다. 강은 달빛을 받아 한결 희어졌고 멀리 산 그림자는 더 우뚝했다. 불현듯 떠올랐다는 듯이 기타를 고쳐 잡고 청동조각이 〈달타령〉을 부르기 시작했다. "달아 달아 밝은 달아 이태백이 놀던 달아……." 나도 알 만한 가사였다. 머리 벗겨진 노인이 흥이 나는지 어깨춤을 으쓱으쓱 추었다. 이상야릇한 라이브 카페가 아닐 수 없었다. 부드러우면서도 옹골찬 청동조각의 눈빛과 그 표정이 아니었으면 오히려 그로테스크한 느낌을 받았을 것이었다. 편한 트레이닝복 차림의 청동조각은 어눌한 편이나 좌중을 휘어잡는 은근한 포스를 가지고 있었다. 낯선 분위기는 금방 내 것처럼 되었고, 그리고 놀랍게도 이내 모든 게 환하고 따뜻이 느껴졌다.

〈달타령〉은 청동조각의 목소리에 걸맞지 않았다.

송창식의 노래도 그랬다. 아주 잘 부르는 솜씨라고도 할 수 없었다. 그러나 갈라지고 쉰 음색이 어딘지 모르게 사람의 감정을 건들고 잡아당기는 구석이 있었다. 막걸리 한 종지를 들이켠 후에는 "지금 이러고 살지만요, 젊어 한때는 노래 부르거나 시인으로 사는 게 꿈이었지요"라고 수줍게 고백하기도 했다. 그가 부르는 노래들은 주로 70년대 유행했던 포크록 계열이었다. 특히 한대수의 노래는 기타 반주에 맞춰 두 곡이나 불렀다. "장막을 걷어라. 너의 좁은 눈으로 이 세상을 떠보자"로 시작하는 〈행복의 나라로〉를 부른 다음엔 연이어 〈물 좀 주소〉를 불렀다. 닫혀 있던 70년대의 역사적 그늘에 갇힌 당시의 청춘들이 때론 목메어 부르기도 했다는 〈물 좀 주소〉를 부를 때 남자의 가락에는 사뭇 아스라한 정한이 묻어 나왔다.

"물 좀 주소. 물 좀 주소. 목 마르요, 물 좀 주소. 물은 사랑이요, 목을 간질여 밖에 보내네. 아 가겠소. 난 가겠소. 저 언덕 위로 넘어가겠소. 여행 도중 처녀 만난다면 난 살겠소, 같이 살겠소. 물 좀 주소. 물 좀 주소. 목 마르요, 물 좀 주소. 그 비만 온다면 나는 다시 일어나리. 아 그러나 비는 안 오네."

첫 소절이 끝나고 "아 가겠소. 난 가겠소……"를 부를 땐 언뜻 눈가에 물기가 맺히는 것도 같았다. 한대수는 나도 좋아하는 가수였다. 명문가에서 태어났으나 끝없이 버림받았던 그의 이력도 좋았다. 저명한 핵물리학자였던 아버지와 피아니스트였던 어머니 사이에서 태어났고, 미스터리한 아버지의 실종으로 고아 아닌 고아가 되어 뉴욕과 한국을 넘나들면서 성장한 가수였다. 그래서 그에겐 어디에도 소속되지 못한 망명자의 냄새가 늘 풍겼다. 〈물 좀 주소〉는 그의 첫 앨범 《멀고 먼 길》에 실려 있는 곡이었다.

"한대수를 좋아하시나 봐요?"

좋아하는 가수라서 나는 무심코 물었다.

"오, 한대수를 아는군요!" 그의 표정에 단번에 서기가 반짝했다. 막막한 모랫길에서 동행이라도 만난 표정이었다. "그럼요. 포크록의 대부 격인데 왜 모르겠어요?" 내 말에 그가 한 발 앞으로 나갔다. "맞아요. 한대수는 70년대 유행했던 정통적인 포크와는 좀 다르지요. 풍파가 유달리 많았던 그의 삶이 깃들어 그런지도 몰라요. 아니면 뉴욕에서 일찍부터 히피 문화를 배웠기 때문인지도 모르고. 세시봉 출신인데 세시봉 가수들과는 좀 다르잖아요. 《멀고 먼 길》 재킷 사진 혹시 봤어요?"

"손바닥으로 턱을 잡고 있는?"

"보셨네. 하, 여기서 그걸 아는 분을 만나다니. 그 사진도 참 강렬했지요. 발칙하다고 할까."

"본인이 직접 찍은 사진으로 알고 있어요."

"옳거니! 그럼요. 한대수, 사진작가이기도 하니까요. 그 사진 한 장 땜에…… 젊은 한때 한대수에게 빠져 산 적이 있었어요. 볼은 홀쭉하고 눈은 흰 창이 하얗게 나오고, 정말이지 그 사진, 목마른 표정 아니었나요? 유신 시대였으니까, 뭐 목마르지 않은 젊음이 없었겠지만. 특히 〈물 좀 주소〉는 물고문이 연상된다든가, 암튼 말도 안 되는 이유로 끝내 금지곡이 됐었지요. 밥 딜런이 엘비스 프레슬리하고 비틀스 사이에 끼여 화려한 평가를 못 얻은 것처럼 한대수도 세상 틈새에 끼여 속절없이 늙어버린 거지. 세월 참, 아득해요. 한대수 같은 사람은 볼 수조차 없고, 국적 불명의 아이돌인가 뭔가 하는 젊은 애들만 판치고……."

청동조각이 가장 길게 이야기한 게 그 대목이었다.

그러나 나를 정작 감동시킨 것은 그다음에 들려준 그가 직접 작사, 작곡했다는 노래들이었다. 갈라지고 쉰 목소리라서 한대수를 닮았다고 느꼈는데 그가 직접 작사, 작곡한 노래를 부를 땐 음색이 달라진 느낌이었다. 쉰 목소리에서 그처럼 맑고 청랑한 느낌을 받은 것은 처음이었다. 그는 슬픔을 말하며 슬프지 않게 노래했고, 분노나 정한을 노래하면서 비장함으로 자신을 포장하지 않았다. "난 악보를 그릴 줄 몰라요. 그래서 노래가 제대로 된 건지 알 수 없어요." 그가 말했다. 듣는 사람도 악보를 그릴 줄 모르기 때문에 그런 것은 불필요한 고백이었다.

그가 직접 썼다는 가사는 단순하면서 은유적이었다.

누구나 알아들을 수 있는 내용이었다. 곡도 부드럽고 고요했다. 그러면서 안으로 뭔가 은근하고 차진 게 감지됐는데, 그것의 정체가 무엇인지는 잘 알 수 없었다. 가령 제목을 〈인생〉이라고 붙였다는 노래 가사는 이랬다.

"달고 시고 쓰고 짜다 인생의 맛이 그런 거지
아, 사랑하는 나의 당신 달고 시고 쓰고 짜다
달고 시고 쓰고 짜다 나는야 노래하는 사람
당신의 깊이를 잴 수 없네 햇빛처럼, 영원처럼."

마지막 노래는 제목이 〈아버지〉였다.

"아버지 오신다 저기 소금밭에 오신다
햇빛도 좋고 바람도 좋구나
아버지 오신다 저기 콩밭 두렁에 오신다
하늘도 푸르고 땅도 푸르구나
소금밭을 밟으면 소금이 오고

콩밭을 밟으면 콩 낱이 온다

아버지 오시는 길 햇빛 같은 길

아버지 가시는 길 눈물 같은 길."

왜 하필 소금일까.

텁석부리는 분명히 그가 김씨라고 했는데, 그가 가져다 파는 '선기철소금'은 그의 가계와는 아무 상관없는 소금일 것이었다. 그런데 그 노래 〈아버지〉에선, 동요처럼 단순한 리듬의 반복이었는데도 불구하고 이상하게 오래 묵어 더께가 된 어떤 세월이 느껴졌다. 단정하지만 슬프고 감미롭지만 무거웠다. 때로는 어깻짓을 하던 청중조차 그 노래를 부르기 시작하자 모두 고요해졌다. 심지어 노래를 끝냈을 때 곧장 박수치는 사람도 없었다. 예닐곱 살 돼 보이는 그의 막내딸 안경소녀가 "울 아빠 최고!" 하면서 엄지손가락을 펴 보였을 뿐이었다. 사람들이 비로소 와하고 웃으며 박수를 쳤다.

그사이 막걸리는 동이 나 있었다.

어떤 사람은 보답으로 20킬로그램짜리 천일염을 샀고 또 어떤 사람은 전시해둔 죽염을 사기도 했다. 입구에 준비돼 있는 통에 텁석부리가 막걸리값으로 만 원짜리 한 장을 넣었다. "매일 하면 좋겠네!" 한 노인이 구시렁거렸다. 청동조각은 아무 대답도 하지 않았다. 노래를 끝내고 나선 슬그머니 마당으로 나가 달빛에 잔뜩 젖은 강을 향해 혼자 서서 담배에 불을 붙이고 있었다. 라이터 불빛에 반짝 드러난 그의 눈가가 물기로 번질거리는 것을 나는 한순간 날카롭게 보았다.

난데없이, 그때 시우가 눈앞에 확연히 떠올랐다.

곧 집으로 돌아왔다. 그의 노랫소리가 호숫가 내 집에까지 나를 따라오는 느낌이 들었다. '소금밭 아버지'에 대한 그의 마지막 노래가 환청으로 계속 들렸다. 시우와 함께 눈발 속으로 사라졌다는 그녀의 아버지가 어른거리고, 그리고 잊었던 나의 아버지도 더불어 떠올랐다. 고향에서 아버지는 늘 "법 없이도 살 사람"이라는 평가를 얻었다. 큰물이 져 땅콩밭이 하루아침에 떠내려가도 하늘의 뜻이라 여기고 물색없이 누워 잠자던 사람이 아버지였다.

아버지는 특별히 목청이 좋았다.

동네에 초상이라도 나면 맡아놓고 상여 머리를 붙잡고 향두가를 먹였고, 육두로 배웠지만 〈쑥대머리〉나 〈사랑가〉 한두 대목엔 사람들을 감동시킬 만한 옹골찬 힘이 있었다. 어떤 사람은 아버지의 〈쑥대머리〉에 하염없이 눈물을 쏟기도 했다. 어떻게 해서든 나를 대학까지 가르쳐야 한다는 어머니의 신념만 없었다면, 금강 변의 척박한 모래땅을 일구고 때로는 노래나 부르면서, 풍족하지 않았겠지만 그럭저럭 아버지는 세상의 평화로운 한 모퉁이를 잘 돌아 나갔을 터였다. "요즘 세상에 애 하나 공부 못 시키면 그게 무슨 부모라 할 수 있소?" 어머니는 노상 말했다.

그게 바로 비극의 시작이었다.

땅콩밭을 처분하고 고향인 세도를 떠나 군산 째보선창으로 이사한 것은 내가 고등학교에 입학하던 해였다. 채만식의 소설 《탁류》에서 가산을 모두 탕진한 '정주사'가 "두루마기 둘러쓰고 풍덩 물로 뛰어들어 자살이라도 해볼까." 하고 늘 탄식하던 곳이 바로 째보선창이었다. 한때는 고군산열도 일대에서 들어온 고깃배들과 김제평야의 질 좋은 미곡들이 모두 모여들어 그야말로 성시를 이루었던 곳이기도 했으나, 내가 이사했을 무렵만 해도 세월에 밀려나기 시작한 째보선창은 꽃봉오리 시절을 다 흘려보낸 늙은 작부를 닮아가고 있었다.

낡아가는 것들은 모두 다 황량하고 쓸쓸했다.

'애 하나 공부시키려고' 부두의 일용직 노동자로 직업을 바꾼 아버지도 그러했다. 일용직 부두 노동자에게 〈쑥대머리〉는 어울리지 않았다. 아버지는 그곳 어판장에서 겨우 3년을 살았다. 소낙비 오던 한밤중 술에 취해 걸어오다가 부두 난간으로 떨어져 그만 세상을 등지고 만 것이었다. 뱃전에 부딪치면서 콘크리트 난간과 배의 이물 사이 틈으로 쑤셔 박혔기 때문에 아버지는 비명 한번 지르지 못하고 죽었다. 아버지의 주검은 주먹을 꽉 쥔 채 입을 반쯤 벌리고 있었다. 아들을 위해 고향을 떠나자고 종주먹 들이댔던 어머니와 그 모든 결과의 빌미가 된 나에 대한 원망이 극에 달했을 무렵이었다.

"그러니까 꼭, 대학까지 가야 되겠냐?"

아버지가 그렇게 물은 것은 이삿짐을 싸던 날이었다.

아버지는 그때 이미 당신의 길 끝에 무엇이 기다리고 있는지 예감했는지도 몰랐다. 아뇨, 라는 말이 목젖에 걸려 있었으나 어머니가 곁에 있어 아무 말도 할 수 없었다. 하기야 대답을 바라고 한 말도 아니었다. 어떡하든 고향을 떠나고 싶지 않았던 아버지의 입에서 저절로 비어져 나온 비명 같은 것에 불과했다. 아버지는 째보선창으로 이사 온 뒤 빠르게 무너졌다. 술을 마셨고 말수가 턱없이 줄어들었다. 만취한 아버지가 자폐아처럼 쭈그려 앉아 중얼거리는 말은 매양 "치사해!"뿐이었다. "치사해. 치사해, 치사해"라고 아버지는 끝없이 중얼거렸다.

"뭐가? 뭐가 그리 치사해?"

어머니가 반문이라도 하면 아버지는 대답 대신 손에 잡히는 대로 온갖 것을 어머니에게 집어 던졌다. 부두에서의 일용직이 어떤 직업인지 그때 나는 잘 몰랐다. 자신보다 어린 작업 감독에게 뺨을 맞은 적도 있었다고 했다. 아버지는 본래 술을 잘 마시지 못했다. 막걸리 반 잔을 마시고도 온몸이 벌게지는 체질이었다. 그런 아버지가 째보선창에선 중독자가 됐다. 술을 마시지 못한다고 막걸리를 아버지 얼굴에 끼얹은 '오야지'까지 있었다는 이야기는 나중에 들었다. 약골인 아버지는 계속 짐을 져야 했던 부두 노동에 잘 맞지 않았다. 힘에 부쳐 비틀거리면 동료들은 "벼엉신!"이라 손가락질했고, 술상 앞에서 머뭇거리면 "계집애냐"고 야유를 했다. 아버지는 그래서 못 마시는 술에 자신을 몽땅 걸어 기꺼이 저당 잡혔다. 일하러 가는 걸 마다하지 않는 게 그나마 신기했다. 술에 찌들어 살면서도 아버지는 보통 새벽 2시에 일어나 어김없이 부두로 나갔다. 길은 그것뿐이었다. 허리와 어깨는 늘 파스로 도배가 돼 있었고 얼굴은 새카맣게 탔으며 눈은 떼꾼했다. 패전을 실감하면서, 퇴로가 없어 앞으로 나갈 수밖에 없는 전사처럼, 아버지는 그렇게 부두로 갈 수밖에 없었다. 그리고 돌아올 때는 취해 있었고, 취하면 노상 "치사해, 치사해, 치사해!" 중얼거렸다. 그것이 굴욕을 견디는 아버지의 마지막 힘이었다.

"당신만 그런 게 아냐!"

듣다못해 어머니가 소리친 적이 있었다.

"애비가 본래 그런 거라고! 몰랐어? 모든 애비들이 다들 그렇게 치사하게 산다는 거!" 아버지의 눈에서 불길이 나왔다. 어머니의 머리끄덩이를 붙잡아 함부로 팽개치는 버릇이 생긴 게 그때부터였다. "그래, 이년아! 애비들이 다 치사하면 씨부랄, 온 세상 다 치사해지는 거지. 나도 알아 이년아. 그래서…… 그렇게…… 새끼들 대학까지 가르쳐서…… 무슨 영화를 볼 것이냐!" 어머니의 머리끄덩이를 붙잡고 아버지는 소리쳤다.

"치사해!"

머리끄덩이를 잡힌 어머니 입에서도 다음 순간 비명처럼 그 말이 솟구쳐 나왔다. 전염성이 높은 말이었다. 그날 이후, 아버지에게 머리끄덩이를 잡히면 아버지에게 장단 맞춰 어머니의 입에서도 늘 "치사해, 치사해!"가 나왔고, 그것을 보고 있는 내 입에서도 저절로 그 말이 나왔다. 아버지의 목숨을 팔아 다니는 학교였으니, 치사해서 견딜 수가 없었다.

"치사해, 치사해, 치사해!"

누운 채 나는 중얼거렸다.

"꼭 대학까지 다녀야겠냐?"라고 묻던 아버지의 목소리가 귓가에 남아 있었다. 치사하고 치사했다. 어디 나뿐이겠는가. 어둠 속에 귀를 열어놓고 있으면 밤낮없이 사람들이 아우성, 아우성치는 거대한 소음이 이 고요한 호숫가에까지 들리는 듯했었는데, 그 역시 세계의 모든 아버지들이 중얼거리는 "치사해, 치사해, 치사해!"의 장대한 합창이었던가 보았다. 애비들이 치사하면 세상이 모두 치사해진다는 아버지의 말은 하나도 그른 데

76

가 없었다. 치사한 아버지들과 치사함을 견뎌내는 아버지들에겐 모두 '새끼'들이 딸려 있었고, 아버지들의 소망과 달리, 그 새끼들 역시 치사하게 살아가며 "치사해, 치사해, 치사해!"를 대물림받는 중이라고 나는 생각했다.

다음 날 나는 다시 강경으로 갔다.

텁석부리에겐 아무 말도 하지 않았다. 읍사무소 친구를 찾아가 청동조각의 주민등록 서류를 은밀히 열람했다. 청동조각은 이름이 김승민이었다. 아내와 딸들도 등재되어 있었으나 청동조각의 아내가 돌본다는 그녀의 오빠만은 동거인에 없었다. 오빠라는 사람은 주민등록이 따로 되어 있는 모양이었다. "왜, 누구 찾아?" 친구가 물었다. "아, 혹시 옛날 아는 사람인가 해서……." 나는 얼버무리고 나서 텁석부리에게 나의 이야기를 하지 말아달라고 부탁했다. 근거 없는 감에 의지해 읍사무소까지 찾아온 게 잘못이었다.

시우는 오늘 연극의 막을 올린다고 했다.

오랫동안 서울을 가보지 못했으므로 시우의 공연도 볼 겸 해서 기차를 탔다. 얼마 만에 가보는 서울인가. 아내 우희는 문제의 남자와 지난 초여름에 다시 결혼식을 올렸다. 나와 이혼하고 불과 두 달 만이었다. 천연스럽게 청첩을 보내오고, 전화까지 해서 그녀는 말했다. "오빠가 와주면 내겐 최고의 하객이지. 성격상 안 올 테지만." 상대 남자는 그녀보다 세 살이 어린 스물여 덟이었고 어떤 무역 회사의 햇병아리 사원이었다. 그녀에겐 대 학 후배가 되는 남자였다.

"멍청이!"

우희와의 전화를 끊고 나는 혼잣말을 했다. 우희가 그 남자를 내게 소개할 때 한 말이었다. 대학 때 좋아서 내내 그녀를 쫓아 다녔던 모양인데 그 시절에 그 남자는 매양 '멍청이'로만 보였 다고 했다. 내게 데려와 소개할 때도 "옛날엔 그렇게 멍청이로 보였는데, 내가 잘못 본 거더라고. 오랜만에 다시 만났더니, 멍 청할지 몰라도 멋진 거야! 후훗, 멋진 멍청이!"라고, 그녀는 말 했다. "단도직입적으로 말할게. 이 사람, 사랑하게 됐어. 이 친구 의 나에 대한 마음도 여전히 일편단심 붉은 상태고. 이 친구는 글쎄, 당신만 좋다면 셋이 함께 살아도 자기는 상관없대. 진짜 멍청하지?" 그녀는 끝끝내 킬킬대고 웃었다.

기차 속에서야 나이에 생각이 미쳤다.

읍사무소에 갔을 때 선씨인가 김씨인가에 신경 쓰느라 청동 조각의 나이를 확인하지 않았기 때문이었다. 나는 읍사무소 친 구에게 다시 전화를 걸어 청동조각 김의 나이를 확인해달라고 했다. "가만있어봐. 음, 63년생이니까 우리 식대로 하면 올해 쉰 이네." "쉰 살? 만 마흔아홉?" 내가 반문하자 친구는 "여긴 서울 하고 달라. 시골에서 막일하고 살면 훨씬 늙어 뵈는 경우가 흔

하거든." 했다.

갑자기 가슴이 두근거리기 시작했다.

친구의 말이 물론 틀린 것은 아니었다. 시골에서 살면 자연히 나이보다 늙어 뵐 수가 있었다. 그러나 그는 분명히 한대수의 노래에 '젊은 한때' 빠져 살았다고 했다. 한대수의 첫 번째 음반 《멀고 먼 길》이 나온 건 1974년이었다. 청동조각이 주민등록부에 등재된 대로 정말 50세라면 '젊은 한때' 한대수의 노래에 빠져 살았을 리 만무했다. 《멀고 먼 길》이 나올 때 불과 열한 살이 었던 그가 어떻게 '젊은 한때' 한대수에게 빠져 살았다고 말할 수 있겠는가.

물론 그가 거짓말을 했을 수도 있었다.

노래에 대해 아는 척하려다 보니 그냥 옛날을 '젊은 한때'라 고 표현할 수도 있을 것이었다. 이제 서른아홉 살인 나 자신도 한대수를 감히 좋아한다고 말하고 있는 걸로 비춰볼 때 그도 그럴는지 몰랐다. 그러나 그의 깊고 맑은 눈빛과 향기롭고 고요한 노래들이 자꾸 떠올랐다. 확신의 하나는 그가 섣불리 아는 척을 하거나 이것저것 갖다 짜 맞추는 식의 거짓말을 구사할 사람이 아니라는 사실이었다. 더구나 '젊은 한때'라고 말할 때 그의 감정이 최고조로 높아진 상태였으니, 거짓으로 꾸며 말할 계제도 아니었다.

기차에서 내려 곧 동숭동으로 갔다.

시우가 출연하는 연극은 나도 알 만한 예술극장에서 주관하는 '코미디 페스티벌' 시리즈 중 한 편인 〈시라노〉였다. 시라노라는 남자가 여러 재능을 가졌음에도 불구하고 단지 '이상한 코'를 가졌다는 이유로 오랜 세월 사랑하는 여자에게 자신을 드러내지 못하다가 죽음에 이르러서야 비로소 진실한 사랑의 정체를 드러낸다는 코믹멜로였다. 시우의 역할은 여럿이 함께 등장하곤 하는 광대들 중의 하나였다. 그녀는 나를 보더니 뛰어와 서슴없이 어깨를 안았다.

"연극을 보러 와줄 줄 몰랐어요!"

나는 "뭐 겸사겸사……." 하면서 우물쭈물, 그녀에게서 몸을 뺐다. 사람들이 떼 지어 흐르는 동숭동 거리가 남의 나라인 듯 어색했다. 약속이 있다고 둘러대니까 "그래도 목은 축이고 가야지, 시골 시인 아저씨!" 하며 그녀는 내 팔짱부터 꼈다. 우리는 근처 카페로 직행했다. 대학생 또래의 젊은 커플들이 꽉 차 있었다. 나만 해도 늙은이 꼴이었다.

서울이야, 라고 나는 생각했다.

서울은 이른바 문화의 드높은 '중심'이고 소비자본의 아름다운 '첨단'이나, 동시에 갈 길 모르는 망명자들의 감미로운 '피난처'이기도 했다. 나도 한때 그 분위기에 끼이고자 나의 고절한 시간들을 견딘 적이 있었다. 갈 길 모르던 망명자 시절의 이야기였다. '젊었을 때 우리는 배우고 늙었을 때 우리는 이해한다'는 잠언은 틀린 말이었다. 젊은이들이 화려한 문화의 중심에서만 원씩 하는 커피를 마실 때, 늙은 아버지들은 첨단을 등진 변두리 어두컴컴한 작업장 뒤편에서 인스턴트커피가 담긴 종이컵을 들고 있는 게 우리네 풍경이었다. 문제의 잠언은 '젊을 때 소비하고 늙을 때는 밀려난다'고 바꿔야 마땅했다.

"우두커니, 표정이 뭐 그래요?"

"뭐 그냥, 촌사람이라 낯설어서……."

"피, 서울 떠난 지 얼마나 됐다고!" 시우가 맥주와 함께 소주를 시켰다. 나는 맥주와 소주를 섞어 연거푸 빠르게 잔을 비웠다. "술이 되게 고프셨나 보네. 좀 천천히 마셔요!" 그녀가 지청구를 했다. "꼭 대학을 가야 하겠냐?"라고 묻던 아버지가 내 곁에 따라와 함께 앉아 있다는 느낌을 지울 수가 없었다. 아버지는 44년생이었다. 포악했던 일제 말기에 태어나 혼돈의 해방공간과 전쟁 통에 흙을 주워 먹으며 성장했고, 개발의 연대엔 식구들 굶기지 않으려고 금강 변 모래땅에 매달려 살다 종국엔 자식 하나 가르치자고 등짐을 지다가 죽었다. 아버지만큼 세월의 변화를 오지게 겪은 세대는 없었다.

"혹, 선기철이라는 이름 들어봤어요?"

불현듯 생각났다는 듯 내가 물었다.

"아뇨. 삼촌들 중 선기철은 없는데." 그녀가 말했고, '선기철소금'을 생각하며, "혹시 할아버지 이름은요?" 내가 반문했다. 이미 고인이 됐을 할아버지까지 들먹인 것은 대화가 끊어질까 봐 무심코 나온 말이었다.

"할아버지?"

할아버지라는 말에 그녀는 잠시 당혹한 눈치였다. "본 적도 없고, 들은 적도 없는데. 아하, 내게도 할아버지가 있었겠네요. 아마 아빠 어렸을 때 돌아가셨던 거 같아요. 그래도 신기하네요. 내게도 할아버지가 있었다는 생각을 한 번도 안 해봤거든요." 취기가 올라왔다. 화제가 자연스럽게 연극과 대학 시절로 옮겨갔다. 그녀는 대학 때 연극 동아리를 했던가 보았다.

그녀는 대학 시절이 "참담했다"고 회고했다.

졸지에 부모를 잃고 들어간 대학이니 보나 마나 공부하기가 쉽지 않았을 것이었다. "내가 어떻게 견뎠는 줄 알아요?" 그녀는 말했다. "아빠가 살아 있다, 그렇게 생각했기 때문에 견딜 수 있었어요. 그런데 이상하지요. 강경을 두 번째 다녀오던 날 아빠가 꿈에 나타났는데요, 하얀 옷을 입은 아빠가 이렇게 말하는 게 똑똑히 들렸어요. 날 찾지 마. 쓸데없는 짓이야. 네가 상상하는 것보다 나는 훨씬 멀리 와 있단다, 그러시는 거예요. 그 꿈에서 깨고 나선 뭐랄까요, 홀연히 마음이 편해지더라고요. 살아 있다면 어떻게 이리 흔적조차 없겠어요? 아빠가 살아 있을 거라고 여긴 것은 그래요, 아빠 없는 젊은 날을 견뎌내기 위한 나의 방패막이 같은 것에 불과했다고 봐요. 이제 내 인생을 살아야지요."

"그렇다고 버리면 되겠어!"

내가 버럭, 소리쳤다. 사람들이 돌아다보는 것 같았다. 나는 많이 취한 상태였다. "버리긴 뭘 버려요? 아저씨 취했네!" 그녀가 받았고, 만취한 내가 한 번 더 목청을 높였다. "버렸잖아, 지금! 이제 내 인생 살아야 한다, 깃발은 그럴 듯하지만 그게 뭐야, 버리는 거지. 안 그래? 나도 고등학교 때 하란 공부는 안 하고, 아버지 등짐 져 번 돈으로 겨우 시집이나 사서 모은 놈이야. 울 아버지는 시가 뭔지도 몰라. 이 꼬락서니로 살 거면서, 그때 이미 아버지를 내다 버린 거지 뭐. 모든 아버지가 다 그래. 늙으면 무조건 버림받게 돼 있어. 과실을 따올 때 겨우 아버지, 아버지 하는 거라고. 둘러봐. 아버지가 번 돈으로 술 마시는 쟤네들, 쟤들 머릿속에 지금 늙어가는 아버지들이 들어 있겠어?"

그녀의 눈에서 그 순간 눈물이 주르륵 흘렀다.

뚜렷이 기억하는 것은 겨우 거기까지였다. 눈을 떴을 땐 햇빛이 머리맡에 닿고 있었다. 침대와 책상이 맞붙다시피 한 작은 원룸이었다. 벽에 붙어 있는 그녀의 사진 때문에 나는 그곳이 그녀의 방이라는 걸 깨달았다. 낭패가 아닐 수 없었다. 동숭동 뒤편 언덕배기였다. 술에 취한 나를 어떻게 할 수 없어 방으로 데려와 재운 모양이었다. 그녀는 이미 출근하고 없었다. 작은 식탁 위에 마실 것과 함께 사각으로 얌전히 접힌 쪽지가 남아 있었다.

"엊저녁 아저씨 나한테 상처 줬어요. 그건 알고 계세요. 설마 과실 따올 때나 아버지, 아버지, 할 뿐이라는 말, 잊은 건 아니겠죠? 그래요. 내가 그랬어요. 그렇다고 그런 말을 어떻게 대놓고 할 수가 있어요? 두고 봐요. 복수할 날이 있을 거예요.

다른 실수는 없었어요.

침대에 뉘었더니 순한 양처럼 금방 잠들었으니까. 어쩜 그렇게 달게 자요? 일어나면 나 근무하는 극장으로 내려와요. 얼굴 보고 가라고요. 참, 아저씨가 할아버지에 대해 물었을 때 굉장히 당황했었어요. 할아버지 이름도 모른다는 게 새삼 부끄럽기도 했고요. 그래서 아침에 구청에 알아봤는데, 우리 할아버지 이름이 선기철, 맞아요. 아저씬 그 이름 어디서 들은 거예요? 강경에 그런 분이 살고 있나요?"

기차역으로 나왔는데 그녀에게서 전화가 왔다. 그냥 내려가겠다고 말하자 "선기철, 어디서 들은 이름이에요?" 그녀는 단도직입적으로 물었다. "그게 뭐, 동명이인인가 봐. 그런 이름의 젊은 사람이 있기에……." 나는 얼렁뚱땅 둘러댔다. 곧장 강경까지 가는 기차표를 끊었다. 아직 아무런 확신도 가질 수 없었지만, 노래하는 청동조각 김에게 물어야 할 질문들이 갑자기 많아진 건 사실이었다.

고아

시우는 자주 '만약 아버지가 계속 곁에 있었다면?' 하고 생각했다. 아버지가 계속 곁에 있었다면 그녀의 대학 생활은 안정적이고 평범했을 것이었다.

여고 시절 그녀의 꿈은 그냥 '현모양처'였다.

그녀가 상상하는 현모양처란 한 남자에게 기대어 아이 낳고 키우면서 멋진 가족 여행을 계획하거나 시시때때 집 안의 인테리어를 바꾸거나 하면서 평화롭고 따뜻하게 한세상을 사는 일이었다. 커리어 우먼이 되어 세상에 부대끼며 활동하고 싶진 않았다. 아버지 같은 남편을 바랐다. "절대 아버지 같은 남자에겐 시집가지 않겠다"던 언니들과는 대조적인 바람이었다. 특별히 아버지를 좋아한 것은 아니었다. 그러나 그림자처럼, 자기를 드러내지 않고 뒷바라지하는 그 유순한 태도가 가족들의 평화에 전적으로 이바지한다는 것을 그녀는 눈치로 알고 있었다.

"넌 아빠처럼 답답한 남자가 좋다는 거니?"

언니들은 대놓고 그녀를 비웃었다.

"뭐 꼭 좋다는 것은 아니지만, 아빠는 최소한 우리를 강압적으로 다루거나 하진 않잖아! 우리를 소홀히 한 적도 없었고. 생각하면 아빠만 한 아빠도 없다는 생각이 들어." "어머, 효녀 나셨네, 우리 집 막내따님!" 큰언니가 말했고 "난 울 아빠 같은 캐릭터, 단 하루도 같이 못 살아. 답답해서. 엄마 없었어 봐라. 우리는 아직도 좁은 빌라에서 셋이 한방 쓰며 살았을 거다. 너는 어려서 잘 모르겠지만, 어렸을 때 외식하자면, 아빠는 늘 중국집 가서 자장면이나 먹자고 했어. 내 클라리넷만 해도 그래. 대학 들어가서 아버지가 사주겠다고 한 건 일본제 중고로 겨우 80만 원짜리였다고." 작은언니가 토를 달았다.

시우는 물론 가난에 대해선 잘 몰랐다.

언니가 갖고 있는 윌리처 클라리넷 가격은 2천만 원에 가깝다고 했다. 하지만 악기가 좋다고 해서 꼭 음악이 좋은 건 아니었다. 언니는 동료들 중에서 가장 비싼 악기를 갖고 있지만 연주 실력은 그저 그랬다. 가난한 것이 오히려 낭만적으로 보인 적도 있었다. 가령 영인은 늘 같은 청바지만 입고 다녔는데, 내가 왜 그 청바지만 입느냐 묻자 청바지가 그것밖에 없다고 했다. 그래도 영인의 기타 연주는 언제나 최고였다. 빌딩의 유리 닦이로 일하는 아버지를 위해 저녁마다 기타 연주를 들려준다는 영인의 말은 감동적이었다.

왜 자장면이나 먹는 외식은 나쁘다는 것일까.

과외를 끝내고 나오면 대개 아버지가 차를 몰고 와 기다리고 있었다. 한번은 쫄면을 먹고 싶었다. 쫄면을 먹고 싶다는 그녀의 말에 아버지는 반색을 했다. 자정이 가까운 시간이었다. 어디에서도 쫄면을 파는 가게를 쉽게 찾을 수 없었다. 아버지와 그녀는 쫄면 가게를 찾아 강북까지 건너와 헤매다가 대학가 어느 모퉁이에서 작은 분식점을 겨우 찾았다. 아주 매운 쫄면이었다. 땀을 뻘뻘 흘리면서 함께 쫄면을 먹을 때의 아버지 표정은 전에 없이 생생했다.

"아빠 쫄면 좋아하나 보네?"

그녀가 말하자 "아니. 너랑 둘이만 이런 데 와서, 너 쫄면 먹는 거 보니 참 좋아!" 아버지의 입에서는 금방 콧노래라도 나올 것 같았다. 마치 오랜만에 그리운 고향에라도 온 것처럼 환하고 젊어진 표정이었다. 쫄면을 다 먹고 돌아오는 차 속에서 아버지는 실제로 콧노래를 하기도 했다. "그거, 무슨 노래야?" 그녀가 묻고 아버지는 들뜬 목소리로 동문서답을 했다. "아빠가 있지, 노래하는 사람이 되고 싶었던 적이 있었거든." "정말? 노래하고 아빠하고, 안 어울리는데." 잠시 사이를 두었다가 "그러게. 나도

88

뭐…… 그렇게 생각해." 하는 아버지의 어조가 갑자기 슬프게 들려 그녀는 얼른 아버지를 돌아다보았다. 아버지의 표정은 어느새 다시 무채색의 갑옷을 입고 있었다. 함께 쫄면을 먹고 왔다고, 아버지가 그날 밤 어머니에게 심한 질책을 들었음은 물론이었다.

어머니의 사랑을 뒤늦게 안 것도 죄였다.

어머니가 하루아침에 세상을 등지기 전까지, 시우와 그녀의 언니들은 어머니가 아버지를 진실로 사랑했다는 것을 알지 못했다. 항상 아버지를 무시했기 때문에 그녀들은 어머니가 아버지를 사랑하지 않았다고 생각했다. 그러나 외삼촌의 말은 딴판이었다. "처음부터 어머니가 그렇게 너희 아버지를 좋아했단다. 결혼만 해도 온 집안사람들이 반대했어." 어머니의 장례식에 온 얼굴조차 낯선 외삼촌은 말했다. 어머니는 살면서 친정 식구들과 별로 가깝게 지내지 않았다. 시우에게도 외갓집에 대한 기억은 거의 없었다. 외할아버지는 어머니가 결혼할 무렵만 해도 대구에서 굴지의 섬유 회사를 운영하고 있었다고 했다. 어머니는 3남 1녀를 둔 부잣집의 막내이자 외동딸이었다. 외할아버지는 특별히 외동딸을 좋아해 어머니를 위해선 돈을 아끼지 않았던 모양이었다. 그러나 아버지와의 관계 때문에 어머니는 마침내 외할아버지의 눈 밖에 났다. 외할아버지는 아버지를 따라 집을 나온 어머니를 두고 펄펄 뛰었으나 그래도 어머니는 당신의 사랑을 끝내 버리지 않았다.

그에 비해 아버지는 전망 부재의 가난뱅이 남자였다.

외할아버지 회사가 부도가 난 건 한참 후였다. 외할아버지는
감옥까지 가야 했고 끝내 그 후유증으로 죽었다. 그래도 살면
서 어머니는 가진 것 없는 남자와의 사랑 때문에 집에서 쫓겨
난 기억을 잠시도 잊지 못했다. 어머니가 운영하던 홍보 회사만
해도 그랬다. 겉으로는 꾸준히 매출과 함께 사원의 수도 늘어나
어머니가 죽을 무렵만 해도 동종 업종에서 꽤 알려진 회사였는
데, 막상 어머니가 죽고 나자 속은 텅 비어 있다는 사실이 시시
각각 밝혀졌다. 빚이 자산보다 수십 배였다. 빌라는 물론 모든
재산에 이내 압류 딱지가 붙여졌고, 빚쟁이들은 수시로 드나들
며 온갖 저주의 말을 그녀와 언니들에게 퍼부었다. 어머니의 보
석함에서 패물을 함부로 집어 가는 사람들도 있었다. 언니들은
무서워서 집에 들어오지 않는 날도 많았다. 아버지가 회사 공금
까지 유용했다는 사실도 새로 드러났다.

"아버지 퇴직금은 회사에서 압류 처분 했네."

안타까운 표정으로 전무가 말했다.

아버지가 췌장암 진단을 받은 걸 유일하게 알고 있던 전무였
다. 곧 사장이 될 거라고들 했다. 아버지와는 오래 함께해온 동
료로서 그녀와 언니들도 전부터 여러 번 만난 적이 있었다. 아
버지보다 늦게 입사했으면서도 아버지보다 훨씬 빠르게 진급

해온 유능한 사람이었다. 문화적 감수성도 남달라 회사 소속의 아카펠라 팀을 만든 사람이기도 했고 성격 또한 서글서글했다. 아카펠라 공연 땐 그녀와 언니들에게 제일 좋은 자리에 앉도록 마음을 써주면서 "이렇게 예쁜 딸들 보면 선 상무가 정말 부러워요!"라고 말한 적도 있었다. 전무는 "도대체 이해가 안 가. 워낙 믿었던 사람이라 그냥 맡겨두었는데 설마 공금까지 이리 유용할 줄이야." 말하며 혀를 찼다. 퇴직금만이라도 빼주려고 애썼으나 자신의 권한 밖이라 어떻게 해볼 길이 없다고 했다. 그러면서 전무는 또 "난 아버지, 죽었다고 생각 안 해. 굳세게 살아. 어려운 일 있으면 찾아오고." 하고 덧붙였다.

대학 입학금은 그녀의 저축으로도 충분했다.

큰언니는 졸업을 했기 때문에 문제가 없었지만 대학 졸업반인 작은언니의 앞날도 걱정이었다. 약간의 저축이 있기는 했다. 어머니가 그녀들 앞으로 들어준 적금을 깨고 저축한 돈을 보태면 몇 달은 능히 버틸 것이었다. 큰언니 앞으로 된 통장에 제일 돈이 많았는데, 큰언니는 자기 통장의 돈을 꺼내 쓸 수 없다고 버텼다. "우리에게 통장이 있다는 걸 알면 빚쟁이들이 그것도 가만두지 않을 거야." 큰언니는 말했다. 큰언니는 시우와 작은언니까지 행여 자신의 돈을 빼앗아 갈까 봐 빚쟁이들처럼 대하는 것이었다.

"너무해."

작은언니가 악을 쓰고 울부짖었다.

"언니가 그렇게 나쁜 계집앤 줄 몰랐어!"

"어따 대고 나쁜 계집애래, 이것이!"

큰언니가 로션병을 집어 던졌다. 고아가 되었다는 것을 그녀가 제일 먼저 실감한 것은 언니들과의 관계였다. 낮에는 빚쟁이들이 집 안을 휩쓸어 가고 밤이 되면 세 자매 스스로 서로 상처를 뒤집고 할퀴면서 서로를 물고 늘어졌다.

빌라는 선장이 없는, 가장 참혹한 난파선이 되었다.

어머니는 카리스마 넘치는 선장이었다. 어머니의 돈은 물론이고 아버지가 받아 오는 월급까지, 강력한 권력을 가지고 재분배를 해온 것은 어머니였다. 비록 언니들의 비정상적인 욕망에다 차진 않았지만 소비에서 크게 부족한 건 없었다. 작은언니가 몇백만 원짜리 뷔페 클라리넷 토스카를 사달라고 했을 때도 어머니는 2천만 원 가까운 윌리처 클라리넷을 사주었을 정도였다. 그래서 그녀와 언니들은 돈이 부족할 수 있다는 생각을 해본 적이 없었고 또 어떻게 나누어 써야 하는지 배운 적도 없었다. 오로지 받는 관계에만 길들여져 있어, 돈줄이 사라진 위기 속에서 어떻게 서로 사랑하고 의지해가야 되는지도 그녀들은 몰랐다.

제일 크고 절박한 문제는 집이었다.

버티고 버틴다 해도 봄이 무르익으면 빌라에서 쫓겨나야 할

참이었다. 갈 데가 없었다. 지하 단칸방이라도 알아봐야 하지만 "난 못해. 볕도 안 드는 그런 데서 난 못 살아!" 큰언니가 말했고 작은언니는 울기만 했다. 마지못해 시우가 나서 변두리 지하 단 칸방을 알아봤는데 그것도 꽤 많은 보증금이 필요했다. 보증금 을 내면 대학 등록을 못 할 터였다. 외가에선 아무도 상대해주지 않았다. 외할아버지가 망하고 나서는 외삼촌들도 살던 집에서 쫓겨 나와 고생이 자심한 젊은 날을 보냈다고 했다. 외삼촌들은 자신들이 불행해지는 데 어머니가 한몫을 했다고 여기는 눈치 였다. 걸핏하면 찾아와 손을 벌리곤 해서 늘 어머니에게 아버지 가 핀잔받는 빌미가 됐던 아버지의 형제들은 하나같이 연락조 차 잘되지 않았다.

3월에 큰언니가 먼저 혼자 집을 나갔다.

남자 친구가 마련해준 원룸이니 함께 가지 못한다고 했다. 얼 굴이 예쁜 큰언니는 남자 친구와 여름에 미국으로 동반 유학길 에 오를 예정이었다. 작은언니와 시우는 그것으로 큰언니와의 인연을 끊었다. 작은언니는 등록을 포기했고, 그녀는 일단 입학 금을 냈다. 남은 돈으로 둘이 함께 변두리 벌집으로라도 들어갈 수밖에 없었다. 옆방 남자의 숨소리까지 들리는 최악의 숙소였 다. 작은언니의 윌리처 클라리넷도 부모가 사준 것이라며 이미 압류 상태에 있었다. 악기까지 뺏긴 작은언니는 그 방에 들어오 던 날 밤새 소리 죽여 울었다. 옆방 남자가 조용히 하라고 벽을 함부로 두들겨댔다.

얼음같이 차디찬 세상이었다.

그 남자, 아버지 회사의 오 전무가 찾아온 것은 4월이었다. 회사에서 주관하는 식목일 행사에 참석하고 오는 길이라는 전무는 밝은 노란색 등산용 점퍼를 입고 있었다. 아르바이트거리를 구하다가 그것도 얼른 안 되자 작은언니가 전무를 찾아가 도와달라고 했다는 것은 그다음 날 알았다. 전무는 방 안을 휙 둘러보고 말도 없이 앞장서 나갔다.

"밥은 먹고 사시는가?"

근처의 갈빗집에서 전무가 말했다.

시우와 작은언니가 말이 없자 그는 대뜸 혀를 끌끌끌, 찼다. "그리 곱더니, 성우 양 얼굴이 이게 뭐야!" 성우는 작은언니의 이름으로 별의 친구라는 뜻이었다. "클라리넷도 뺏겼다고 들었네. 연주가가 악기도 없다니 딱하이. 왜 진즉에 찾아오지 않았어? 외삼촌들도 잘산다고 해서 갈 데만이라도 마련된 줄 알았는데 방을 들여다보고 정말 놀랐네. 어떻게 거기서 생활하겠나?" 성우 언니가 소리 죽여 울기 시작했다. 화로에선 갈비들이 지글거리면서 익고 있었다. 전무가 손수건을 꺼내 언니에게 들려주었다. "선 상무, 이 사람 참 몹쓸 사람일세. 이런 딸들을 두고 어찌 그렇게 떠날 수가 있어? 저세상 사람이 됐어도 그래.

아버지라는 사람이 어떻게 제 맘대로 세상을 등질 수가 있냐고. 애들이 있으면 죽을 권리도 없는 사람이 아버지야!"

전무는 그리고 돌아갔다.

돌아가면서 건네준 봉투에는 10만 원짜리 수표가 열 장이나 들어 있었다. "언니는 참, 뭐하러 아빠 회사 사람한테 찾아가!" 민망해 그녀가 말했고, "좋은 분이셔. 일자리를 알아봐달라고 했을 뿐이야." 성우 언니는 대답했다. 먹고사는 거야 해결하지 못할 것도 없었다. 그 무렵엔 그녀도 편의점에서 아르바이트를 시작했고, 좀 더 찾아보면 그 정도 일이야 언니도 구할 수 있었다. "너하고 나하고 알바해도 한 달에 100만 원 못 벌어. 어쨌든 단번에 이렇게 100만 원이나 생겼는걸!"

"아빠 체면도 있잖아!"

"아빠 체면?" 언니가 금방 언성을 높였다. "우릴 버린 아빠야. 전무님 말하는 거, 들었지? 아버지는 죽을 권리도 없다고! 이 모든 게 아빠 때문이야. 아빠 이야기는 하지도 마!" "결국은 언니도 아빠 상사를 찾아갔으면서?" "그럼 어떡하니. 너 2학기 등록금 낼 수 있어? 편의점에서 일해서? 그리고, 이게 사는 거니? 난 여기서 계속 못 살아. 아버지 체면? 웃기지 마. 여기서 빠져나가게만 해준다면 무슨 짓이라도 난 할 수 있어. 계속 여기서 이렇게 살 거면 죽어버릴 거야!" 언니가 또 눈물을 훔쳤다. 생각해보면 그녀가 하고 싶은 말을 언니가 하고 있었다. 여기서 빠져나갈 수만 있다면 그녀도 무슨 짓인들 못 할까 싶었다. "미안해, 언니!" 참지 못하고 그녀가 언니를 안고 울었다. "너도……네 길이 있다면 나를 두고 나가. 나도 내 길이 생기면…… 큰언니처럼…… 널 버리고 갈 거야……." 언니가 울면서 말했다. 옆방 남자가 조용히 하라고 또 벽을 두들겼다.

"왜 울지도 못하게 지랄이야!"

언니가 남자보다 크게 벽을 탕, 탕, 탕, 두들겼다.

시우는 울다 말고 킬킬거리고 웃었다. 용감해진 언니가 정말 마음에 들었다. 작은언니는 충동적이었지만 활달했고, 감성적이었지만 때로는 터무니없이 용감했다. 그녀가 아버지 성격에 가깝다고 한다면 작은언니는 어머니를 가장 많이 닮았다. 그때까지만 해도 어머니의 빈자리가 남긴 그늘이 그녀와 언니를 사로잡고 있었다. 그러나 사실은 모든 비극이 아버지의 부재에서 비롯된 것이었다.

아버지는 꼼꼼하고 성실한 타입이었다.

그에 비해 자라면서 한 번도 가난을 겪어보지 않은 어머니는 가난을 어떻게 이겨내야 되는지 전혀 몰랐을 뿐더러, 본래부터 과시욕이 강한 여자였다. 가진 것 없는 남자에게 홀려 집에서 뛰쳐나오다시피 해 결혼할 때 외가 식구들한테 모멸당한 상처도 어머니의 심리적 기저에 언제나 도사리고 있었을 터였다.

왜 함께 있을 땐 아무것도 몰랐을까.

시우에겐 그것이 가장 큰 회한이었다. 어머니 아버지가 곁에 있을 때 그녀는 그들에 대해 아무것도 알지 못했다. 알려고도 하지 않았다. 어머니는 일종의 자본가였고, 아버지는 어머니와 세 자매의 몸종이나 청지기 같은 존재에 불과했다. 그렇게 생각하고 살았다. 금 나와라 뚝딱, 하면 어머니를 통해 금이 나왔고 은 나와라 뚝딱, 하면 어머니를 통해 또 은이 나왔다. 그녀와 언니들이 자연히 어머니를 중심으로 살 수밖에 없었던 것은 어머니를 사랑해서라기보다 어머니가 분배해주는 달콤한 과실에 철저히 굴종했기 때문이었다. 어머니가 분배해줄 것을 갖고 있지 않았다면 그녀들은 어머니에게마저 그런 존경과 신뢰를 바치지 않았을지도 몰랐다.

"뭔가 잘못됐어!"

혼잣말처럼, 아버지가 말한 일이 있었다.

새로 지은 빌라로 이사 오기 직전이었다. 역시 밤 과외를 끝내고 집에 돌아오는 차 속에서 그녀가 과외 선생에 대해 불만을 털어놓자 아버지가 동문서답으로 대꾸한 말이었다. 고액 과외였지만 그녀 눈에 과외 선생은 별로 유능해 보이지 않았다. 어머니는 그러나 고액 과외만을 고집했다. 어머니에겐 과외비와 선생의 출신 학교만이 과외 교습의 질적 판단 기준이 되었다. 어머니가 싸구려는 뭐든지 신뢰하지 않았으므로 당연히 그녀와 언니들도 그랬다.

"뭐가 잘못됐다는 거야, 아빠?"

"그냥 다."

아버지는 허어 웃고 덧붙였다.

"사람들이 온통 분식회계로 사는 판이라서."

"분식회계?"

"실제보다 회계를 부풀리는 뭐, 그런 게 있어. 분식회계로 계속 운영하면 마지막엔 망하게 돼 있거든."

"아빠 회사 얘기야?"

"암튼 시우야, 넌 언니들과 어렸을 때부터 좀 달랐어. 엄마가 사준 좋은 걸 친구들의 싸구려 물건과 바꿔 와서 엄마한테 혼난 적도 많잖아. 네가 아빠의 희망이야. 그러니 언니들하고는 다르게 살아야 한다. 분식회계는 곤란해. 이름도 시우라고 지었잖아, 내가. 시의 친구."

"시의 친구가 되려면 어떻게 살아야 하는데?"

"정직해야지. 그래야 시지! 시의 친구지!"

빚내어 빌라로 이사하는 것을 아버지가 반대했다는 걸 당시엔 잘 알지 못했다. 이제 생각하면 빌라로 이사 들어가는 것도 아버지에겐 일종의 '분식회계'였던가 보았다. 췌장암 관련 정밀 진단을 받으라는 통고가 아버지에게 전달된 것도 나중 생각해 보니 그 무렵이었다.

아버지에게 유감이 없는 것은 아니었다.

일차적인 아버지의 죄는 어머니의 질주를 막지 못했다는 데 있었다. 그러나 시우와 그녀의 언니들이 제일 큰 충격을 받은 것은 기실 '분식회계'에 따른 '파산'이 아니었다. 아버지의 실종 이후 어머니가 보여준 급격한 자기 몰락이었다. 이제까지 그녀들이 보고 들은 바에 따르자면, 아버지의 실종은 어머니를 더 옹골차게 만들었어야 옳았다. 어머니만 살아 있었더라도 이처럼, 모든 게 조각난 참혹한 난파선이 되진 않았을 터였다. 어머니의 몰락은 그녀들에게 너무나 낯설었으며 도무지 이해할 수 없었다. 어머니의 죽음에 대해 이야기하다가 큰언니가 "배신"이라면서 울부짖은 것도 그 때문이었다.

"맞아. 엄마는 우리를 철저히 배신했어!"

작은언니도 기꺼이 동의했다.

시우도 물론 이의가 없었다. 그녀들보다 어머니가 더 아버지를 몸종처럼 부린 적이 많다고 그녀들은 생각했다. "융통성이라곤 바늘귀만큼도 없는 사람!" 어머니의 말이 생생히 남아 있었다. 아버지를 가리켜 '숙맥'이라고 처음 부른 것도 어머니였고, 아버지가 결정해야 할 모든 권리를 혼자 독단적으로 행사한 것도 어머니였다. 아버지를 그림자 같은 존재로 만든 장본인이 어머니니, 설령 아버지가 없어진다 해도 어머니에겐 아무런 상관이 없었을 것 같았다. 그런데 아버지의 실종 후 어머니는 마치 폭풍 속의 허수아비처럼 단숨에 무너졌다. 대체 아버지에 대한 어머니의 사랑은 어디에 깃들어 있었던 것일까.

　수수께끼가 다 풀린 건 아니었다.

　봄이 무르익을 때까지 그녀는 어머니만 생각하면 큰 혼란을 느꼈다. 서로 말을 꺼내지 않는 터부가 되었으나 작은언니도 그 점은 마찬가지였다. 한번은 깊은 밤, 불을 끄고 나란히 누웠을 때 그녀가 언니에게 말을 꺼낸 적이 있었다. "있지, 언니. 혹시, 아빠가 엄마를 처음부터, 그러니까 한 번도 사랑했던 적이 없었던 건 아닐까?" 언니는 가만히 있었다. "갑자기, 그런 생각이 들어. 엄마는 작은 일에도 때론 격하게 아빠를 비난하곤 했잖아? 그럴 때마다 아빠가 대꾸하는 건 거의 듣지 못했어. 언제나 그냥 말없이 피하는 게 아빠의 일이었지. 사랑한다면 그럴 수 있을까. 생각해보니 그뿐만이 아냐. 여행만 해도 그래. 지금 되돌아보면 엄마는 늘 아빠와 단둘이 여행하고 싶어 하셨던 것 같아. 아빠가 우리들을 다 데려가는 걸로 미리 호텔이랑 예약하곤 했던 거지. 자존심 상하니까 엄마는 그것에 대해 뭐라고 대놓고 말하진 않았지만."

　언니가 그녀 말 끝에 벌떡 일어났다.

　싱크대 뒤에 마시다 둔 소주를 가져와 마시기 시작한 언니의 볼은 이미 젖어 있었다. 언니도 똑같은 생각을 하고 있었다는 것을 그녀는 그제야 알았다. "미안해, 언니. 괜한 말을 꺼내서"라고 그녀가 말했고, 언니는 "언젠가, 어렸을 때, 나는 봤어!" 하고 대답했다. 초등학교 때던가, 몸이 아파 학교도 안 간 언니가 안방 침대에 누워 자다 깨다 하던 날이었다고 했다. 아버지의 옷을 받아 걸던 어머니가 아버지의 지갑을 뒤지는가 싶더니 무엇인가를 찾아내고 갑자기 발작을 했다는 것이었다.

"발작?"

그녀는 언니의 소주잔을 빼앗아 단숨에 마셨다.

"발작이라니 무슨 말이야, 언니?"

"발작과 다름없었어. 엄마가 가위를 들고 와 미친 듯이 그걸 조각 냈거든. 세수하고 나온 아버지 앞에서도 멈추질 못하더라고. 난 엄마가 미치는 줄 알았어." 언니는 새삼 진저리를 한번 쳤다. 아버지의 지갑 깊은 곳에서 어머니가 찾아낸 것은 어떤 여자의 사진이었다고 했다.

"여자 사진?"

그녀의 목소리가 소프라노 톤이 되었다. 아버지에게 다른 사랑하는 여자가 있었다는 건 어떻게 해도 상상이 되지 않았다. "어머니도 아는 여자인 것 같았어. 가루가 될 정도로 조각 낸 사진을 아버지 앞에 흩뿌리며 엄마가 소리치던 말이 지금도 안 잊혀." "뭐라고 했는데?" "그년을 아직도 못 잊어? 당신 가슴에도 그년이 남아 있겠지. 어디 좀 봐. 당신 가슴 다 파내고 말 거야! 그러면서 엄마가 가위를 들고 아버지한테 막 달려들더라고.

엄마는 그때 확실히 미쳤었어." 언니는 자는 체하면서 그 모든 걸 보았던 모양이었다.

시우는 당황했다.

어머니와 아버지에 대해 나는 대체 무엇을 알고 있었단 말인가, 하고 그녀는 생각했다. 그들이 누구인지, 어떻게 살았는지, 낯선 타인보다 오히려 멀다고 느꼈다. "엄마! 아빠!" 그녀는 입속으로 불러보았다. 회한이 가슴을 쳤다. '엄마 아빠'라는 이름이야말로 사람으로서 당신들을 이해하는 길을 철저히 가로막고 있었다고 그녀는 생각했다. '엄마! 아빠!'라는 말속엔, 어머니와 아버지의 역할만이 들어 있을 뿐이었다. "사람이 아니무니다!" 코미디 프로를 흉내 내어 그녀는 중얼거렸다. 엄마 아빠이기 때문에, 엄마 아빠의 사랑은 언제까지나 절대적일 것, 일방통행일 것이라고, 그들의 의견과 상관없이 오래전부터 결정되어 있었다. 거역할 권리가 엄마 아빠에겐 없었다. 그들은 거역할 수 없는 천리(天理)로서의 사랑을 지녀야 했고, 자식들은 그 사랑을 일방적으로 누릴 천리로서의 권리가 있었다. 성년식을 치르고 난 자식들도 그러했다.

"언니는 엄마 아빠가 누구라고 생각해?"

"누구? 그게 무슨 말이니. 그냥 엄마 아빠지."

"아냐. 선명우, 김혜란이야!"

이름을 불러보자 어머니 아버지에게 가는 가깝고 넓은 길이

뚫리는 느낌이었다. 사랑하는 사람을 평생 곁에 두고 살지 못한 아버지와 사랑하는 사람을 평생 곁에 두고도 다 갖지 못한 어머니가 측은하기 이를 데 없었다. 그들은 어머니 아버지이기 때문에, 다 큰 딸들에게도 철저히 '사람'으로서의 정보를 제한하면서, 오직 책임이라는 이름으로 당신들의 어둠을 견뎌온 것이었다. "스무 살이 넘으면 자식들도 엄마 아빠라고 하지 말고 선명우, 김혜란 씨, 이렇게 부르기로 하면 좋겠어!" 그녀는 말했고, 언니는 "그건 패륜이야!" 하면서 콧방귀를 뀌었다.

성우 언니는 어떤 홈쇼핑 회사에 곧 비정규직으로 취직을 했다. 오 전무의 친절한 배려 덕분이었다. 우선 몇 달간 근무하고 돈이 모이면 학업을 마칠 거라고 언니는 말했다.

전무는 정말 친절하고 좋은 아저씨였다.

얼마 후엔 오피스텔을 구해주기까지 했다. "친구가 개인 사무실처럼 쓰던 건데 마침 미국에 한 1년 동안 가 있게 돼서 비게 된 거야. 월세는 내가 알아서 계산할 테니 우선 편히 있어." 전무는 말했다.

5월에 거처를 오피스텔로 옮겼다.

가구가 갖춰진 오피스텔이었다. 전무가 포도주를 사 가지고 와 이사를 축하해주었다. 그 무렵 큰언니가 남자 친구를 따라

미국에 갈 수속을 시작했다는 말이 들렸다. 큰언니의 남자 친구 아버지는 강남에 빌딩을 두 채나 가지고 있다고 했다. "상관없어!" 작은언니는 말했다. 그녀도 제법 큰돈을 가지고 혼자 집을 나간 큰언니는 더 이상 만나고 싶지 않았다. 원래부터 제일 이기적인 게 큰언니였다. 오피스텔로 거처를 옮기고부터 조금씩 숨통이 트이는 기분이었다. 큰언니의 소식과 함께 그녀들이 살던 빌라가 경매에 들어갔다는 소식도 들렸다. 그 소식을 들려준 것은 역시 전무였다. 시우가 조금 울었고, 전무가 그녀의 머리를 가볍게 쓰다듬었다. "도울 길이 없어서 미안하다!" 마음 같아서는 전무의 가슴에 안겨 소리쳐 울고 싶었다. 전무가 안아주면 "아빠!"라는 비명이 저절로 솟구쳐 나올 것 같았다.

작은언니는 울지 않았다.

모든 걸 빼앗기고 나왔으나 그 환란 중에도 몇 벌의 고급 옷과 명품 백을 가지고 나온 걸 언니는 늘 다행이라 여겼다. 덕분에 잘 차려입고 외출할 때 작은언니는 여전히 부잣집 딸 행세를 했다. 그녀와 달리 작은언니는 뒤를 돌아다보는 타입이 아니었다. 단지 거처를 옮겼을 뿐인데, 봄꽃이 무르익듯이 언니도 덩달아 무르익는 듯 보였다. 작은언니는 소녀 같은 얼굴에 글래머 몸매를 가진 미인이었다.

필요한 게 없느냐면서, 전무가 가끔 오피스텔에 들렀다.

셋이서 늦도록 포도주를 마신 적도 있었고 영화를 보러 간

적도 있었다. 사람들 눈엔 전무가 사랑스런 두 딸을 데리고 나온 아버지로 보였을 터였다. 아버지와 달리, 전무는 클래식 음악에도 조예가 깊어 언니와 격의 없이 말이 잘 통했다. 그녀가 부러워할 정도였다. 언니의 회사가 전무의 근무처에 가까웠으므로 가끔 점심이나 저녁을 함께 먹기도 한다고 했다. 그런 날의 언니는 밤늦도록 신이 나서 전무의 이야기를 했다. "진짜 세련된 분이셔!" 언니는 감탄사를 연발했다. 그것도 부러웠다. 세상에서 가장 멋진 아버지가 있다면 전무 같은 사람일 것이라고 그녀는 생각했다. 가끔 아빠라고 부르고 싶을 때도 있었다.

시우 혼자 집에 있을 때 전무가 들른 일도 있었다.

휴일이었으나 언니가 급한 일이 있다는 회사의 전화를 받고 출근한 얼마 후였다. 아르바이트 시간이 되기 전에 라면이나 끓여 먹을까 하고 막 냄비에 물을 받고 있을 때였다. 초인종이 울려서 내다보니 전무가 꽃과 꽃병을 들고 있었다. "어머, 웬일이세요, 전무님?" 그녀가 말하자 "공부 잘하나 불심검문 차 왔다!" 전무는 활짝 웃었다. 숙녀들의 방에 꽃병 하나 없는 게 말이 되냐면서 꽃병에 꽃을 꽂아주었고, 라면은 당신이 1등으로 끓일 수 있다면서 그녀를 물리치고 손수 라면을 끓여주었다. 워낙 매너가 바르고 깔끔한데다 유머가 풍부한 부드러운 사람이라 둘이 있는데도 전혀 불편한 게 없었다. 그녀는 라면을 먹으면서 전무의 농담에 계속 웃었다.

"대학 1학년 때가 제일 중요한 시기야."

전무의 한마디에 속수무책 눈물이 핑 돌았다. "어딘가, 아빠가 살아 있다고 믿어. 그래야 힘이 나지. 나도 젊을 때 알바 많이 하며 힘들었지만 지금 생각하면 그때가 가장 정신적으로 충만했던 거 같아." '네! 아빠'라는 말이 목젖에 걸려 있었다. "알바하며 공부하는 시우가 보기 좋아. 예뻐!" "저보다 언니가 더 예쁜데요, 언니가 학교를 못 다녀서 정말 속상해요." "곧 다닐 텐데 뭐. 성우의 아름다움이 좀 도시적이고 인위적이라면 시우는 뭐라고 할까, 자연스런 미인이라 할 수 있지. 청정 지역, 뭐 그런 거. 얼굴에 윤색되지 않은 광채가 있거든. 뭐든지 잘 견뎌낼 에너지가 있는 얼굴이야."

그날 저녁 그 말을 하자 언니는 금방 샐쭉해졌다.

"자연 미인이라는 거, 사실은 안 예쁘단 말인 거, 것도 모르니." 언니의 말에 그녀는 금방 상처받았다. 그녀에게 다녀간 후 곧장 작은언니네 회사로 찾아간 전무가 언니를 데리고 양평까지 드라이브를 다녀왔다는 사실을 알고는 상처가 더 깊어졌다. "강이 보이는 레스토랑에서 스테이크 먹었다!" 언니는 말했다. 머지않아 쇼 호스트로 데뷔할 거라는 말도 했다. 전무가 주선해 준다고 한 모양이었다. 그녀는 언니만큼 예쁘진 않았다. 그래서 언니는 스테이크, 자신은 라면이라고, 그녀는 생각했다. 언니는 전무와 그녀 사이에 어떤 말이 오고 갔는지도 이미 다 알고 있는 눈치였다. 그녀는 언니와 전무로부터 어린아이 취급을 받은 것 같아 기분이 크게 언짢아졌다. 언니만큼 예쁘진 않지만 나도 이제 스무 살이에요. 전무가 앞에 있다면 그렇게 말하고 싶었다.

대학 생활은 생각만큼 재미가 없었다.

전인미답의 아름다운 시간이 기다리고 있다고 상상했던 건 착각이었다. 입학 동기들은 하나같이 어리바리했고, 술이나 마시러 우왕좌왕 떼 지어 몰려다닐 뿐이었다. 영인을 비롯한 고등학교 친구들은 일단 연락을 끊었으니 만날 길이 없었다. 아르바이트를 아무리 해도 등록금엔 턱없이 부족했다. 겪어본 적이 없는 가난이었다. 결석 때문에 성적도 보나 마나 최하위일 가능성이 많았다. 이래저래 우울한 여름이 다가왔다.

언니는 그 여름에 쇼 호스트로 데뷔했다.

언니는 클라리넷을 잊은 것 같았다. 대학에도 별로 마음을 쓰지 않았다. 전무는 언니가 한두 군데만 손보면 배우로서도 손색없는 얼굴이 될 거라고 했다. 비록 메인 쇼 호스트를 옆에서 도와주는 역할에 불과했지만, 전무가 공급하는 희망 열차를 타고 있었으므로, 언니는 쇼 호스트 데뷔가 만족스런 눈치였다. "주문 전화가 폭주하고 있어요. 서두르셔야 돼요!" 언니는 카메라를 보면서 말했다. 언니의 다음 목표는 돈을 모아 전무가 말한 '한두 군데'를 손본 다음에 쇼 호스트의 주연은 물론 스타의 길을 가는 것이었다.

데뷔하던 날 언니는 밤새 집에 들어오지 않았다.

둘이 살면서 언니가 외박한 것은 그날이 처음이었다. 그녀가 어디서 잤느냐고 묻자 "그냥 뒤풀이!" 하고 언니는 웃었다. 피곤해 보였지만 달콤한 표정이었다. 언니와 전무가 깊은 관계에 돌입했다는 걸 그때는 까맣게 몰랐다. 언니는 근무가 없는 토요일에도 자주 집을 비웠다. 화장이 전보다 진해졌고, 가슴은 더욱 부풀어 올랐다. 언니에 비해 그녀는 나날이 야위었고 또 나날이 창백해졌다. "잘 먹어야 해!" 언니가 쇼 호스트 일 때문에 밤일을 할 때 종종 전무가 들러 밥을 사주고 갔다. 전무가 언니 이야기를 하면 질투심을 느끼기도 했다.

일이 벌어진 건 여름 끝물이었다.

전무가 들른 것은 꽤 늦은 시각이었다. 언니는 그 무렵 쇼 호스트 일 때문에 매일 새벽 가까이 돼서 들어왔다. 방학을 맞아 그녀는 편의점과 식당, 두 군데를 오가며 아르바이트를 하고 있었다. 인내의 한계를 넘나드는 노동이었다. 2학기 등록금을 마련하고 싶어 시작한 일이었지만 두 군데에서 종일 일해도 등록

108

금엔 어림도 없었다. 식당에서 일하고 파김치가 돼서 돌아와 막 허리를 뉘려는데 초인종이 울렸다.

전무는 조금 취한 듯했다.

"괜히 언니한테 쇼 호스트 일을 할 수 있게 주선했나 봐. 나까지 얼굴을 볼 수 없으니 원." 바람맞은 사람 같은 표정의 전무가 씁쓸한 어조로 말했다. 언니만 찾지 말고 내게도 기회를 좀 만들어줘보세요, 라는 말이 그녀의 혀끝에 걸려 있었다. 아버지는 언니들보다 자신을 더 알아주었다고 회상했다. "언니들하고 시우 너는 달라. 넌 좋은 아이야! 네 언니들은…… 소비의 수렁에 빠져버렸어. 나도 이제 어떻게 해볼 도리가 없구나!" 빌라로 이사 들어오기 전에 아버지가 한 말이었다. 그러나 전무의 시선은 아버지와 달랐다. 언니의 일상은 나날이 빛을 더하는 데 비해 자신의 삶은 나날이 비천해지고 있다고 그녀는 느꼈다. 언니는 방도 치우지 않았으며 하다못해 라면도 그녀가 끓여다 주어야 먹었다. 언니의 하녀로 전락한 인생이었다.

그날 밤, 시우는 전무에게 순결을 주었다.

스무 살, 비 내리는 여름밤의 일이었다. 그 일이 언니에 대한 천박한 질투심에서 비롯됐는지, 스스로 망가지고 싶은 자기모멸, 혹은 더 나은 인생을 붙들고 싶어 그랬는지는 알 수 없었다.

아버지가 그리워 "아빠!"라고 소리치며 누군가의 품속에 파고 들고 싶었기 때문이었는지도 몰랐다. 전무야말로 그 무렵의 그녀에겐 유일한 아버지의 대리인이었으니까. 전무가 어깨를 안고 머리를 쓰다듬어주었을 때는 정말 아버지를 만난 듯 콧날이 빙 하고 울리기도 했다. 입술을 들이대며 "등록금은 걱정 마!" 전무가 속삭였다. 등록금은 상관없었다.

그런데도 그녀는 그가 인도하는 대로 그 길을 갔다.

작은언니가 떠올랐다. 언니와도 그가 이미 깊은 관계라는 걸 그때 자신이 알고 있었는지 아닌지는 애매모호했다. 확실한 것은, 언니와의 관계를 설령 알고 있었다 하더라도, 그날 밤의 그녀는 전무를 한사코 거부하거나 하지 않았을 거라는 사실이었다. 그때는 전무의 욕망이 자연스럽다고 생각했다.

파국은 가을 초입에 왔다.

어떤 날 밤에 전무가 시우에게 왔다가 돌아갔는데, 곧이어 작은언니가 들이닥치더니 다짜고짜 그녀의 뺨을 호되게 후려갈겼다. 전무와의 관계는 그날로 두 번째였다. 나중에 알게 된바, 전무는 언니가 쇼 호스트 일로 갑자기 바빠져서 만나고 싶어도 만날 수 없는 날에 혼자 술을 마시다가 그녀에게 들르곤 했던 모양이었다. 예정대로라면 언니는 새벽에 들어와야 했다. 진즉부터 언니는 불길한 예감을 갖고 있었다. 그러므로 스케줄이 돌

110

연 취소되고 전무와 통화도 안 되자 언니는 곧장 집으로 들어왔고, 복도의 그늘에 은신해 전무가 옷매무시를 고치면서 나가는 것을 보았던가 보았다.

"나쁜 년! 네가 어떻게 이럴 수가 있어!"

"왜 때려?"

그녀도 지지 않고 맞받았다. "네가 뭔데 때려? 나는 뭐 언니처럼 살면 안 돼?" 뺨을 맞았기 때문이 아니라 자기모멸의 파괴적인 감정이 그 순간의 그녀들을 미치게 만들었다고 말해야 옳을 터였다. "언니처럼? 그렇다면 전무님이 내 남자라는 걸 다 알고 한 짓이네. 더러운 년!" "여고 때부터 클럽을 드나들며 남자들하고 놀아났으면서, 누구보고 더럽대? 내가 모를 줄 알아? 아빠도 다 알고 있었어. 전무님도 언니가 꼬인 거잖아!"

할퀴고 싶은 것은 언니가 아니라 그녀 자신이었다.

이미 포악한 자해가 시작되었으니 멈출 길이 없었다. "아빠? 없어진 그 인간?" "아빠한테 그렇게 말하지 마. 언니 핸드백만 해도 2백만 원짜리야. 언니들은 아빠 엄마를 갉아먹는 송충이 같았어! 몰라? 얻다 대고 그 인간이래?" "송충이?" "왜? 이제 전무님을 갉아먹으려고? 나도 좀 같이 갉아먹으면 왜 안 되는데?" "이 나쁜……." 언니의 손이 다시 날아왔고, 그녀가 본능적으로 그것을 막았으며, 그래서 두 사람은 곧 육박전의 상태에 돌입했다.

서로 할퀴고 서로 머리끄덩이를 잡았다.

자존심이 맑은 미덕의 원천이라면 자기모멸은 악마의 시궁창에 피는 더러운 꽃이었다. 그녀들은 더 내려갈 수 없는 시궁창의 가장 어둡고 더러운 밑바닥에 떨어져 기꺼이 짐승이 되었다. 모든 게 일찍이 고아를 경험한 적이 없어서 생긴 일이었다. 그녀들은 갑자기 사리 분별 할 수 없는 어린 고아들이 되었고, 그래서 단지 본능이 시키는 대로 할퀴고 물어뜯을 뿐이었다. 더럽고 끔찍했다. 어떤 부류의 젊은 저들은 고아가 되는 게 단지 부모가 획득해 오는 과실이나 사냥감을 잃는 일이라고 착각할는지 모르지만, 만약 고아가 되는 게 무엇이냐고 누가 묻는다면, 그녀는 단호히 인간으로서의 마지막 자존심을 잃어야 하는 일이라고 말하고 싶었다.

후유증은 완전한 가족 해체로 이어졌다.

시우는 곧 오피스텔을 나와야 했다. 언니가 출근한 다음에 그녀는 보따리를 쌌다. 짐이라고 해야 가방 하나가 전부였다. 갈 데라곤 고시원뿐이었다. 언니는 그 후에도 간헐적으로 쇼 호스트 역할을 계속하는 모양이었고, 그것은 전무와의 관계가 계속 이어지고 있다는 신호이기도 했다. 그녀는 물론 언니와 전무를 다시 만나지 않았다. 혼자 사는 법을 진실로 배워야 하는 찬스가 온 것이었다.

연극 동아리에 든 것이 그나마 행운이었다.

"넌 재능이 있어 보여!"라고 동아리 선배는 말했다. 그 말은 자기모멸의 어둔 늪에 빠져 있던 그녀에게 하나의 푸른 신호등이 되었다. 숨겨져 있는 재능의 편린을 자신에게서 발견하는 일이야말로 젊은 날의 축복이며 생존의 가장 큰 힘이었다. 아르바이트를 하면서도 동아리엔 어떻게 해서든 계속 나갔다. 전무와의 관계가 자신의 극적 죽음, 혹은 중절(中絶)이었다는 걸 그녀가 깨달은 것도 연극 동아리를 통해서였다. 극단적 자기 죽음을 통해 비로소 주체적 삶의 길을 찾아 걷기 시작한 셈이었다.

이상한 가족

옥녀봉 꼭대기 '소금집' 주인인 청동조각 김에 대한 나의 내밀한 탐사가 이어졌다. 확신은 이미 갖고 있었다. 가장 신뢰가 가는 단서는 '선기철소금'이었고, 정서적인 단서는 그가 스스로 '젊은 한때' 빠져 살았다고 고백한 한대수였다. 그러나 청동조각이 주민등록부에 기재된 김승민이 아니라 시우의 아버지 선명우라고 단정하기에 결정적인 증거는 아직 없었다. 시우는 할아버지가 선기철이라고 확인해주었지만 소금하고 어떤 관계가 있는지는 알지 못했다. 더구나 그녀는 할아버지가 오래전 돌아가신 것으로 알고 있었다.

나는 자주 강경 옥녀봉으로 갔다.

텁석부리에겐 아무 말도 하지 않았다. 청동조각의 아내가 염천리 젓갈 상회에서 일하고 있다는 사실도 텁석부리는 모르고 있었다. '함열댁'이라고 사람들은 그녀를 불렀다. 그녀는 다리를 저는 데다가 약간의 지적장애를 갖고 있어 말이 어둔할 뿐 몸놀림은 재빨라 젓갈 상회 여러 여자들 중에서도 빠지지 않을 일품을 팔고 있었다. 김장철이 지나갔지만 택배 주문은 겨울에도 계속 이어졌다. 그녀가 주문지에 쓰인 대로 젓갈을 담고 포장하는 걸 보았는데 놀라운 솜씨였다. 그녀는 이를테면 1킬로그램짜리 젓갈을 담을 때 단 한 번의 바가지 짓으로 젓갈병 주둥이까지 알맞게 채우는 맞춤한 솜씨를 갖고 있었다.

"달인 프로에 나가셔야겠네!"

"이까짓 걸 뭐……."

그녀는 새댁처럼 얼굴을 붉혔다. 나는 별로 먹지도 않는 육젓을 일부러 샀다. "육젓이면 유월 새우로 담근 것인데 지금까지 새우가 오동통하네!" 내가 말했고, "요즘에야 뭐 발효 저장 창고가 잘돼 있으니 1년이 돼도 이대로 있다우." 주인 여자가 대답했다. 젓갈 상회에 딸려 있는 간이 발효실이야 금방 팔 물건을 갖다 놓으니까 온도를 0도 내외로 맞춰놓지만 수백 통의 젓갈이 저장돼 있는 저장 창고 온도는 영하로 맞춰놓는 게 일반적이었다. 새우젓의 경우, 발효 시간이 짧으면 오동통한 새우 모양이 완전히 유지되는 대신 비린내가 더 날 수 있고, 오래 묵은 것은 모양이 훼손되어 제값을 받지 못하지만 비린내가 없고 감칠맛이 났다.

이맘때 어머니는 주로 어리굴젓을 담갔다.

마을 사람들이 한 트럭에 올라타고 서산까지 가서 질이 좋은 굴을 직접 사 오기도 했다. 일부는 함지박에 이고 나가 강경 장에서 팔기도 했고 일부는 집에서 손수 젓갈을 담가 먹었다. 서산의 굴은 조석간만의 차이가 많은 데다가 돌에 붙어 자라기 때문에 알갱이가 작고 난소가 발달되지 않아 젓갈 재료로는 최고라 여겼다. 명태나 낙지, 조갯살 등을 사다가 조밥과 갖은 양념을 넣어 발효시킨 식해도 어머니가 좋아하는 젓갈이었다. 요즘에 그런 젓갈은 거의 없었다.

함열댁에겐 딸이 둘 있었다.

둘 다 정상이 아니었다. 큰딸 신애는 주민등록부에 등재된 대로라면 열네 살로 중학교 1학년생이었는데 키가 겨우 유치원생 정도였다. 등이 표시 나게 솟지는 않았지만 꼽추병이라고도 불리는 구루병 환자인 듯 보였다. 배가 나오고 안짱다리에 가까웠으며 팔 길이도 유독 길었다. 그 애 역시 어미처럼 말이 원만하지 않았다. 그에 비해 일곱 살짜리 지애는 그 집 여자들 중에서 가장 딴딴했다. 말솜씨도 깜찍하고 때로 생급스러운 데다가 하는 짓도 약삭빠른 구석이 있었다. 그러나 눈이 문제였다. 실명으로 진행되는 선천성 병에 걸렸다는 소문이 돌았다. 치료는 받고 있는 눈치였지만 사람들은 그 애가 종국에는 맹인이 될 거라고들 수군거렸다.

그리고 그 애들의 '외삼촌'이 있었다.

어떤 날 소금집에 들렀을 땐 그 애들의 외삼촌밖에 없었다. 주민등록부엔 등재돼 있지 않았으나 함열댁의 오라버니라 하니 신애, 지애한테는 외삼촌이 되는 사람이었다. 턱 아래로는 완전한 마비였고 말도 하지 못했다. 오랫동안 침대에만 누워 지냈는데도 비교적 몸 상태가 깨끗한 걸로 보면 가족들의 간병과 관리가 지속적으로 잘 이루어지고 있다는 뜻이었다. 똥오줌을 다 받아내고 있을 텐데 냄새도 나지 않았다. 다만 너무 말라서 몸무게가 어린아이만큼밖에 되지 않을 것 같았다. "말은 들리는 거죠?" 남자는 멍한 눈빛으로 천장만을 바라보았다. 슬픔도 기쁨도 없는 맑고 고요한 눈빛이었다.

아주 이상한 가족이었다.

청동조각 김을 빼면 정상적인 사람이 한 명도 없었다. 서로 닮은 구석도 없어 보였다. 조건이 그렇다면 그 집엔 비극적인 어둠이 가득 들어차 있어야 옳을 터였다. 그러나 예상과 달리 집 안은 아주 정갈하고 환한 느낌을 주었다. 벽지는 한지를 발랐으며 다탁은 나무로 투박하게 짠 것이었고, 찻잔을 비롯한 그릇들은 박속처럼 소박한 흰빛이었는데 은은했다. 비싼 것이 아닐 뿐, 우연히 그 집에 들어와 있는 건 하나도 없는 것 같았다.

오래된 것처럼 보이면서 오래된 것이 아니고 낡은 것처럼 보이면서도 낡은 것이 아닌 것들이었다. 그것은 속물적인 화려한 가구, 번쩍번쩍한 전자제품 등과 낡은 것들이 잡탕으로 뒤섞여 있는 여느 살림집과 전혀 달랐다. 집 안에 들어와 한참 앉아 있으면 저절로 편안히 쉬는 느낌이 나는 분위기였다.

폐교의 그 배롱나무가 불현듯 떠올랐다.

다른 나무들이 헐벗었다고 느껴질 때도 전혀 헐벗었다고 느껴지지 않았던 게 바로 배롱나무였다. 잎과 꽃이 지고 난 후에도 배롱나무는 제 고요한 품격을 조금도 잃지 않고 있었다. 매끄러운 흰 피부가 그러했고 균형을 잘 잡고 있는 수많은 가지들이 그러했다. 비어 있으면서 차 있는 느낌이었고, 서늘하면서 따뜻했다. 청동조각의 얼굴이 그 배롱나무 위에 오버랩되어 떠올랐다. 청동조각과 배롱나무와 그 집의 살림방 분위기가 금방 한통속으로 이어지는 느낌이었다.

"그래. 그가 이 집에 있어."

나는 혼잣소리로 중얼거렸다.

새로 짠 다탁에도 청동조각이 깃들어 있었고, 벽지나 그릇 하나하나에도 청동조각이 깃들어 있었다. 그 집에 들어간다는 것은 청동조각이 은밀하고 섬세하게 연출해놓은 무대 속에 들어간다는 뜻이었다. 살림살이만 그런 게 아니었다. 비극적인 장애를 갖고 있으면서도 항상 구겨지지 않아 보이는 그 집의 가족들도 거기에 포함됐다. 그들에겐 그들의 살림방이 보여주는 원만한 표정이 한결같이 깃들어 있었다. 고요하면서도 따뜻하고 장애를 갖고 있으면서도 밝은 표정이었다. 그 역시 청동조각의 연출이라고 나는 느꼈다. 그런 점에서 청동조각은 놀라운 연출가였다. 그는 도저히 불가능해 보이는 구성원들로 감히 하나의 멋진 중창단을 구성했으며, 그 하모니를 소금집으로 위장한 무대 위에 올려놓고 있었다.

어떤 날 아침에 옥녀봉 북쪽 기슭에 차를 세우는데 청동조각이 전신 마비의 남자를 안고 나오는 광경과 마주쳤다. 남자에게 건강상 문제가 생긴 것 같았다. 내가 본 전신 마비에게선 어쩔 수 없이 사멸의 냄새가 풍겼다. 가방과 휠체어를 챙긴 절름발이 아내가 종종걸음으로 청동조각 김의 뒤를 따랐다. 아마 병원에 가려는 듯했다.

나는 다시 시동을 걸고 그들의 차를 뒤따랐다.

청동조각의 차는 낡은 집들 사이를 지나 곧 논산읍 쪽으로 방향을 잡았다. 강경의 병원에 가지 않고 논산의 더 큰 병원을 찾아갈 모양이었다. 벌판은 횅뎅그렁했다. 겨울이 깊어지고 있었다. 내동사거리를 지난 그들의 차가 곧 논산대로변의 한 종합병원으로 들어갔다. 나는 가로에 차를 세우고 그들이 접수를 끝낼 만한 시간을 기다렸다가 병원 안으로 들어갔다. 접수대 앞엔 사람들이 북적거리고 있었다. 접수를 끝낸 그들이 휠체어를 밀면서 진료실 앞으로 멀어지는 게 저만큼 보였다. 다급한 표정으로 내가 접수대 여자에게 물었다.

"저기요, 방금 들어온 전신 마비 환자……."

"아, 김승민 환자요? 방금 진료실로 가셨는데요." 성미 급한 여자는 내 말의 허리를 자르고 복도 안쪽을 가리켰다. "환자 이름이 김승민 맞아요?" 내가 다시 다잡아 물었고, "예, 맞아요. 김승민 환자!" 여자가 고개를 끄덕거려주었다. 나는 속으로 무릎을 쳤다.

내 예감이 맞아떨어지는 순간이었다.

결론은 확실했다. 지난가을 청동조각 김은 허리가 고장 나 한동안 침 치료를 받은 적이 있었다. "한 댓새 저기, 행복한의원으로 침 맞으러 다녔었지." 함열댁이 근무하는 젓갈 상회 주인이 말해주었다. 행복한의원 원장은 중학교 2년 후배였다. 김승민이라는 이름으로 된 행복한의원의 진료기록부도 이미 확인한 터였다. 청동조각도 김승민이고, 전신 마비의 남자 역시 김승민이었다. 진료기록부에 기록된 주민등록번호도 똑같았다. 두 사람이 한 사람의 신분을 교묘하게 나눠 쓰고 있는 셈이었다.

청동조각은 김승민이 아니야, 선명우야!

청동조각은 주로 강경 읍내의 병원을 이용했고, 전신 마비 김은 주로 논산의 병원을 이용했다. 청동조각이 사용하는 신용카

드 역시 김승민의 이름으로 된 카드였다. 전신 마비 김승민은 병원에 오가는 일을 빼곤 세상과 마주칠 일도 전무하므로 문제가 생길 염려도 없었다. 선명우는 언제부터인가 김승민이 되어 김승민의 삶을 살아왔다고 할 수 있었다. 김승민으로 돈을 벌고, 김승민으로 병원을 다니고, 김승민으로 카드를 결제하고, 김승민으로 노래했을 터였다. 주민등록부에는 1963년생으로 등재되어 있는 청동조각이 '젊은 한때' 70년대의 노래 〈물 좀 주소〉에 '빠져 살았다'는 고백에 담긴 모순도 그래서 생긴 것이었다.

시우의 아버지 선명우는 1951년생이었다.

한대수의 노래 〈물 좀 주소〉가 처음 LP 판으로 나왔을 때 선명우의 나이는 스물세 살, 말 그대로 '젊은 한때'였다. "젊은 한때 한대수에게 빠져 산 적이 있었어요"라고 그는 말했고 이어 "세월 참, 아득해요"라고 그는 또 덧붙였다. 스물셋의 젊은 날 그에게도 오로지 "저 언덕 위로 넘어"가고 싶었던 갈증이 깊었던 게 확실했다. 절대 빈곤으로부터 빠져나가라는 지상명령을 주입받고 있었던 그 시절에 젊은 날을 보내지 않고선 그런 탄식이 나올 리가 없었다.

선명우는 유랑의 세대라고 할 수 있었다.

중공군이 38선을 넘어오고, 부산까지 밀려났던 유엔군이 다시 서울을 수복하던 전쟁의 불모에서 태어난 그는 4·19와 5·16을 차례로 겪어야 했던 절대 빈곤의 격변기에 성장기를 보냈으며, 대학은 휴교를 거듭하고 언론은 사전 검열을 받아야 했던 유신의 그늘에서 20대의 대부분을 보냈다. 이농(離農) 현상도 두드러졌던 연대였다. 개발주의에 따른 폭압적인 컨베이어 벨트에 실려 너나없이 도시 변두리로 흘러야 했던 시절에 그의 젊은 날이 있었다. 그도 그 컨베이어 벨트에 실려 고향을 떠나와 유랑의 긴 비행을 시작했을 터였다. 개인의 고유한 꿈은 철저히 유폐시킨 채 오로지 복종하고, 일하고, 부조리한 사회구조에 철저히 빌붙어 지내지 않으면 안 되었던 그때의 젊은이들은, 주체적으로 살 수 없었다는 점에서 유랑민이나 다름없었다.

"물 좀 주소, 물 좀 주소……"

무리에서 떨어진 채 캠퍼스 어둔 그늘에서 혼잣소리로 중얼거리고 다녔을 가난뱅이 젊은 대학생의 실루엣이 내 눈앞에 떠올랐다. 선명우는 어떤 타입의 대학생이었을까. 노래하는 가인(歌人)을 꿈꾸었다면, 시인을 꿈꾸었다면, 그 시절 그의 젊은 날은 수인(囚人)과 다름없었을 게 뻔했다. 번호표를 달지 않은 수인으로 사는 게 어떤 의미에선 더 큰 형벌일는지도 몰랐다. 이유 없이 학교 출석을 거부하기만 해도 유기징역 5년 이상, 사형까지도 언도받을 수 있던 살얼음판이었다. 감히 누가 시인이 되고 가인이 되고자 하겠는가.

"세월 참, 아득해요……."

그의 말이 자꾸 귓속에서 이명이 되었다.

젊은 너희는 잘 모를 거야, 라는 뜻도 담긴 말이었다. 시우의 말에 따르면 그는 한때 사우디아라비아의 건설 현장에 나가 있었던가 보았다. 대학을 졸업한 후에 그가 어떤 길을 선택했는지 알려주는 상징적인 단서가 아닐 수 없었다. 시를 쓰고 노래하는 인생은 그에게 하나의 판타지에 불과했을 것이었다. 잘 살자면서, 독하게 마음먹고 개발의 질주에 자신을 냉혹하게 편입시킨 것인지, 아니면 이 땅에서보다 차라리 메마른 사막에 가서 물을 구하는 것이 더 낫다고 여긴 것인지는 알 수 없었다. 아니 그때의 그는, 이미 젊은 '아버지'였다. 아버지라는 이름으로 받아야하는 절대적 명령도 함께 수행하지 않을 수 없었을 터였다. 그 세대가 보편적으로 걸어온 길이었다.

"너의 숨은 꿈은 버려라!"

그 세대라면 젊은 날 누구나 그런 명령을 받고 있었다. 주체를 버리면 시대의 요구만이 남았다. 정치적 독재의 어둔 터널을 지나오면 그보다 훨씬 더 정교하고 혹독한 자본의 독재 프로그램이 기다리고 있다는 걸 그들은 그때 알지 못했을 것이고, 선명우도 예외가 아니었다. 그는 사우디에서 돌아온 다음부터 거의 줄곧 한 회사에서 복무했다. 재벌급 회사의 상무이사에 오르기까지 그가 어떻게 살았을지는 불문가지였다. 이를테면 그는 사랑했던 노래와 시를 단호히 폐기 처분하고 평생, 더 높은 곳에서 내려오는 명령에 의존하고 살아온 셈이었다.

솔숲의 언덕을 휘돌아 올라서자 마침내 바다가 눈에 들어왔다. 사뮈엘 베케트가 '망치질해서 편 납덩이 같다'고 한, 그런 바다였다. 하늘엔 구름이 잔뜩 끼어 있었다. 내려가는 길은 완만하고 정갈했다. 언덕을 다 내려가자 곧 사거리가 나왔다. 사거리 한편의 외딴집 이마에 슈퍼라고 쓰여 있었다. 나는 그곳에서 물 한 병을 샀다.

"이 근처 염전이 있다던데요?"

내가 물었고, 늙수그레한 슈퍼 주인 남자가 "요기 돌아가면 곧 소금밭인데." 했다. 남자는 눈곱이 잔뜩 끼어 있었다. "거기가 선기철 염전인가요?" "선기철? 그런 이름은 금시초문이고. 그나저나 소금 사러 오셨소?" 슈퍼 안쪽에 쌓인 소금 자루들이 비로소 보였다. "아뇨. 그냥 구경요!" "하이구, 갓 쓰고 장도칼 차는 격이지, 겨울에 소금밭 구경 오는 사람은 첨 봤소. 텅 빈데를 뭘 볼 거 있다고." 갓 쓰고 장도칼 차는 격으로는 소금 자루를 쌓아둔 외딴 슈퍼도 다를 게 없었지만 나는 아무 대답도 하지 않았다.

갯비린내가 풍겨왔다.

슈퍼 주인의 말대로 사거리를 떠나 왼편으로 돌아들자 이내 줄지어 선 소금 창고가 보였다. 규모가 생각보다 큰 염전이었다. 입간판에 쓰인 염전의 이름은 '선기철소금'이 아니었다. 그러나 '선기철소금'의 소금 자루에 프린트된 주소는 그곳이 틀림없었다. 내비게이션에서 안내를 종료한다는 멘트가 나왔다. 나는 첫 번째 소금 창고 앞에 차를 세웠다.

슈퍼 주인 말대로 염전은 텅 비어 있었다.

잘못 짚었을까. 청동조각이 염전에 갔다는 걸 여기저기에서 내 나름대로 은밀히 확인하고 나선 길이었다. 청동조각은 물론 시우의 아버지 선명우였다. 선명우라고, 거의 확신해도 좋다고 생각했다. 마지막으로 확인할 것은 염전뿐이라고 여겼으며, 그렇기 때문에 그가 염전에 갔다는 말을 듣자마자 곧장 이곳으로 따라 내려온 것이었다.

겨울 염전은 황량하기 이를 데 없었다.

소금 창고로 이어진 레일 위엔 희끗희끗 잔설이 덮여 있었다. 소금의 독성을 견디도록 지어진 소금 창고 외벽은 모두 안으로 기울어져 있었는데 오래된 구조물이라 구멍 난 외벽 위에 여기저기 판재를 덧대어 누더기 같은 꼴이었다. 녹슨 함석지붕 위를 지난 새들이 연방 소금밭 너머의 갈대숲으로 자맥질해 들어갔다. 갈대들은 말라붙었고, 증발지 두렁가의 몇몇 함초와 나문재역시 얼음꽃에 덮였으며, 대파들도 더러 부서진 채 버려져 있다. 거꾸로 박혀 있는 외발 수레도 보였다. 한때는 결정지의 소금을 수없이 날랐을 수레였다.

나는 플라스틱 의자 모서리에 앉았다.

염부들이 엉덩이를 내리고 잠깐씩 쉬었을 의자였다. 나는 염전 너머의 산들을 바라보았다. 소나무 숲이 보기 좋았다. 송화가 날리는 계절에 거둔 송화소금이 최고 값을 받는다는 말을한 것은 청동조각, 아니 선명우였다.

청동조각이 불현듯 나타났다.

도열한 소금 창고 중 맨 끝 건물에서 한 남자가 갑자기 결정지 두렁으로 나왔는데, 청동조각이었다. 멀어서 얼굴은 똑똑히볼 수 없었지만 나는 본능적으로 그가 청동조각이라는 걸 알아차렸다. 먼 길을 달려온 보람이 있었다. 청동조각은 좌우 둘러볼 것 없이 좁은 소금밭 두렁길을 걸어 결정지를 지나고 제2증발지로 나아갔다. 제2증발지는 소금을 거두는 최종 결정지보다판이 훨씬 넓었다. 증발지 한가운데에 경운기가 세워져 있는 것이 비로소 눈에 들어왔다. 경운기로 제2증발지의 바닥을 뒤집고 있었던가 보았다.

나는 평소 소금에 대해 아는 것이 없었다.

소금에 대해 공부하기 시작한 것은 청동조각을 만난 후부터였다. 내가 사다 먹는 정제염으로 만든 꽃소금엔 미네랄이 거의 함유되어 있지 않다는 것도 나는 몰랐고, 우리나라 천일염이 세계적인 브랜드인 프랑스의 게랑드 소금이나 나폴리의 샤이염전 소금에 비해 미네랄 함량이 월등히 높다는 것도 나는 몰랐다. 가령 땅에서 나는 암염은 미네랄 성분이 거의 없는 대신 우리의 천일염은 미네랄, 혹은 마그네슘이나 기타 유익한 성분이 월등히 많이 들어 있다는 걸 내가 어찌 알았겠는가.

염전은 보통 네 단계 구조로 되어 있었다.

첫 단계는 바닷물을 끌어들여 불순물을 가라앉히는 저수조이고, 둘째 단계는 제1증발지인 '난치', 셋째 단계는 제2증발지인 '느티' 그리고 소금을 거두게 되는 마지막 결정지가 바로 최종 단계였다. 저수조의 소금물이 제1증발지로 들어와 하루 땡볕에 제 몸을 말리면 바닷물 염도가 보통 3도에서 8도로 높아진다고 했다. 마이너리그의 후보 선수가 되는 셈이었다. 제2증발지에 와서야 소금물은 염도를 19도까지 올려 마침내 마이너리그의 주전이 되고, 마지막으로 결정지에 들어온 19도 이상의 소금물은 일종의 메이저리그 주전 멤버들이라 할 수 있었다. 결정지에 와서 25도 이상으로 염도를 높여야 소금물은 비로소 불순물이 전혀 섞이지 않은 한없이 맑고 정결한 처녀성을 획득했다. 바닷물이 6각 결정의 보석 같은 소금으로 몸을 바꾸는 놀라운 과정을 염전에서는 한눈에 볼 수 있었다. 증발지에서 땡볕을 하루쯤 온전히 견디고 나면 다투어 소금꽃으로 피어나고, 소금꽃이 다시 자신의 내적 권위로 몸을 불려 시시각각 가라앉기 시작하면 이윽고 염부의 대파 끝이 닿았다. 소금이 되는 과정은 가히 천지창조와 비교할 만했다.

그 과정은 염부의 육체 속에도 깃들어 있었다.

"소금은 염부의 발소리를 듣고 큰다"고 했다. 나는 노래하는 청동조각을 머릿속에서 지우고, 그 대신 염부 선명우를 가만히 바라보았다. 증발지를 평평하게 펴는 것이야 소금의 생산량을 위해 좋다고 할지언정 바닥 전체를 통째로 까뒤집고 있는 사람은 그밖에 없었다. 영락없이 타고난 염부 같았다. 평생 오로지 염전만을 일구고 산 사람의 어떤 기운이 그로부터 너른 증발지 너머의 내게로 와 닿고 있었다.

잘못 찾아온 게 아닐까.

날 때부터 그는 염부였으며 살아생전 한 번도 염전을 떠나지 않았는지도 몰랐다. 그렇다면 내가 지금 보고 있는 그는 당연히 선명우가 아닐 터, 시대의 여러 그늘을 통과하면서 삶의 의지처였던 음료 회사에 오랫동안 기대 살았으나 제가 선택한 삶이 아니었다는 점에서 '유랑인'이라고 명명한 선명우는, 그럼 어디에 있단 말인가.

더 알 수 없는 것은 나 자신이었다.

탐정 노릇은 내 취미에 맞지 않았다. 시우를 사랑한다고 말할
수도 없었다. 어쩌다가 만난 처녀였으며, 좋은 여자라는 확신은
들었지만 온전히 친구라고 말하기에도 아직은 좀 민망했다. 그
나마 그녀가 내 가슴속으로 들어왔다면 그것은 그녀를 처음 만
났던 날의 그 배롱나무 때문이라 할 수 있었다. 그런데도 요즘
의 나는 온통 그녀의 아버지를 찾는 데 시간을 다 바쳤다.

물론 소설도 핑계는 됐다.

나는 그녀의 아버지가 실종됐다는 이야기를 듣고 모처럼 소
설을 쓰고 싶어졌으며, 또 쓰기 시작했다. 나의 소설은 시우를
만나고 그녀의 아버지를 추적하기 시작하는 현재 시점에 멈춰
있었다. 그렇다면 청동조각이 선명우이고 시우의 아버지라는
게 밝혀지면 소설은 더 나아갈 수 있는가.

"저 사람은 염부야."

나는 중얼거렸다.

"오로지 일에 빠져 있는 저 사람 좀 봐."

나는 나도 모르게 덧붙여 말했다. 일에 열중해 있는 남자는
소금밭에 홀린 듯, 사뭇 아름답고 견고해 보였다. 내가 앉은 자
리에서 일어나 꽤 긴 거리를 걸어 그가 머물다 나왔던 마지막
소금 창고에 이를 때까지도 그는 오로지 증발지의 갯벌을 까뒤
집는 일에만 빠져 있었다. 자리를 옮긴 뒤 일부러 소리를 내며
털썩 주저앉아봐도 마찬가지였다.

건너편 산기슭에 땅거미가 내리고 있었다.

그가 이윽고 경운기를 세워놓고 두렁으로 올라오는 게 보였다. 그의 시선이 내게로 날아온 것은 막 두렁으로 올라온 다음이었다. 나는 엉거주춤 자리에서 일어섰다. 너무 오래 앉아 있어서 허리가 뻐근했고 다리에선 쥐가 나는 느낌이 들었다. 아직 먼 거리였고 나는 여전히 소금 창고 그늘에 은신한 상태였기 때문에 그에게 정체를 들키지 않고 이곳을 떠날 수 있는 마지막 찬스가 그때였던 셈인데, 다리를 주무르면서 우물쭈물하는 사이 그가 놀랄 만큼 빠른 속도로 다가오기 시작했다.

놀빛 한 점이 그의 백발에 얹혀 있었다.

염전 두렁에서의 그는 강경 옥녀봉에서 기타를 들고 앉아 있을 때보다 훨씬 키가 더 커 보였다. 나는 헛기침을 두어 번 앞세우고 "안녕하세요?" 표정의 변화를 보이지 않도록 유의하면서 짐짓 큰 소리로 인사를 했다. 그는 소금 창고 그늘 안에 들어오고 나서야 겨우 나를 알아보았다. "시인 양반?" 말하더니, 뜻밖에 헛, 하고 그가 웃었다. 싱거우나 어딘지 모르게 다정한 웃음이었다. 마치 아침에 만나 저녁 약속을 한 친구라도 만난 듯 자연스런 표정이기도 했다.

"놀라실 줄 알았는데요."

"헛. 내 나이 돼봐요. 놀랄 일 별로 없으니."

말이 거기서 뚝 끊어졌다. 겨울철 염전의 저녁은 끔찍할 정도로 고요했다. 우리들은 산지사방에서 땅거미가 내려와 소금밭을 거의 다 잡아먹을 때까지 말없이 앉아 있었다. 만약 그곳이 옥녀봉 위라면 어색하게 여기지 않아도 될 침묵이었다. 그러나 그곳은 강경에서 먼 서해 어느 해안선의 염전이었다. 내가 먼저 말을 꺼내지 않으면 그라도 당연히 여기에 왜 왔느냐고 나에게 물어야 할 일이었다. 그런데도 그는 계속 가만히 있었다. 내가 왜 왔는지를 그가 이미 알고 있다고 나는 느꼈다.

"추운데 누추하지만 안으로 들지."

이윽고 그가 먼저 자리에서 일어나 컨테이너 속으로 들어갔다. 소금 창고 곁으로 나란히 놓인 컨테이너였다. 간단한 개수대와 소형 냉장고와 허름한 침대와 간이 책장과 간이 책상이 보였다. 책상 위에는 함열댁과 신애, 지애 자매, 휠체어에 앉은 진짜 김승민과 그가 함께 찍은 사진이 액자에 담겨 놓여 있었다. 강경 옥녀봉 집 큰방에서도 본 적이 있는 일종의 가족사진이었다. 생각보다 많은 책이 꽂혀 있는 게 인상적이었다. 소금에 대한 책도 있었지만 시집이 더 많았다.

"시를 많이 읽으시나 봐요?"

내가 말했고 "뭐, 노래 가사 쓸 때 베껴먹을 게 없나 해서. 참, 소주 한잔 하겠소? 엊그제 누가 주고 간 삼겹살도 좀 있는데." 하고 그가 곧 대답했다. 벌써 가스레인지 위에 프라이팬을 올려놓은 걸로 보아 나의 대답을 바라고 던진 말이 아니었다. 삼겹살 기름이 끓는 소리를 냈다. 양배추도 있었고 된장도 있었다. 된장에 양념을 섞어 익숙한 솜씨로 쌈장을 만들어 식탁 위에 놓으며 그가 물었다. "혼자 산다고 들은 거 같은데 밥은 해 먹나?" "밥은 뭐 그냥저냥……." "혼자 살면 밥 골병 들 수 있어. 나는 혼자 살 때도 대충 때우지 않아. 웬만하면 더운밥 지어 이것저것 차려놓고 잘 먹으려고 애쓰지. 여름철엔 집에 못 가는 날이 다반사니까." 그가 먼저 잔을 가볍게 비우고 내게 잔을 건넸다. 소주가 서너 잔 연거푸 오갔다.

"왜 왔냐고 묻지 않으시네요?"

아무래도 말문을 내 쪽에서 먼저 열어야 할 것 같아 말했는데, 하필이면 그 순간 내 시집 한 권이 간이 책상 한 귀퉁이에 놓여 있는 게 눈에 띄었다. 내 이름으로 된 시집이 있다고 그에게 말한 적은 없었다. "박 시인이 내 뒤를 캐고 다닌다는 건 알고 있었네." 그가 때맞추어 대답했다. 그 역시 나의 뒤를 캐고 있었던 것 같았다.

잠시 다시 침묵이 왔다.

불편한 표정은 아니었다. 오히려 그는 여전히 오랜 친구를 모처럼 만난 듯한 얼굴로 소주를 연방 비워내고 있었다. 술이 센 사람이었다. 내가 취해서 나가떨어질 때까지 끄덕하지 않던 시우가 눈앞을 재빨리 스쳐갔다. 주량에서 시우는 아버지를 닮았던가 보았다. 수염을 지우고 본다면 이목구비도 그녀가 아버지를 많이 닮았다는 느낌이 새삼스럽게 들었다. 술기가 금방 올라왔다. 이제 더 이상 시간을 끌며 그의 눈치를 봐야 할 필요는 없었다. 나는 끝내 단도직입적으로 물었다.

"……맞죠, 선명우 씨?"

"소금이…… 어떤 맛이라고 생각하나?"

그가 동문서답을 했다. 부정하지 않는 것으로 그 자신이 선명우라는 걸 확인한 셈이었다. 서둘 필요는 없었다. "그야, 짠맛이지요." 내가 대답하자 그가 피식, 입에서 바람 빠지는 소리를 냈다. "그래 가지고 시인이라니 참."

그는 노골적으로 나를 비웃었다.

"소금은, 모든 맛을 다 갖고 있다네. 단맛, 신맛, 쓴맛, 짠맛. 단 것, 신것에 소금을 치면 더 달고 더 시어져. 뿐인가. 염도가 적당할 때 거둔 소금은 부드러운 짠맛이 나지만 32도가 넘으면 쓴맛이 강해. 세상의 모든 소금은 그것 자체만으로도 맛이 달라. 소금에 포함된 미네랄이나 아미노산 같은 것이 만들어내는 조화야. 사람들은 단맛에서 일반적으로 위로와 사랑을 느껴. 가볍지. 그에 비해 신맛은 나에게 시비를 거는 것 같고, 짠맛은 뭐라고 할까, 옹골찬 균형이 떠올라. 내 느낌이 그렇다는 거야. 쓴맛은 그럼 뭐냐. 쓴맛은, 어둠이라 할 수 있겠지. 내가 왜 이 겨울에 혼자 나와 소금밭을 까뒤집고 있다고 생각하나?"

"부친에게 배운 거겠지요. 선, 기 자 철 자 쓰는 어른요!"

그가 화제를 짐짓 다른 곳으로 유인해 핵심으로부터 도망치려 할지 몰라 나는 한발 더 나아가 쐐기를 탁 박았다. 그는 그러나 여전히 여유만만했다. "허어, 거기까지 나가다니, 진도가 생각보다 많이 나갔네그려." "증발지와 결정지 모두 판이 판판해야 소금 생산량이 늘어난다는 것도 공부했답니다."

"생산량? 그것 참, 참 지겨운 말이 그것인데."

그가 잠시 쓸쓸한 표정을 지었다.

"내가 반평생을 그 말과 함께 살았는데 끝내 여기서 또 듣네. 시인한테 듣기엔 좀 거북하지만서도. 말이야 맞지. 바닥을 까뒤집어 고르게 하면 증발이 잘되니까 생산량 물론 높아지지. 하지만 반은 맞고 반은 틀린 말일세. 내가 지금 판을 까뒤집는 건 단지 생산량 때문이 아닐세. 갯벌 아래, 그러니까 저기 눌린 어둠 속에 미생물이 더 많아서 까뒤집는 거야. 그것들이 많이 포함돼야 모든 맛이 균형 있게 녹아들어 하나로 합쳐지니까. 나는 짜기만 한 소금은 싫어. 이제 세계인의 지상명령어가 돼 자네 같은 시인도 무심코 내게 들이대는 말, 그 생산량이란 말만 해도 그렇잖아. 예컨대 공업적으로 불순물을 제거한 정제염은 염화나트륨 성분이 거의 전부야. 거기엔 오로지 짠맛밖에 없어요. 생산량이란 말도 바로 그렇지. 다른 게 끼어들 틈이 없는 말이거든. 생산량의 증가를 가로막는 다른 것은 모두 불순물이라고 불러. 단연 제거해야 할 것이라고. 생산량이란 관점으로는 좋을지 모르지만 사람에겐 해로울 뿐이지. 젊은 사람이 이해할는지는 모르겠지만, 소금은, 인생의 맛일세!"

나는 소주잔을 들어 단번에 들이켰다.

조금씩 약이 오르기 시작했다. 이 대목에서 내가 왜 그의 장황한 설교를 계속 듣고 있어야 하는지 모를 일이었다. 다급한 것은 내가 아니라 그였다. 그는 실정법을 위반했을 뿐 아니라 가족을 송두리째 버리고 도망친 파렴치범이 아닌가. 그런데도 그는 나보다도 오히려 여유만만한 척 짐짓 소금에 대한 야릇한 수사로 나를 통과하려 하고 있었다. 나는 기분이 급격히 나빠졌다.

"맛에 대해서 나는 잘 몰라요."

나는 볼통한 어투로 말했다.

"오히려 나는 유사 이래, 소금이 많은 사람들의 삶을 망가뜨린 얘기는 조금 알고 있어요. 수없는 소금 전쟁의 역사는 물론이고, 만리장성을 만든 돈이 소금에서 나왔다거나, 소금 때문에 인디언들이 무더기로 학살당했다거나 하는 그런 거요. 소금은요, 어느 시인의 말처럼 사람의 뺨을 붉게 만들지만, 그것 때문에 죽어가야 했던 사람들도 부지기수였지요. 시우 씨랑, 그녀의 언니들만 해도 그래요. 이까짓, 소금이나 만들며 살자고, 그녀들을 가차 없이 거리로 내몰았나요? 대체 소금의 무엇에게, 그럴 권리가 있다고 믿는 겁니까?"

"뭐, 뭐라고 했나, 지금?"

"시우요. 시의 친구요. 막내따님 선, 시, 우!"

나는 단검을 박아 넣듯이 또박또박 말했다.

"시, 시우……"라고, 중얼거리는 그의 얼굴에서 돌연 핏기가 걷히는 걸 직감했다. 반응은 분명하고 빨랐다. 술잔을 한달음에 비우고 난 그가 잠시 불안한 사이를 두었다가 이번엔 소주병을 병째 입에 물었다. 식어빠진 삼겹살을 맹렬히 입안에 밀어 넣기 시작한 것도 그때였다. 내가 마침내 그의 목에 단검을 찔러 넣은 게 틀림없었다. 한순간에 그는 품위를 잃었다. 미친 듯 삼겹살을 우물거리는 게 여러 날 굶은 짐승 같기도 했다.

뜻밖의 결과가 아닐 수 없었다.

자신이 남의 이름으로 살고 있다는 것을 들켰다는 건 미리 알고 있었겠지만, 내가 왜 그 자신을 추적해 여기까지 왔는지, 그 연원은 모르고 있었던 게 확실했다. 여유 부리는 그가 뇌꼴스럽긴 했으나, 막상 무너진 그를 보는 것도 별로 유쾌한 일이 아니었다. 심지어 나는 내 안에 쌓아놓은 탑을 스스로 허물어버린 허우룩한 느낌과 만나기도 했다. 삼겹살이 입안에 가득 들어 있는데도 그가 또 손으로 바싹 탄 기름 덩어리를 집어 들고 있었다. 내가 그의 손을 잡았다.

"기름 덩어리예요!"

그의 시선이 똑바로 나에게 날아왔다.

"강경까지, 시우 씨가 찾아왔었어요……."

"……."

그가 발작적으로 문을 열고 밖으로 나갔다.

나는 가만히 있었다. 솔바람 소리가 들렸다. 달이 떴는지 컨테이너 좁은 창에 너른 소금밭과 송림이 우거진 산의 실루엣이 들어와 있었다. 잘 구획된 소금밭은 죽음의 흰빛이고 산의 실루엣은 악마처럼 어두웠다. 허둥지둥 걸어가던 그가 텅 빈 결정지 한가운데에 멈춰서는 게 창 너머로 보였다. 그는 그곳에서 한참이나 미동도 하지 않고 서 있었다. 얼음밭으로 된 평판의 세계에 홀로 서 있는 고사목을 보는 느낌이 그럴 터였다. "쓴맛은 이를테면 어둠이지." 하던 그의 말이 귓속에 남아 있었다.

그가 바로 어둠의 심지 같았다.

그러나 한참 만에 다시 들어왔을 때, 그는 그사이 완전한 평온을 되찾은 표정이었다. 뭔지 모르게 결연해진 느낌도 들었다. "시우라는 이름이 나올 줄은 미처 예상 못했었네. 잊었다고 여겼던 이름인데." 그가 담담한 목소리로 말하면서 책상 위에서 작은 액자를 집어 들었다. 바로 절름발이 함열댁을 중심으로 휠체어 위의 김승민과 신애, 지애, 그리고 그가 둘러앉은 사진이었다. "어떻게 생각할는지 모르지만, 바로 이것이 나의 가족사진일세." 낮았으나 힘 있는 어조였다. 바람 소리가 우우우, 소금창고 지붕을 핥고 지나가는 소리가 그때 들렸다.

"아주 긴 밤이 되겠네그려!"

내가 하고 싶은 말을 그 사람, 선명우가 하고 있었다.

짠맛 - 가출

눈이 오고 있었다. 오늘 밤 폭설이 내릴 거라는 예보를 듣고 차를 회사에 두고 나온 건 참 잘한 일이었다. 선명우는 빌라로 올라가는 비탈길을 오르기 시작했다. 새로 포장한 비탈길이었다. 기존 도로를 돋우고 넓힌 길이라 도로부터 아주 위압적이었다. 좌우엔 도로와 거의 수평을 이룬 낡은 단층집들의 지붕이 빼곡히 들어차 있었다. 그의 빌라가 언덕 꼭대기에 우뚝 서 있는 게 보였다. 그것은 마치 거대한 성채 같아 보였다. 오래된 낡은 집들을 허물고 선도적으로 지어 올린 건물이었다. 내년이면 이쪽의 나머지 낮은 집들까지 모두 철거시키는 대신 고층 아파트가 들어설 것이었다.

'재개발 결사 반대!'

'차라리 나를 죽이고 들어와라!'

불도저 한 삽이면 주저앉아버릴 것 같은 단층집들의 지붕 위에 찢어진 현수막들이 더러 눈을 맞으면서 펄럭이고 있었다. 세입자들이 거의 대부분인 달동네였다. 땅의 지분을 가진 자들은 아파트 입주권을 받지만 세입자들은 대책 없이 거리로 내쫓겨야 할 입장이었다. 겨울을 넘긴 다음 공사에 들어가게 된 것만 해도 그나마 다행이라고 말하는 사람들이 있었다. 그가 살고 있는 빌라를 지으려고 철거를 시작한 지난봄만 해도 전기와 물이 끊어진 어두운 셋방에서 떠나지 못한 할머니가 두 명이나 무너지는 집에 깔려 죽었다고 했다. 집에 사람이 있는지도 모르고 불도저가 지붕을 쳐서 냅다 집을 주저앉혔기 때문이었다. 불도저는 산 사람과 죽은 사물을 분간하는 능력이 없었다. 자신이 살고 있는 최고급 빌라가 오갈 데 없는 할머니들의 시체 위에 지어졌다고 상상하면, 따뜻한 방 푹신한 침대 위에 누워 있을 때, 명우는 언제나 목에 갈고리가 걸린 것처럼 찜찜했다.

그는 잠시 걸음을 멈췄다.

빌라촌은 따뜻하고 밝은 빛에 둘러싸여 있었고 그 아래 달동네는 어두컴컴하기 그지없었다. 지척이라지만 그것은 마치 천국과 지옥처럼 멀었다. 그는 천국과 지옥 사이에 서서 숨을 몰아쉬었다. 다리가 떨리고, 속이 더부룩한 게 금방이라도 토할 것 같은 기분이었다. 비탈길을 핥고 올라온 눈바람이 뒷덜미를 연신 물어뜯었다. 췌장암의 예후가 깊으니 정밀 진단을 받으라는 의사의 통보를 받은 게 벌써 한 달 전이었다. 췌장암이라니, 말이 정밀 진단이지, 한번 병원에 들어가면 다시 집으로 돌아가지 못할 것이었다.

그는 빌라의 밝은 창을 올려다보았다.

자신의 집 창을 눈으로 더듬다가 한순간 어떤 시선을 그는 느꼈다. 어스레한 창 안쪽에서 누가 비탈길을 내려다보고 있었다. 시우야, 라고 그는 생각했다. 오늘은 대학 입학을 앞둔 시우의 생일이었다. 아뿔싸! 그는 이마를 짚었다. 정류장 앞 카메라 전문점에 주문해둔 시우의 생일 선물 디지털카메라를 찾아오지 않았다는 데 비로소 생각이 미쳤기 때문이었다.

소리쳐 울고 싶은 마음이었다.

등 뒤에선 눈바람이 모질게 불고 있었고, 그는 금방이라도 토할 것 같은 상태였으며, 앞에선 음식점에 가기보다 차라리 주방장을 집으로 불러 요리해 먹는 것이 훨씬 고상하고 품위가 있다고 믿는 아내와 세 딸이 그를 기다리고 있었다. 약속한 파티 시각도 이미 지난 다음이었다. 아내는 약속한 사람이 자신보다 늦게 오는 것만 가지고도 자존심에 치명적인 상처를 받는 타입이었다. 그렇더라도, 성년을 맞은 딸애의 생일 파티에 빈손으로 갈 수는 없었다. 그런 일이 한 번도 없었을 뿐 아니라 그는 누구보다 막내딸 시우를 사랑하고 있었다. "아빠, 나 디지털카메라!"

시우의 목소리가 귓속에서 이명으로 울렸다.

늦더라도 카메라를 찾아와야 할 것 같았다.

아침에 비탈길 아래의 정류장 앞 카메라 가게에 디지털카메라를 주문해둔 참이었다. "선물을 놓고 왔나 봐. 아빠 올라오다가 다시 내려가던데." 만약 창 앞에 서 있었던 게 시우였다면 시우는 그렇게 말할 것이었다. 그는 돌아섰다. 다리가 후들후들 떨렸다. 조금만 기다려줘, 여보. 당신 말대로, 내가 좀 그렇잖아. 그는 속으로 말했다. 말이야 그렇게 했으나, 그는 원래 그런 사람이 아니었다. 너무 꼼꼼하고 치밀하다면서 그를 '게슈타포'라고 부르는 부하 직원도 있었다.

균열이 지기 시작한 것은 최근의 일이었다.

얼마 전엔 전철을 잘못 타 반대 방향으로 간 적이 있었고 어제는 사장이 부른다는 전화를 받고 전무의 방으로 달려갔다. 틈은 급속하게 벌어졌다. 휴지통에 버려야 할 코 푼 휴지를 서랍속에 넣은 일도 있었다. 모두가 병 짓이었다. 가족들은 모르지만 몸무게만 해도 최근에 5킬로 이상 줄어들었으며, 얼굴이 노랗다고 지적하는 사람도 더러 있었다. 췌장암이 깊어져 황달이 오고 있는지도 몰랐다.

왜 하필 내게 췌장암이 찾아왔는가.

지난 한 달간 그는 매일 묻고 물었다. 이해할 수 없었고 받아들여지지도 않았다. 최선을 다해왔다고 그는 생각했다. 젊을 때는 형제들이 그의 어깨에 매달려 있었고 나이 들어서는 아내와 세 딸의 '통장'이 돼야만 했다. 그들에게 그는 늘 겨우 통장이었다. 모래바람 부는 사우디아라비아에서는 하루 다섯 시간 이상 잔 적이 없었다. 지금의 회사만 해도 창업 초창기에 입사해 온갖 궂은일을 도맡아 해왔다. 그런데도 전무는 그를 앞질러 전무 자리에 올랐다. 전무는 그보다 나이가 네 살이나 어렸고 회사 경력은 6년이 짧았다. 전무만 그런 게 아니었다. 상무 발령을 받고 환호하다가, 그 자리가 자신보다 늦게 입사한 후배들이 수없이 거쳐 간 자리에 불과하다는 걸 깨닫고 민망하게 여긴 순간도 있었다. 그래도 감사하게 생각했으며 더 열심히 일했다. 그에겐 회사, 그리고 가족밖에 없었다. 그런데 왜, 하필 췌장암이, 전무가 아니라, 자신을 앞질러 간 다른 상무가 아니라, 그 자신에게 찾아와 똬리를 틀었단 말인가.

비탈길엔 어느새 눈이 쌓여 있었다.

길은 어두웠고 비어 있었다. 그는 넘어지지 않도록 발부리에 필사적으로 힘을 주면서 최대한 서둘러 걸었다. 눈바람이 점점 거세지는 중이었다. 열이 있는지 눈앞이 가물가물했다. 지옥으로 내려가는 길이 있다면 아마 이럴 것이었다. 비스듬하게 길을 막고 선 소형 트럭을 발견한 것은 비탈길을 겨우 반쯤 내려왔을 때였다. 올라오던 중에 눈길에 미끄러져 멈춰 선 모양이었다. 트럭의 꽁무니를 키 작은 남자가 살피고 있었다.

"저기요, 선생님!"

남자가 울상을 하고 말했다.

"차를 좀⋯⋯ 밀어주실 수 없나 해서요."

설상가상이었다. 추위 때문에 남자의 앞니가 부딪치는 다르륵, 하는 소리가 들리지 않았다면 그는 발작해 남자에게 화를 냈을는지도 몰랐다. 번질거리는 낡은 파카 차림에 목도리 하나 걸치고 있지 않은 남자는 얼굴이 새카맸다. 키가 너무 작아서 남자는 마치 벼랑 끝에 선 소년처럼 보였다.

"지금, 바, 바빠서⋯⋯."

말이 저절로 더듬거려졌다.

제때 오지 않는 자신 때문에 보나 마나 아내는 부아가 잔뜩 나 있을 터였다. 입시 준비로 힘들게 지내온 시우가 떠올랐고 준비해 온 생선의 선도가 떨어질까 봐 전전긍긍하고 있을 부주방장도 떠올랐다. 신열이 더 오르는지 서 있기조차 힘든 상태였다. 눈길 때문에 멈춰 섰는데 누가 민다고 해서 트럭이 그 자리를 박차고 나갈지도 알 수 없었다.

"미안해요⋯⋯."

남자가 불쌍해 그는 진심으로 말했다. 트럭의 짐칸을 보지 않았으면, 불쌍하든 말든, 그는 당연히 키 작은 남자의 부탁을 뿌리치고 지나쳤을 것이었다. 막 돌아서려는데 짐칸에 쌓여 있는 그것이 눈에 들어왔다.

144

소금 자루들이 쌓여 있었다.

어딘지 모르게 낯이 익은 그것은 날카로운 흰빛이었다. 피융, 하고 마치 총알이 날아오는 듯한 소리가 고막을 울리면서, 옆구리에서 면도날로 에이는 듯한 날카로운 통증이 느껴진 건 바로 그 순간이었다. 그의 몸이 중심을 잃고 기우뚱해졌다. 소금 자루들이 움직이는 느낌이었다. 어떤 소금 자루는 둥 떠올랐고 어떤 소금 자루에선 알갱이들이 빅뱅으로 터져 나오고 있었다.

"그, 그거…… 소금 아니오!"

옆구리를 움켜쥐면서 그가 다급하게 물었다.

물었다기보다 발작적으로 터져 나오는 소리였다. 소금 자루가 그의 어느 부위를 건드렸는지는 아직 알 수 없었다. 그러나 분명히 소금 자루가 어떤 살기 같은 걸 내쏘고 있다고 그는 느꼈다. 터무니없지만 사실이었다.

트럭이 움직이기 시작한 게 그때였다.

소금 자루가 내쏘는 살기가 트럭 전체로 전이된 것인지, 그것은 알 수 없었다. 갑자기, 그리고 소리 없이, 트럭이 움직였다. 남자는 트럭을 등지고 있었고 그는 트럭을 바라보고 있었다. "비켜요!" 하고 소리치려 했지만 실어증에 걸린 듯 말이 나오지 않았다. 그는 본능적으로 혼자서만 옆걸음질을 쳤다. 미끄러지는 트럭의 모서리에 맞은 키 작은 남자가 난간 너머로 넘어진 것은 다음의 일이었다.

그는 붙박여 선 채 그 광경을 그냥 보고 있었다.

남자는 난간 너머로 넘어졌고, 도로와 낮은 기와지붕 사이의 캄캄한 벼랑으로 삽시간에 빨려 들어갔다. 슬로비디오로 영화의 한 장면을 보는 것 같았다. 키 작은 남자의 날카로운 비명 소리가 어둠 속에서 솟구쳐 나왔다.

너무 지쳐 있었던 것일까. 아니면 이상하고 이상한 열병에 걸려 있었던 것인지도 몰랐다. 그가 자신이 놓인 상황을 구체적으로 헤아려 인식한 것은 사고가 난 다음, 다음 날이었다. 그 자신이 생각해도 거짓말 같았다.

잠든 그를 깨운 것은 병원 안전 요원이었다.

눈을 떠 보니 화장실 안이었다. 화장실 벽에 기대고 잠이 들었던 모양이었다. 얼마나 오래 잤는지는 알 수 없었다. "어디 아픈가요?" 머리가 훌떡 벗겨진 안전 요원이 걱정스런 표정으로 물었다. "아, 아뇨. 괜찮아요." 그가 간신히 몸을 일으켰고, 대머리 안전 요원이 세면대 앞으로 그를 데려가 따뜻한 물을 틀어주었다. "세수라도 해봐요." 대머리는 친절하게도 따뜻한 물을 틀어주었다. 세수를 하고 나니까 비로소 거울 속의 자신이 뚜렷이 보였다. 셔츠 깃에 새카맣게 때가 앉아 있었다.

아주 낯선 얼굴이었다.

그는 안전 요원이 건네주는 종이 수건으로 얼굴을 천천히 닦았다. 신열은 없었다. 신열은 고사하고 터널을 통과하고 난 것처럼 머릿속이 맑았고 눈도 환해졌다. 꿈을 꾸다 깨어난 기분이었다. 어두운 피부, 텅 빈 눈, 잡초처럼 억센 수염을 그는 들여다보았다. 하얀 수염이었다. 매일 아침마다 면도를 했으므로 자신의 수염이 완전 백발이라는 걸 그는 그때 처음으로 알았다.

"위험한 고비는 넘겼다고 들었어요."

대머리가 손을 씻으면서 말했다. 그가 무슨 말이냐는 눈빛으로 고개를 돌렸다. "환자분 말이에요. 목숨만은 건질 수 있나 봐요." 환자분이라니 누구를 말하는 것일까, 하고 그는 생각했다. 기억의 회로 앞엔 어릿어릿 안개가 끼어 있었다. "그러니 보호자분이 더 정신 차리셔야지요." 대머리가 태연히 덧붙였다.

"보…… 호자요?"

그가 기어 들어가는 목소리로 반문했다.

안개가 재빨리 흩어지고 있었다. "그 축대 밑으로 떨어졌다는, 602호 김승민 씨요." 대머리가 종이 수건을 쓱 뺐다. "김승민……." 소금 자루를 실은 트럭이 곧 떠올랐다. 그리고 동시에 키 작은 남자가 도로와 기와지붕 사이의 컴컴한 함정 속으로 빨려 들어가는 정경이 슬로비디오로 재현됐다. "형님 되신다고 들었는데요." 반문할 필요는 없었다. 다른 누가 아니라 바로 자기 자신을 가리켜 대머리가 '보호자'라고 부르고 있었다.

시우의 생일이었지.

그는 생각했다. 깜박거리던 형광등에 갑자기 불이 들어온 것 같았다. 눈바람 몰아치던 비탈길과 디지털카메라가 떠올랐고, 소금 자루가 떠올랐고, 멍하니 서서 트럭에 치인 남자가 어두운 함정으로 빨려 들어가는 걸 보고 서 있는 자신이 떠올랐다. 마치 남인 것처럼 자신의 모습이 또렷했다. "비켜요!" 하고 단 한 번만 소리쳤어도 키 작은 남자를 구할 수 있었을 텐데, 속수무책, 겨우 자신의 목숨만 구하고 만 언짢은 장면이었다.

"김승민 씨 보호자분!"

간호사나 접수대 여자가 호명할 때마다 비틀거리면서 병원 접수대로 다가가곤 했던 한 남자의 모습도 생각났다. 그 남자는, 바로 그 자신이었다. 몽유병에 걸린 것처럼 비틀거리며 다가가는 자신의 모습이 유체 이탈의 경우처럼 객관적으로 보였다. 남자는 접수대로 불려갈 때마다 카드 결제를 하고 있었다.

"내가 병원에 온 지 얼마나 됐나요?"

그가 이윽고 물었다.

"거 봐요. 정신 줄 놓고 계셨네. 김승민 환자가 응급실로 실려 온 게 벌써 사흘은 됐을 텐데."

대머리가 안타깝다는 듯이 혀를 찼다.

"사흘……."

148

평생 동안 단 한 번도 어긋나본 적이 없는 소심하고 성실한 그에게 사흘은, 이승과 저승처럼 먼 시간이었다. 마치 삼도천(三途川)을 건너 완전히 다른 세상으로 온 기분이었다.

아내는? 아이들은? 회사는?

놀라운 것은 그다음이었다.

뜻밖에, 담담했다. 당부 한 번 어긴 적이 없는 아내였고, '쑥 아빠!'라고 놀리고 무시해도 고깝지 않은 세 딸이었으며, 20년 넘게 결근 한 번 한 일이 없는 회사였다. 사흘이라면 남들의 석 달, 혹은 3년과 맞먹는 시간이라고 해도 과언이 아닐 텐데, 그러나 그는 놀랍지 않았다. 놀랍기는커녕 사흘 전까지의 모든 기억이 다른 세상에서의 일처럼 아득하고 또 잔잔하게 떠올랐다. 완전히 다른 별에 와 있다는 느낌이 들었다. 배꼽이 떨어지는 것처럼, 모든 게 깔끔하게 떨어져 나간 기분이었다. 심지어 통쾌하기까지 했다. 그는 흡, 하고 웃었다. 뱃속 깊은 곳에서 저절로 밀려 나오는 그런 웃음이었다. 대머리가 또 혀를 찼다. 대머리는 그가 운다고 생각하는 눈치였다.

"만약에."

그가 트림처럼 올라오는 웃음을 참으며 말했다.

"만약에 말이오. 가족들과 회사가, 어느 날 배꼽, 그러니까 탯줄이 떨어지는 것처럼 당신에게서 완전히, 깨끗하게 떨어져 나간다면 어떤 기분이 들겠소?"

"무슨 말씀이신지……."

"예컨대, 이불 속에서 쏙 빠져나가듯……."

"아하, 그러니까 가출하고 싶은 적 없냐, 이걸 물으신 모양인데, 아니오. 내 집을 두고 내가 왜요? 솔직히 뭐, 애들이나 마누라가 표시 나지 않게 싹 가출해주었으면 하고 바란 적은 더러 있소만."

대머리가 그보다 한발 더 앞서 나갔다.

"그, 그렇게까지 해서야……."

그는 당황하여 더듬거렸다. 상상도 하지 못했던 말이었다. 대머리는 자신이 벌어 마련한 집과 안락한 침대와 기타 편리한 가재도구를 두고 '내가 왜' 떠나야 하느냐고 반문한 것이었다. 떠나야 한다면 당연히 그 모든 걸 마련하는 데 보탠 것이 없는 다른 가족들이 떠나야 한다고 대머리는 말하고 있었다. 듣고 보니 미상불 그게 더 옳은 말이었다.

"마음이 약하신 분이군요."

대머리가 싱글싱글 웃으면서 덧붙였다.

"헛, 때론 독하게 다뤄야요. 가출해야 한다면, 돈 벌어 보탠 게 없는 새끼들이 나가야지, 왜 애비가 나갑니까." 단단한 사람이었다. 그는 경배하는 마음으로 대머리를 보았다. 옳거니. 세상의 모든 아버지를 꼭 둘로 나눠야 한다면, 하나는 스스로 가출을 꿈꾸는 아버지, 다른 하나는 처자식들이 가출하기를 꿈꾸는 아버지로 나눌 수 있었다. 대머리가 그의 소심함을 비웃는 것처럼 느껴졌지만 기분은 조금도 나쁘지 않았다.

"대단하십니다."

그는 진심으로 존경심에 가득 차서 말했다.

아내와 아이들이 가출한 집에 혼자 남아 활개치고 걸어 다니는 상상을 하니 기분이 더 고양됐다. 마음대로 액자를 바꿔 걸 수도 있고, 아내에게 도무지 어울리지 않는 수백만 원짜리 드레스, 혹은 금칠이 번쩍이는 핸드백이나 장신구들을 벽난로에 태우면서 하루 종일 누워서 시집을 읽을 수도 있었다. 아이들의 방마다 돌아다니며 함부로 벗어 던진 값비싼 옷가지, 뚜껑이 열린 수많은 고급 화장품, 용도를 알 수 없는 과도한 전자제품들을 쓰레기통에 던져 넣은 뒤에 한 방은 시집만 모아놓은 시집 도서실, 한 방은 좋아하는 LP 판만 가득 모아둔 음악 감상실, 또 한 방은 고요하고 어스레한 휴게방으로 꾸밀 것이었다. 방을 순례하는 것으로도 곧 잊을 수 없는 여행이 될 거라고 그는 상상했다. 아내의 옷과 장신구와 화장품을 싹쓸이로 들어낸 안방엔 장난감을 가득 채워도 좋을 것 같았다. 장난감 기차가 삑삑거리며 달리고, 어여쁜 인형들이 뛰놀며 춤추는 곳, 그 방의 천장은 푸르른 창공, 혹은 깊은 바닷속으로 꾸미면 좋을 것 같았다. 별들이 반짝이거나 심해어들이 꼬리를 흔들면서 오가는 걸 보고 누워, 기적 소리라도 들으면 좋을 터였다.

더 이상 웃음을 참을 필요는 없었다.

그는 웃으려고 했다. 그런데 웃음 대신, 난데없이 트림이 올라왔다. 그것도 한 번이 아니라 여러 번이었다. 트림이 트림을 타고 싱싱한 무청처럼 쑥쑥 올라와 허공으로 무한히 퍼져나갔다. 썩은 냄새가 자신에게 맡겨졌을 정도였다. 수십 년간 쌓이고 쌓여온 부패한 것들이 조청처럼 엉겨 붙은 차진 트림이었다. 더부룩했던 뱃속이 상쾌하게 내려앉는 것 같고, 암종이 똬리를 튼 썩은 췌장까지 딸려 나오는 것 같은 느낌이었다. 그리고 이어 허기가 갑자기 찾아왔다. 일찍이 느껴본 적이 없는 강력한 허기였다.

"여기, 식당이 어디 있나요?"

"지하에 식당이 있지만 문을 닫았을 시간인데."

"됐습니다. 고맙습니다!"

그는 방금 아침 햇빛 속으로 뛰어나온 송아지 같은 신신한 표정이 되어 대머리에게 꾸벅, 허리 숙여 인사를 했다. 물어보고 말고 할 것도 없었다. 병원만 나서면 동서남북 천지사방으로 길이 열려 있을 터였다. 모든 길의 길가엔 반드시 식당이 있을 것이고, 어느 길로 가든지 자신은 이제 자유롭게 선택할 권리가 있었다. 뜨거운 찌개에서 올라오는 김이 눈앞을 어지럽히고 밥 냄새가 코를 찔렀다.

"저기요!"

복도로 앞서 나오려는데 대머리가 불렀다. "식당에 가려면 거, 제수씨랑 조카도 좀 데리고 가쇼." 웬일인지 대머리는 그사이 기분이 나빠진 눈치였다. "제, 제수씨? 조카?" 그가 눈을 깜박깜박했다. "선생 제수씨요. 보아하니 그 양반도 밥을 못 먹은 것 같고, 특히 몸도 부실한 어린 조카가 불쌍해 봬 하는 말이오. 환자 옆에서 지쳐 자고 있을 겁니다만." 말을 끝내고 나서 대머리는 빠른 걸음으로 병원 복도를 앞질러 걸었다. 키가 큰 사람이었다. 그는 멍해져서 키 큰 대머리가 성큼성큼 걸어가는 뒷모습을 보이지 않을 때까지 보았다.

모두 잊은 것은 물론 아니었다.

트럭의 꽁무니에 밀려 비탈길에서 추락한 키 작은 남자에겐 부인과 어린것이 있었다. 부인은 다리를 절었고 어린것은 발육이 부진한 티가 많이 나는 지진아였다. 대머리의 지적을 받고 나자 모녀의 얼굴이 확실히 떠올랐다. 다리를 저는 부인은 김승민과 달리 눈이 크고 깊었으며 계집아이는 눈이 떼꾼한 게 영양실조라도 걸린 것 같았다. 부인이 트럭을 가리켜 '우리 집'이라고 했던 것도 아울러 생각났다.

"우린 늘, 트럭에서 자요……."

절름발이 부인이 한 말이었다. 비몽사몽 중에 들었던 말인데

153

도 미간을 모으자 뚜렷이 기억났다. 문제의 트럭은, 다섯 명이 탈 수 있는 구조를 가진 봉고 더블캡 1톤짜리였다. 뒷좌석을 뜯어내면 모녀가 충분히 잠잘 만한 공간이 있었다. 단편적인 기억의 조각들이 퍼즐처럼 머릿속에서 재빨리 맞춰졌다. 핵심은 소금이었다. 병원까지 오게 된 것도 사고 때문이라기보다 소금 때문이었는지 몰랐다. 자신의 무의식에 잠복된 어떤 기억의 무덤을 소금이 강력히 건드렸었다고 그는 회상했다.

염부였던 아버지는 소금밭에서 죽었다.

바로 그의 대학 졸업식이 있던 날이었다. 아버지는 졸업식엔 참석할 수 없었다. 아버지가 소금밭 결정지에서 소금 더미에 코를 박고 쓰러져 죽은 것이었다. 그것은 아버지 인생의 마지막이었을 뿐만 아니라, 그와 아버지 관계의 마지막이기도 했다. 죽음으로 관계가 끝나는 건 아니었다. 관계의 끝은 죽음이 아니라 망각일 터였다. 아버지의 시신을 땅에 묻고 나서 망각은 가속도를 탔다. 열흘쯤 지나서 아버지의 얼굴이 생각나지 않았고, 스무날쯤 지나고 나서 아버지의 목소리가 생각나지 않았으며, 반년쯤 지나자 아예 염전이 생각나지 않았다. 아버지가 염부였다는 사실조차 지워지고 없었다. 아버지 얼굴을 본 적이 없어요, 라고 말해도 전혀 이상할 게 없을 정도였다. 아버지에 대한 모든 기억은 그렇게 철저히 봉인되었다.

그런데.

그는 그 대목에서 가슴을 움켜잡았다.

그런데 그 눈발 속, 멈춰 선 1톤짜리 더블캡 짐칸에 실린 소금 자루들을 보았을 때, 문제의 봉인이 풀리기 시작하며 아주 비의적인, 밝은 낮엔 전혀 상상도 할 수 없는, 이상하고 특별한 마법에 부당하게 걸려들었다고 그는 회상했다. 기억의 봉인은 단계적으로 풀어졌다. 처음 소금 자루를 보았을 때 그는 걸음을 멈추었으며, 소금 자루들이 움직이는 듯했을 때 소금 더미로 엎어진 한 염부가 떠올랐고, 키 작은 남자가 추락하며 비명을 내질렀을 때, 죽은 염부의 골진 얼굴 위로 파팍, 서치라이트가 켜졌다. 소금이 입과 콧구멍으로 밀려 들어간 늙은 염부의 모습을 그는 눈발 속에서 명확히 보았다.

아버지의 얼굴이었다.

죽은 자의 현현보다 더 극적이었다. 남자의 비명은 그러므로 곧 아버지의 비명이었다. 그는 그렇게 느꼈다. 그 이후의 모든 일은 그 때문에 생긴 일이었다. 벼랑으로 쑤셔 박힌 남자를 찾아내 싣고 스스로 트럭을 운전해 미친 듯 병원 응급실로 달려가던 순간에도 그는 여전히 아버지의 비명을 듣고 있었다. "김 승민 환자 보호자분!" 하고 부르는 소리, 비틀거리며 접수대로

향하는 자신의 모습도 오버랩되어 떠올랐다. "뇌진탕인데, 바로 수술해야 돼요!" "척추 골절이 심해서 수술이 필요해요!" 의사들이 다그치고 있었다. "시간이 없어요!" 어떤 의사는 말했고 "수술 동의하면 보호자란에 사인하세요." 또 어떤 의사는 엄포를 놓았다. 계산서와 수술 동의서에 연거푸 사인하는 자신의 손이 보였다.

아니야.

그는 부르짖었다.

내가 왜 남자의 보호자가 돼야 한단 말인가.

뭔가 잘못됐다는 생각이 비로소 들었다. 마법에 걸리지 않고서야 절대로 일어날 수 없는 일이었다. 공포심이 엄습했다. 돌아가야 돼. 키 작은 남자는 명백히 아버지가 아니었다. 생면부지의 남자가 틀림없었다. 그렇다면 이제라도 어서 집으로 돌아가야 할 일이었다. 아내가 이혼을 요구하고 회사에선 사직서를 내라 할지언정, 마법에서 풀렸으니 지금이라도 돌아갈 길밖에 없었다. 자신이 만난 건 트럭에서 잠자고 먹고 싸는, 떠돌이 행상 가족에 불과했다. 아내라면 사람 취급조차 하지 않았을 비천한 인종이었다. 사랑스런 딸들이, 특히 시우가 보고 싶었다. 가출이라니, 말도 안 되는 소리였다. 세상의 어느 아버지가 감히 가출을 꿈꾼단 말인가. 모든 소중한 것이 거기 있는데. 그 빌라에.

그는 집으로 가려고 한 발 앞으로 내디뎠다.

바로 그때 누군가, 그의 소매를 잡았다. 그는 소스라쳤다. 절름발이 여자의 품에 안긴 조그마한 계집아이가 그의 소매를 옹골지게 움켜잡고 있었다. "큰아버지!"라고 소녀가 불렀다. 그렇게 들렸다. 다리에서 힘이 쑥 빠졌다. 아냐, 라고 말했으나, 생각뿐이었다.

이번엔 절름발이 여자가 어깨를 잡았다.

악귀의 그것 같은 손이었다. 여자의 손등 위에 불끈 솟아난 검푸른 정맥의 그물망이 보였다. 뿌리칠 힘도 없었다. 갑자기 불구가 됐다고 그는 느꼈다. 자신에게 닥친 모든 일이 너무나 부당해서 심장에서부터 전신으로 납덩이처럼 굳어지는 증세가 전이되기 시작한 것 같았다. 실어증이란 아마 이렇게 오는 모양이었다.

내가 왜? 내가 왜?

그 말 역시 목젖에 단단히 덜미가 잡혀 있었다. 그는 부르르 온몸을 떨었다. 한참 만에 그의 입에서 간신히 비명이 터져 나왔다. "나는, 난 췌장암에 걸렸어!" 눈물이 주르륵 흘렀다. 소나기 같은, 짜디짠 눈물이었다. 소금 더미에 코 박고 죽은 아버지가 기억의 봉인을 뜯고 무덤에서 몸을 일으키는 것이 눈물 속에서 생생히 보였다.

신맛 – 첫사랑

선명우가 논산시 외곽의 산노리 오동나무골에 산 것은 초등학교 5학년 2학기 때부터 중학교 2학년 여름까지 3년여였다. 아버지는 그 무렵 서천 죽산리에서 염전을 일구고 있었다. 맞은편으론 군산항이, 왼쪽으로는 장항제련소의 드높은 굴뚝이 빤히 건너다보이는 곳이었다. 염전에서 송림 사이를 걸어 나오면 바로 바다가 한눈에 들어왔다. 바다는 원만한 해안선을 그리면서 검은 바위들이 우뚝한 범바위로 이어졌고, 범바위 앞엔 대죽도가 손에 닿을 듯이 자리 잡고 있었다. 고향을 떠나기 전 그는 학교에서 돌아오면 그 범바위 근처에서 살다시피 했다. 갯가에는 온갖 것이 살고 있었고, 그러므로 그곳에선 하루 종일 혼자 있어도 심심하지 않았다.

아버지가 처음부터 염부였던 건 아니었다.

평생 염부로 산 것은 할아버지였다. 할아버지는 당신의 아들이 염부를 하게 될까 봐 노심초사했던가 보았다. 아버지는 그래서 할아버지의 뜻에 따라 초등학교를 졸업하곤 곧 대전으로 나가 중학교까지 마친 다음 어찌어찌해서 포클레인 기사가 되었고, 결혼한 다음엔 중장비 사업에 골몰했다. 한때 제법 큰돈을 만진 적도 있었다. "하루가 지나면 돈 헤아리는 재미에 식사를 거르는 날도 많았단다." 아버지는 말했다. 어머니가 돌아가시지만 않았어도 아버지의 인생은 그런대로 계속 잘나갔을 것이었다. 시름시름 앓던 어머니가 유명을 달리하면서부터 아버지는 인생의 내리막길을 걸었다.

아버지는 어머니의 죽음이 자신 때문이라고 여겼다.

"아프다는 걸 알면서도 일이 바빠 병원 한번 데려갈 생각을 안 했다, 내가." 아버지는 한탄했다. 술에 절어 살았고, 사업은 뒷전이었다. 데리고 있던 기사가 장비들을 팔아넘기고 도망치는 일이 벌어진 건 아버지가 알코올중독자로 살 때였다. 장비가 남에게 넘어간 데다 빚만 곱사등으로 남았으니 살길이 없었다. 집은 물론 가재도구까지 모조리 압류 딱지가 붙었다. 다섯이나 되는 어린것들을 데리고 거리로 내앉아야 할 참이었다.

"그때 여기, 소금 창고가 떠오르더라."

아버지는 훗날 말했다.

다섯 형제를 앞세우고 아버지가 다시 고향의 염전으로 돌아온 것은 명우의 나이 열 살이 채 안 됐을 때였다. 염전은 이미 남의 것이 되어 있었다. 아버지는 할아버지가 갖고 있던 염전의 일부를 임차해 일구었다. 생산된 소금을 염전의 주인과 반반으로 나누는 조건이었다. 처음 1년은 춥고 어두운 소금 창고에서 살았다. 갑자기 달라진 환경을 가장 견디지 못한 건 큰형이었다. 걸핏하면 싸움질을 했고, 그래서 파출소에 끌려 들어가는 게 다반사였다. 소년원에 간 적도 있었다. 그래도 아버지는 처음에 염전을 거쳐 가는 징검다리쯤으로 생각했다. "조금만 기다려라. 애비, 반드시 대전으로 돌아간다!" 아버지는 말했다. 그러나 터무니없는 기대였다. 돌아가실 때까지 아버지는 그곳을 떠나지 못했다.

아버지가 명우를 부른 건 여름방학 때였다.

"다음 학기부터 너는 학교를 옮긴다!" 아버지는 선언했다. "논산의 당고모가 너를 맡아주기로 했으니 그리 알아라." "저 혼자요?" 어린 그가 놀라서 물었다. 큰형은 여전히 술타령이나 싸움질에 절어 살았고, 작은형은 오랜 병으로 학교도 포기한 채 누워 지냈다. 폐병이었다. 보건소에서 약을 지어다 먹였으나 어쩐 일인지 작은형의 병은 나날이 깊어질 뿐이었다.

두 여동생은 어려서 아무것도 몰랐다.

아버지는 종일 염전 일에 매달려야 했으니까 자연히 동생을 돌보는 것부터 집안 살림까지, 모두 명우의 차지가 되었다. "혼자 가지, 그럼. 너는 오직 공부만 해라. 여기선 너마저도 공부고 뭐고, 못 한다. 짐을 싸. 당고모와 이미 다 얘기를 해두었다!" 집안일을 하느라 결석하는 날도 많았으나 명우는 총명하여 그때까지 반에서 1등을 놓친 적이 거의 없었다. 그것이 오히려 화근이 된 셈이었다.

"제가 없으면, 누가 집안일을 해요?"

"사내놈이, 집안일은 무슨!"

아버지의 눈에서 그 순간 불이 번쩍했다.

콧날이 시큰해졌다. 식구들과 떨어져 먼 곳으로 가야 되는 운명 때문에 그런 게 아니었다. 불길이 타오르는 아버지의 눈빛에서 당신의 절망과 희망이 전광석화처럼 스친 것을, 그는 본능적으로 느끼고 알았다. 당신이 죽을 때까지 소금밭을 떠나지 못할 것이라는 걸 아버지는 결국 알아차린 것이었다. 앞날에 검은 휘장이 덮였다고 생각했을 때, 아버지의 머릿속에 떠오른 건 명우, 그밖에 없었다. 총명했기 때문에 그는 아버지의 유일한 희망으로 선택됐다. 당신은 물론이고 자식들조차 이 고통스런 소금밭에서 떠날 수 없을 테니, 그 하나만이라도 점찍어 출세시킨 다음, 그를 통해 나머지 자식들도 구원하겠다는 것이 아버지의 전략이었다. 불꽃 같은 눈빛에 그 모든 말이 담겨 있었다.

초등학교 5학년 여름방학에 있었던 일이었다.

당고모는 크지 않은 감밭 농사와 밭농사를 했고, 그것만으로는 살기 어려워 식용으로 개를 길렀다. 개 사료를 먹이고 틈나는 대로 야채밭을 돌보는 것이 그의 일이었다. 밭에 거름을 주거나 해야 할 땐 숙제할 겨를도 없었다. 다행히 당고모는 무심한 성격이라 그의 생활에 일일이 간섭하진 않았다. 개밥을 줘야 할 때 시간 맞추어 집으로 돌아오면 됐다. 전학을 와서도 공부는 계속 1등이었다.

화단엔 배롱나무들이 나란히 자라고 있었다.

학교가 끝나고 나선 흔히 배롱나무 꽃그늘에 혼자 남아 숙제를 하거나 책을 읽었다. 아직 어린 나무였으나 꽃이 피면 하늘로 간 어머니의 혼백인 듯 예뻤다. 어머니는 분통처럼 뽀얀 얼굴에다 눈썹이 두툼했으며 무엇보다도 흘러내린 귀밑머리가 늘 싱그러웠다. 마당에서 빨래를 널거나 고추를 말리거나 통배추를 어썩어썩 씻거나 하던 어머니의 모습들이 가슴에 깊이 남아 있었다. 가만가만 바람이 불면 어머니 귀밑머리가 햇빛을 건들면서 흩날리는 것이었는데, 그 모습이 그렇게 좋을 수가 없었다. 어린 꽃잎들이 날리는 것도 같고 천사의 검은 드레스 한 자락이 날리는 것도 같았다. 어머니에게 다가서면 알 수 없는 향긋한 냄새까지 나는 것이어서, 혼곤한 느낌이 들 때도 있었다. 배롱나무 꽃잎이 하늘하늘 떨어지는 걸 볼 때마다 어머니의 그 귀밑머리가 언제나 생각났다.

더 생각나는 건 작은형이었다.

그에게 시를 읽어주고 별자리를 가리켜준 형이었다. 핏기 없는 작은형의 얼굴이 떠오르면 가슴이 먹먹해졌다. 잘 먹어야 낫는다는 병인데 밥은 제때 먹는지, 한 주먹이나 되는 약은 누가 챙겨주는지, 술 취한 큰형의 발길질을 어떻게 막아내는지, 한시도 마음을 놓을 수가 없었다.

나이 어린 두 누이동생이 생각나도 그랬다.

그가 떠나오는 바람에 밥은 물론이고 청소하고 빨래하는 모든 집안일을 도맡은 정숙이를 생각하면 심장이 터질 듯했다. 혼자 도맡아 염전 일을 해야 하는 아버지도 마찬가지였다. 염전에서 가족들의 도움 없이 혼자 일하는 건 아버지뿐이었다. 공부를 하고 있을 때나 배롱나무 꽃그늘에 기대고 앉아 있을 때나 식구들을 떠올리면 손발이 오그라드는 느낌이었다.

중학교는 논산 읍내로 들어갔다.

연산으로 다니는 것이 더 가까웠지만 반드시 논산으로 가야 한다면서, 그 일 때문에 아버지는 염전을 제쳐두고 논산을 여러 번 들락거렸다. "좀만 참고 있어라. 대전이나 서울로 보내려

163

고 애비가 알아보는 중이다." 아버지는 논산도 마음에 차지 않아 당신 자신에게 다짐을 두듯 말했다. 오동나무골에서 논산 읍내까진 논두렁 밭두렁으로 질러가도 짱짱한 20리 길이었다. 차는 없었고, 차비도 없었다. 읍내까지 가는 그나마 빠른 길은 마을 뒤의 호수를 따라가는 길이었다. 둘레만 해도 수십 리가 넘는 큰 호수였다.

명우는 호수를 따라 걸어서 학교를 다녔다.

길 아닌 길이었다. 겨우 달구지나 지나다닐 법한 길 좌우엔 소나무 숲이나 하늘을 가린 키 큰 상수리나무들이 많았다. 배가 고프면 떨어진 상수리나 익지도 않은 감의 껍질을 앞니로 벗겨 먹곤 했다. 익지 않은 상수리나 감은 떫고 썼다. 솔잎을 씹기도 했고, 생고구마를 몰래 캐 먹기도 했다. 호수는 늘 짙푸르고 숲은 늘 빈자리 없이 풍요로웠지만, 그 자신의 뱃속만 언제나 허공이었다. 호수를 다 지나면 관촉사를 지나가는 도로가 나왔지만 그는 늘 들을 가로지르는 지름길을 선택했다.

억새 우거진 논산천을 건너가는 길이었다.

물을 건너다 웅덩이로 미끄러져 한참이나 떠내려간 일도 있었다. 둔덕에 닿았을 땐 책가방과 교복 전체가 물에 젖어버린 다음이었다. 도시락도 젖어 있었다. 관촉사에서 아침 예불을 알리는 종소리가 은은히 울렸다. 관촉사 은진미륵은 고통받는 사람들의 미래를 구원할 부처님이라던 말이 생각나니까 삐질삐

질, 눈물이 나왔다. 점심 한 끼 굶는 건 문제가 아니었다. 미륵불의 현현이 필요한 것은 자신이 아니라 아버지, 동생들, 작은형이라고 그는 생각했다. 어린 그는 그들이 불쌍해 흙탕물에 범벅된 도시락 뚜껑을 열어놓고 울었다.

"집엔 아예 얼씬도 하지 마라!"

아버지는 단단히 엄포를 놓았다.

다니러 온 큰형을 따라 예정에 없이 집에 갔다가 대파 자루로 사정없이 두들겨 맞은 적도 있었다. 집에 남아 있는 자식들을 아버지는 완전히 버린 모양이었다. 그는 아버지에게 유일하게 선택받은 '뽑힌 자'였으며 짐꾼으로서의 '미륵불'이었다. 방학 때조차 그가 집에 와 오래 머무는 걸 아버지는 결코 허락하지 않았다.

"니 애비가 허리를 다쳤는가 보드라."

고모가 그런 말을 한 것은 중학교 1학년 여름방학 때였다. "세상에, 니 여동생, 그 어린 것까지 소금밭에 나와 대파질을 한다지 않니." 고모는 마치, 사지 멀쩡한 너는 왜 집에 가지 않고 여기 있느냐고 힐난하는 투였다. 여름철 염전 일이 얼마나 많은지 그는 누구보다 잘 알고 있었다. 큰형마저 군에 입대해 집에 없을 때였다. 소금은 그의 등록금이었을 뿐만 아니라 남은 가족들의 목숨 줄이나 다름없으니, 영근 소금조차 거둘 수 없다면 아버지는 아마 복장이 터져 지레 죽을 것이었다.

명우가 길을 떠난 건 다음 날 새벽이었다.

길은 두 가지였다. 하나의 길은 기차나 버스를 이용해 군산까지 간 다음 배를 타고 장항으로 건너가 죽산리까지 가는 방법이 있었고, 또 하나의 길은 강경 황산나루에서 배를 타고 금강을 건너 서천군을 동서로 횡단해 가는 방법이 있었다. 거리상으로 가까운 길은 강경을 경유하는 길이었다. 그는 가까운 길을 선택하기로 했다. 어느 길이든 그는 물론 온전히 혼자 가본 적이 없었다.

여명도 트기 전에 오동나무골을 출발했다.

당고모네 식구들은 다 자고 있었다. 아버지와 식구들을 구하러 가는 길이니 무서울 게 없다고 그는 생각했다. 논산 읍내에 왔을 때 해가 떴다. 그는 논산 강경 사이의 너른 들녘 초입에서 아무렇게나 가방에 넣어 온 삶은 고구마를 물도 없이 먹었다.
논산 강경 사이는 너른 벌판이었다.
그는 20리 가까운 들길을 곧장 가로질러 갔다. 벼들이 잘 자라고 있었다. 바람이 들 가운데로 연신 자맥질해 들어왔다. 물결치는 벼들의 파노라마는 정말 장관이었다. 이처럼 너른 들은 일찍이 본 적이 없었다. 우리 집에도 논이 있었으면, 하고 생각했다. 희맑은 하늘이었다. 메뚜기 떼가 사방으로 날아다녔다. 이 세상이면서 이 세상이 아닌 것 같았다. 빈속에 허겁지겁 먹은 고구마가 잘못됐는지 들을 다 지날 무렵엔 설사가 나왔다.

때마침 강경 장날이었다.

사람들이 인산인해를 이루고 있었다. 물어물어 간신히 황산나루에 도착했을 때는 때마침 나룻배가 떠나기 직전이었다. 숨 돌릴 틈도 없이 그는 배를 탔다. 금강 본류였다. 강은 넓었으며 회색빛 강물은 느릿느릿 흘렀다. 강 건너편이 부여군 세도면이라는 것을 그는 배를 탄 뒤에 알았다.

"세도 소재지 가냐?"

소쿠리를 한 짐 실은 중늙은이 아저씨가 물었고 "아뇨. 서천 가는데요." 그가 대답했다. "서천 가는 차는 예서 없어. 저 버스가 부여 가는데, 임천면에서 내려 서천 가는 차가 있나 기다려 봐라." 중늙은이 아저씨가 마시던 물을 그에게 건네주었다. 그는 벌컥벌컥 마셨다. "쯧, 아침도 굶은 게로구나?" 아저씨가 말했고, "아니에요!" 그는 짐짓 고개를 저으면서, 배고픈 걸 행여 아저씨에게 들킬까 보아 일부러 헙, 하고 헛기침까지 했다. 설사가 쏟아질 것 같아 죽을 맛이었다.

나루에서 임천까지는 30리 남짓이었다.

소쿠리 아저씨와 함께 그 역시 부여행 버스를 탔다. 강안의 모래밭에선 땅콩이나 참외가 한창 익어가고 있었다. 청둥오리들이 떼 지어 버스 위를 가로질러 갔다. "임천에서 서천 가는 버스가 있을지 원. 어린것이 혼자 너무 먼 길을 가는구나." 소쿠리 아저씨는 말했다. 그는 아저씨가 일러주는 대로 임천에 도착하자 버스에서 내렸다. "어리지 않아요!" 그 말을 한 것은 소쿠리 아저씨를 태운 부여행 버스가 부르릉, 흙먼지를 피워 올리며 막 발차한 다음이었다.

예상대로 서천 가는 버스는 금방 없었다.

버스비를 아껴 동생들에게 과자라도 사 가지고 갈 요량으로 그는 서천까지 일단 걷기로 했다. 걸어가다가 풀섶이나 나무숲에 들어가 몇 차례나 더 물개똥을 쌌다. 80리 길이라고 누군가 말했다. 설사 때문에 가끔 어지럼증이 있었지만 괜찮다고 생각했다. 오동나무골에서 강경까지 이미 40리 길을 걸었으니, 서천까지도 까짓 거, 그 두 배쯤 걸으면 될 일이었다. "마라톤은 100리가 넘어!" 그는 자신에게 속삭여 말했다. 서천까지의 버스 삯이면, 과자는 물론 객혈하는 작은형의 비타민도 한 병 살 수 있었다. 도로를 따라 걷기도 하고 또 눈치로 방향을 잡아 밭둑길을 가로지르기도 했다. 한산면까지 왔을 때 정오를 비로소

168

넘겼다. 70리 이상 걸어온 것 같았다.

텅 빈 초등학교가 나왔다.

운동장엔 죽창 같은 여름 햇빛이 쏟아지고 있었다. 그는 화단 옆에 비틀 하고 잠깐 주저앉았다. 맨드라미들이 화단가에 줄지어 피어 있었다. 검붉은 꽃이었다. "이것 좀 봐. 피가 뭐 꼭 빨간 건 아니네." 객혈한 피를 수건에 받아 햇빛 아래로 비춰보며 작은형이 하던 말이 생각났다. 작은형이 객혈한 피는 맨드라미처럼 검붉었다. 그는 화장실로 달려가 수도꼭지를 틀어놓고 한참이나 물을 마셨다. 땀에 젖은 머리를 통째로 수도꼭지에 들이대기도 했다. 서늘해졌다. 화장실 뒤쪽에서 그때 붉은 기색이 눈에 확 들어왔다. 그는 오, 하고 기쁨에 차서 부르짖었다. 그것은 앵두와 오디 열매였다. 그는 앵두와 오디를 정신없이 주워 먹었다. 단맛이 몸 전체로 물결처럼 퍼져나가는 느낌이 들었다.

견디기 어려운 건 배고픔이 아니었다.

뙤약볕이 더 견디기 어려웠다. 입에서 쓴 내가 나고 무릎은 시큰거렸다. 그늘을 미처 찾지 못해 뙤약볕 아래 앉아 물개똥을 내갈길 때는 머리에서 김이 나는 것 같기도 했다. 그는 그러나 아버지를 생각하며 한사코 걸었다. 소금밭의 햇빛은 자신이 받아내는 햇빛보다 몇 배나 더 강할 것이었다. 햇빛은 소금을 익히지만 동시에 염부의 수분도 다 빨아들였다. 살똥스런 햇빛을 견뎌내는 염부만이 소금의 결실을 거둘 수 있었다. 그는 그래서, "난 괜찮아!"라고 햇빛에게 말했고, "너한테 지지 않을 거야, 난 염부의 아들이니!"라고 덧붙였다.

'염부의 아들'에서 둥, 가슴속 북이 울렸다.

기산면 교회당 앞에 도착했을 땐 마당에서 무슨 잔치가 한창이었다. 감자전과 참외와 지짐이도 얻어먹을 수 있었다. 어디까지 가느냐고 누가 물었다. "서천 죽산리요." 그는 간신히 대답했다. 일사병에 걸린 것인지 묻는 사람의 얼굴이 가까워졌다 멀어졌다 했다. "조금 기다려봐라. 전도사님이 서천에 나가신다." "차, 차비가 없는데요!" "차비는 없어도 된다. 쯧, 네 얼굴이 지금……." 그이는 말하다가 어미를 툭 잘라먹었다.

전도사님이 운전하는 차는 작은 트럭이었다.

그는 트럭의 짐칸에 올라탔다. 햇빛 때문에 눈을 뜰 수가 없었다. 아버지는 지금쯤 소금꽃을 대파로 건드려 퍼거나 하고 있을 터였다. 아버지의 머리에도, 소금밭에도 쏟아지고 있을 햇빛이었다. 소금꽃이 피어나는 게 눈에 보이는 것 같았다. 차라리 햇빛에 감사했다.

전도사님이 서천 읍내 길가에 그를 내려주었다.

"죽산리까지만 해도 실히 시오 리가 넘을 게다. 갈 수 있겠냐?" 전도사가 물었고 "그럼요. 갈 수 있어요." 그는 대답했다. 그 말은, 그럼요, 나는 햇빛을 이길 수 있어요, 라는 말과 마찬가지였다. 하마터면 저는 염부의 아들이에요, 라는 말을 덧붙일 뻔했다. "논산에서 왔다고 했지? 네가 오늘 걸은 길이 100리가 더 되는 성싶다. 애가 아주 독하구나." 전도사의 말에 "울 아버지는 나보다 더 독해요!" 그가 대꾸했다. 서천읍에서 죽산리까진 몇 번이나 오가본 길이었다. 길이 낯설지 않은 것만으로도 힘이 났다. 그는 약국에서 작은형 비타민을 한 병 사고 동생들에게 줄 사탕과 과자를 한 봉지씩 샀다. 종일 걸은 값이었다.

뿌듯했다.

멀리, 염전을 싸고도는 낮은 산들의 스카이라인이 드디어 보였다. 아버지가 소금꽃을 살피고 있을 시각이었다. 작은형의 병세는 어떨까. 날씨가 좋아 소금이 많이 영글 테니 어린 정숙이, 효숙이도 힘을 보태자고 소금밭에 나가 있을지 몰랐다. 지난번 왔을 때, 소금이 담긴 외발 수레를 끌다가 결정지로 넘어지면서 서럽게 울던 정숙이의 모습이 눈앞을 스쳐 지났다. 그는 절룩이면서 다시 바다로 가는 큰길을 걸었다. 이윽고 낯익은 초등학교 교문이 저만큼 보였다. 그가 다녔던 학교였다. 아지랑이라도 낀 듯 시야는 가물가물해졌는데, 콧날은 피잉 울었다.

집 안은 고요했다.
작은형은 죽은 듯이 자고 있었다. 임시로 지어 올린 허름한 숙소였다. 어두운 방 한쪽에서 입을 벌린 채 구부려져 자고 있는 작은형의 얼굴은 박꽃처럼 흰빛이었다. 그는 비타민 병을 형의 머리맡에 두고 일어섰다. 염전에 갔는지 여동생들도 보이지 않았다. 아버지가 보고 싶었다. 그는 우물물을 한 사발 퍼 마시고 곧 염전으로 갔다.

아버지는 보이지 않았다.

나중에 안 일이지만, 아버지는 그때 증발지 바닥을 고르다가 녹슨 못이 발바닥을 뚫고 들어가서 소금 창고에 딸린 헛간에서 발바닥을 임시방편으로 동여매고 있었다. 여동생들이 먼저 그를 발견했다. "오빠!" 결정지에 들어가 있던 정숙이가 그를 불렀고 결정지 두렁에 앉아 있던 효숙이가 달려와 품에 안겨 울었다. 소금꽃이 한참 피어나고 있었다. 소금꽃이 피어나기 시작하면 햇빛이 골고루 물 밑까지 비치도록 그것들을 적당히 저어 흐트러지도록 해줘야 했다. 일손이 모자라니까 동생들까지 대파를 들고 그 일에 나선 모양이었다.

"대파, 이리 줘!"

그가 대파를 잡았다.

"아, 아버지는……."

아버지는 어디 있느냐고 물으려는데 지친 뒤끝이라 혀가 잘 돌아가지 않았다. 바람 한 점 없는 날이었다. 소금꽃에서 튕겨 나온 햇빛이 눈을 찔렀다. "아버지 보면 혼날 거야, 오빠. 여긴

172

왜 왔어?" 정숙이가 말할 때 헛간에서 발을 동여맨 아버지가 나왔다.

"아버지, 저 왔어요!"

그는 혼신의 힘을 다해 씩씩한 목소리로 말했다.

아버지는 무엇인가에 뒤통수를 강하게 얻어맞은 사람처럼 멈칫 서서 그를 뿌연 눈빛으로 바라보았다. 몇 달 만에 본 아버지는 그사이 얼굴이 더 까매졌고 상반신이 수수깡처럼 마른 듯했다. 목이 메어서 그는 얼른 말을 보탰다. "여름방학이어서요, 아버지 혼자는 소금을 다 못 거두잖아요!" 금방이라도 주저앉을 것 같긴 했으나 그렇게 말하는 순간 그는 자신이 아주 자랑스러워졌다. 제가 아버지를 도울 거예요, 라고 말하고 싶었다.

"이놈의 새끼가……."

아버지가 갈라진 쇳소리를 냈다.

명우는 자신을 향해 미친 듯 달려오는 아버지를 보았다. 앞서 닥쳐오는 건 아버지가 아니라 아버지의 그림자였다. 기울어지기 시작한 햇빛 때문에 아버지의 그림자는 마치 악마의 뿔처럼 거대하고 새카맸다. 피할 겨를도 없었다. "오빠, 빨리 도망가!" 정숙이의 비명 소리와 아버지의 갈퀴 같은 손이 날아온 것은 거의 동시였다. 아버지는 먼저 그의 손에서 대파를 휙 낚아챘다. "네놈이 감히 대파를 잡아?" 그런 말이 들렸고, 이어서 대파 자루가 팔의 상단을 강하게 쳤다. 팔이 끊어지는 것 같았다.

그는 벌러덩 나자빠졌으며, 그 관성에 밀려 결정지 두렁까지 미끄러져 나갔다. "내, 내가, 뭐라고 했냐. 다시는, 다시는 대파를 잡지 말라고 했는데." 아버지가 계속 소리치고 있었다. "도망가, 오빠!" 동생들이 계속 울부짖었다. 결정지는 미끄러웠다. 이번엔 그를 향해 성급히 달려오던 아버지가 소금꽃에 코를 박으며 앞으로 고꾸라졌다. 그가 울면서 말했다.

"방, 방학 때만이라도 아버지……!"

"저, 저 쳐 죽일 놈이 시방 얻다 대고 주둥아리를……."

아버지의 눈에서 햇빛이 번쩍했다. 그것은 분명히 살기였다. 햇빛의 살기가 아니라 아버지 온몸이 내뿜는 살기를 그는 보고 느꼈다. 당신의 온몸이 잘 갈린 칼이었다. 그는 와락 공포심을 느꼈다. "그렇게 일렀는데." 아버지의 목소리는 갈라질 대로 갈라져 더 살똥스럽게 들렸다. "이놈의 자식, 감히 여기가 어디라고 와서 대파를 잡아? 너…… 안 돌아가면 오늘 밤 우리…… 다 죽는다! 가, 가자, 이놈아! 방문 걸어 잠그고…… 불…… 싸질러 우리 식구…… 다아 죽자!" 아버지의 눈가가 번질번질했다. 불길이라면 모닥불 형세였다. 그가 본능적으로 소금 창고 뒤로 내달았다.

"오빠, 가! 제발…… 가!"

어린 동생들이 계속 울부짖고 있었다.

"다, 죽자 죽어!"

아버지의 쇳소리가 계속 고막을 찢었다. 도망치는 수밖에 없었다. 다른 아무것도 생각나지 않았다. 자신이 아니라 아버지를 살리기 위해서, 동생들을 살리기 위해서, 작은형을 살리기 위해서 그는 저수조 방향으로 절룩절룩 도망쳤다.

"아버지!"

그는 울었다. 대파 자루로 맞는 것은 문제가 아니었다. 뼈가 부러져도 참으라면 참을 수 있었다. 그러나 아버지의 눈가가 번질거리는 것이 아버지의 눈물 때문이라는 걸 느꼈을 때, 그는 비로소 그곳에 돌아온 것이 죄라는 걸 확연히 깨달았다. 자신이 돌아오는 것은 아버지의 모든 희망을 무너뜨리는 짓이라는 걸.

저수조 둑 위에 올라서자 바닷바람이 불었다.

햇빛이 저수조 수면에 부딪쳐 사금처럼 반짝거렸다. 그는 울면서 다시 서천 쪽을 향해 걸었다. 소금기에 말라비틀어진 풀들이 자꾸 발목을 휘감았다. 운동화 앞부리가 갈라져 엄지발가락이 들락날락하는 게 보였다. 그는 주먹으로 눈물을 연방 씻으며 그것만을 보고 걸었다. 쥐새끼처럼 염치없는 엄지발가락이었다. 염치없는 엄지발가락을 단 한 번의 자귀질로 토막 내고 싶었으나 자귀는 없었다. 헛구역질이 자꾸 나왔다. 먹은 것도 없는데 왜 구역질이 자꾸 나는지 모를 일이었다. 더 이상, 돌아보지는 않았다. 돌아보면 너른 소금밭 가득, 투명한 소금물 대신 검은 깃발이 일제히 펄럭이고 있을 것 같았다.

서천읍에 나왔을 땐 기진맥진 더 이상 걸을 힘이 없었다. 그러나 가야 된다고, 가서 아버지의 미륵불이 돼야 돌아올 수 있는 거라고 그는 생각했다. 부여군 임천면 소재지까지 가는 마지막 버스가 다행히 대기하고 있었다. 6시가 가까워진 시각이었다. 남은 돈이 모자랐으나 운전사 아저씨는 그의 행색을 보자마자 "돈대로 표를 끊어 달라 해라." 하고 말했다.

버스 속에서 그는 어머니의 꿈을 꾸었다.

어머니의 손을 잡고 흰 강을 향해 걷는 꿈이었다. "강은 왜 있어, 엄마?" 그는 물었고 어머니는 대답했다. "그야, 강물이 흐르라고 있지." 향긋한 풀 냄새가 어머니에게서 났다. 감미로웠다. "강물이 왜 하얘?" "그야, 오래 흘러 그런 거란다. 사람도 오래 살면 머리가 하얘지잖아!" "그래서 아버지 머리칼이 하얀 거구나!" 앞서 가는 아버지는 걸음이 빨라 잡을 수가 없었다. 흰 강을 닮은 아버지의 하얀 머리가 자꾸자꾸 멀어지고 있었다.

운전사가 내려준 곳은 어느 마을 앞이었다.

"강경으로 갈려면 예서 내려 나루까지 질러가는 게 빠르다. 저쪽 개천을 따라 두곡리로 가거라. 거기서부턴 강을 따라가면 된다. 그래도 나루까지 먼 길인데." 갈 수 있겠느냐는 표정으로 운전기사 아저씨가 말했다. 갈 수 있다고 하고 싶었지만 혀가 굳었는지 말이 나오지 않았다.

버스가 떠나고 나서 그는 곧 혼자 남았다.

"마라톤은 100리가 넘어요!" 멀어지는 버스를 향해 그는 비로소 말했다. 자신이 걸은 길이 이미 100리를 훨씬 넘었다는 걸 그는 잘 모르고 있었다. 남은 길만 해도 어림잡아 60리였다. 한쪽 무릎이 어떻게 됐는가 보았다. 그는 왼쪽 다리를 끌다시피 하며 절룩절룩 걸었다.

햇빛의 힘이 빠진 게 그나마 다행이었다.

그는 운전사 아저씨가 가르쳐준 대로 논 사이의 개천을 따라 걸었다. 햇빛이 뒷덜미에 닿고 있었다. 바람이 강 쪽에서 조금씩 불어왔다. 무릎이 아픈 것도 문제지만 운동화 앞코에 난 구멍이 자꾸 커지는 것도 문제였다. 쥐새끼 대가리 같았던 엄지발가락이 어느새 어미 쥐 대가리만큼 커져서 여전히 그 구멍으로 들락날락하고 있었다. 작은형이 누워 사는 윗방 벽 구멍에 머리를 내놓고 고갯짓을 하던 쥐새끼가 생각났다. 당고모네로 떠나기 전에 막아두었지만 쥐들이 다시 구멍을 뚫어놨을 수도 있었다. 그것을 확인하지 않고 떠나온 게 제일 후회됐다. 잠들어 있는 작은형의 머리통을 쥐새끼들이 지금쯤 조금씩 파먹고 있을지 몰랐다.

작은형도 흰 강의 꿈을 꿀까.

작은형이 엄마를 만나러 간다면 아마 꿈에서 본 그 흰 강을 건너가야 할 것이었다. 쥐새끼들은 감히 그 강을 넘어가지 못하겠지. 그는 운동화 끈을 빼서 신발과 발을 꽁꽁 동여맸다. 개천 좌우엔 억새들이 기세 좋게 자라고 드문드문 들꽃들이 무리 지어 피어 있었다. 나비 한 마리가 신발을 동여매고 있는 그의 발끝에 앉으려다가 훌쩍 개천을 넘어갔다. 흰 나비였다. 그는 나비가 날아가는 방향을 우두망찰 바라보았다. 강의 흰 띠가 아스라이 떠오르는 게 들 너머로 보였다.

강이 가까워지자 갈대밭이 연이어 나타났다.

물새들이 연이어 갈대밭과 강을 오가는 중이었다. 어떤 물새는 자박자박 물 위를 걷고 어떤 물새는 치르르르 장난스럽게 물 미끄럼을 탔다. 가만히 앉아서 소리 없이 강심까지 흘러 나간 놈도 있었다. 물을 가지고 놀면서도 새들은 자국을 오래 남기지 않았다. 갈라진 물은 이내 합쳐지고 튕겨 오른 물은 이내 제자리로 돌아갔다.

"새들이 왜 바다로 가는지 아냐?"

매바위에서 갈매기를 보며 작은형이 묻던 게 생각났다.

"사람들 약 올리려고 그러는 거야. 따라와봐라, 하거든. 저 갈매기 새끼들. 잘 들어봐, 따라와봐라, 따라와봐라, 하잖아!"

작은형의 느낌을 알 것 같았다.

강으로 가면서 새들이 그에게 따라와봐라, 따라와봐라, 하고 울었다. 새들이 부러워 강심을 향해 손짓을 하려다 그는 얼른 팔을 내렸다. 대파 자루로 아버지한테 맞은 팔이 한껏 부어올라 거인의 그것처럼 보였다. 목이 타는 듯했다. 염전을 떠난 뒤부턴 물 한 모금 마시지 못했다는 생각이 그제야 났다.

그는 강물로 입술을 적셨다.

강물 위에 언뜻언뜻 붉은 무늬가 내려앉고 있었다. 졸아붙은 그의 목구멍과 달리, 통통하게 살진 강이었다. 작은 마을을 또 지났다. 사람이 살지 않는 듯 고요한 마을이었다. 그리고 곧 소나무 숲이 다가왔다.

늙은 개 한 마리가 따라오고 있었다.

벙어리일까. 개는 소리도 없이, 그가 멈추면 멈추고 그가 걸어가면 걸어왔다. "저리 가!" 그는 간신히 말했다. 눈앞이 자꾸 어질어질했고 다리가 천근같이 무거웠다. 강을 따라가라던 운전기사 아저씨의 말이 귓가에 남아 있었다. 행여 강을 놓칠까 봐 그는 길을 버리고 소나무 숲 사이의 언덕 아래를 힘겹게 돌아 나갔다. 무릎까지 닿는 물을 건너가야 하는 곳도 있었다. 늙은 개가 비틀거리며 물을 건너는 그를 물끄러미 보았다.

언덕을 지나자 강이 바다처럼 넓어졌다.

아까보다 붉어진 강이었다. 곧 어두워질 터였다. 갈대들이 수런거리며 저녁 바람에 서로 몸을 섞고 있었다. 어둡기 전에 나루에 닿아야 해, 라고 그는 생각했다. 그러나 생각뿐이었다.

눈꺼풀이 자꾸 내려와 덮었다. 강의 잔물결 정수리마다 놀 꽃이 피고 있었다. 보는 방향에 따라 수만 송이 붉은 꽃잎들이 얹혀 있는 것 같기도 했다. 물새들이 꽃잎을 차고 놀았다. 그리고 붉은 꽃잎들이 시시각각 암갈색으로 변하기 시작했을 때, 마침내 긴 여로의 끝이 왔다. 죽음보다 깊게, 그는 오직 자고 싶었다.

이윽고 털썩, 그가 쓰러졌다.

어둠은 어디에서 올까.

계룡산 상상봉 아무도 모르는 어느 나무 그늘에 은신한 산신령님이 때가 오면 스리슬쩍 물레를 돌려 먹물을 세상에 퍼뜨리고 있다고 그는 상상했다. 강에서 수만 송이 꽃잎들이 스러지고 새들이 갈대숲 어둔 집으로 돌아가는 것도 모두 계룡산 산신령님의 요술일 터였다. 어두워지면 아버지가 쉴 수 있을 테니 좋고, 어두워지면 소금이 영글지 않을 테니 싫었다.

"얘, 일어나……."

잠 속에서 그는 그런 말을 들었다.

애써 눈을 뜨려 했으나 어둠뿐이었다. 산신령님의 물레가 아주 빠르게 돌고 있었다. 어둠의 물레가 돌아가면서 어깨를 건들고 허리를 건들고 손을 건드렸다. 내버려둬요. 산신령 할아버지는 할아버지 물레나 돌리라고요! 그는 산신령 할아버지에게 말했다. 몸이 쑥 하고 솟아올라 누군가의 어깨에 얹혀지는 듯한 느낌이 그때 왔다. 산신령 할아버지가 계룡산 상상봉으로 데려가 자신을 수제자로 삼으려 하는지도 몰랐다. 산신령님 수제자가 되면, 그 자신의 마음에 따라, 아버지가 힘들 때면 아버지 그만 쉬라고 물레를 돌려 어둠을 풀고, 소금을 익히려 할 때면 거꾸로 물레를 돌려 먹물을 거두면 될 터였다.

그리고 또 향긋한 냄새도 났다.

자신을 들쳐 업은 산신령님에게서 나는 냄새라고 그는 생각했다. 아니, 향긋한 것이 아니라, 달고 신 냄새였다. 그는 이마를 살짝 찡그렸다. 산신령님이 아니라 어머니일지도 모를 일이었다. 흰 강을 넘어온 어머니가 자신을 들쳐 업고 어디론가 가고 있었다. 엄마, 하면서 그는 어머니의 목을 다부지게 잡았다. 대전 집 좁은 뜰 수돗가엔 석류나무가 한 그루 있었다. 가장 행복했던 시절이었다. 여름이 다가오면 붉은 석류꽃 그늘에 앉아서 어머니는 야채나 쌀을 씻기 좋아했다.

"어머, 이 쌀알들 좀 봐."

어머니는 바가지 속 쌀알들을 건드리며 감탄했다.

"꼭 벌어진 석류 속의 석류 알 같지 않니, 흰 석류 알!"

석류는 붉고 쌀알은 흰데, 왜 두 가지가 같다고 하는지 그는 도무지 알 수 없었다. 쩍 벌어진 석류에서 붉은 씨앗들이 숨은 사랑처럼 드러나는 게 보기에 참 좋았다. 어머니는 석류를 정말 사랑했다. 부스럼에도 좋고 기생충을 없앨 수도 있다면서, 석류로 술을 담그기도 했고 그 껍질을 끓여 먹인 적도 많았다. 석류에 대한 시를 읽어준 일도 있었다. "발레리라는 시인이 석류 알을 두고 지상의 이마를 본 것 같다고 썼구나!" 어머니는 말했다. 쌀을 씻던 어머니가 석류 알을 한 움큼 훑어서 그의 입안에 다짜고짜 밀어 넣어준 것이 바로 그다음이었다.

입안에서 그것들의 과즙이 녹아들 때 깜짝, 새콤했다.

어린 그는 물에서 갓 나온 물새처럼 온몸을 한 차례 힘차게 떨었다. 뭐랄까, 그것은 폴 발레리의 시에서처럼, "지상의 이마" 혹은 "옛날의 영혼으로 하여금 자신의 비밀스런 구조를 꿈에 보게" 하는 맛이었다.

그는 그러나 계속 눈을 뜰 수 없었다.

중학교 3학년 어떤 누나가 자신을 들쳐 업고 달리고 있다는 걸 그는 꿈에서도 상상하지 못했다. 어딘가에 눕혀질 때도 그랬고, 이마를 찬 물수건이 쓸고 지나갈 때도 그랬다. "열이, 펄펄 끓어." 누가 말하는 것 같았다.

먼 곳에서 흰 강물이 가만히 돌아눕고 있었다.

그는 어머니와 함께 간혹 흰 강의 꿈도 꾸었다. "일어나봐. 좀 먹어야 해!" 누군가 물 잔을 입에 대주기도 했다. 물을 마셨다. 다음엔 숟가락이 입속으로 들어왔고, 그는 무의식적으로 그것도 받아먹었다. "할머니가 녹두죽 끓이는 법을 가르쳐주셨어. 녹두죽이야!" 어스레한 저쪽에서 누군가 말하고 있었다. "녹두죽은 해열에 좋대. 피로 회복에도 그만이고. 쌀을 살짝 볶아 끓여야 죽이 맛있다는 걸 오늘에야 알았네. 울 할머니는 모르는 게 없으셔." 어머니의 목소리는 아니었다. 그는 죽을 받아먹으면서도 계속 잤다. "잠들지 마, 얘. 더 먹어야 돼!" 따뜻하고 부드러운 죽이었다. "열도 내렸다면서, 가살스런 놈이다. 너울가지로 그러는지도 모르니 안 먹겠다면 내버려둬라." 이번엔 다른 이의 목소리였다. 노파 같았다.

그는 계속 잤다. 잠은 힘이 아주 셌다. 꿈도 없는 다디단 잠이었다. 간혹 어렴풋이 잠의 우물 밖으로 잠깐씩 떠오를 때마다 누군가의 손길을 느꼈다. 새의 깃털처럼 보드랍고 오동통한 손길이었다. 석류나무 푸른 그늘에 돌아가 누운 느낌이 나기도 했다. 오, 반쯤 입 벌린 석류들아, 라고 시를 읽는 어머니의 목소리가 들릴 때도 있었다. 내게 죽을 먹여준 사람은 누구일까. 잠 속에서도 그는 생각했다. 석류나무 요정인 것 같았다. 그는 여전히 푸르고 환한 석류나무 그늘 속에 있었다.

잠에서 다시 깨어났을 때, 낯선 방에 누워 있다는 걸 알고 그는 소스라쳤다. 밤인 것 같았다. 꾹 꾹 꾸르르, 하고 어디선가

183

밤새 우는 소리가 들렸다. 두 개의 방이 미닫이문으로 연결된 구조였다.

"식초 좀 더 다오."

갈라진 목소리가 아랫방에서 들렸다. 가래가 끓어 간신히 터져 나오는 듯한 아주 쉰 목소리였다. 반쯤 열린 미닫이문을 지나온 불빛이 그가 깔고 누웠던 요의 하단을 비추고 있었다. "그럼 너무 실 텐데." 쉰 목소리에 대답하는 여자의 목소리는 또랑또랑했다. 잠의 터널을 지나며 들었던 그 목소리였다. "원래 도라지무침은, 새콤달콤해야 제맛이다." 해소를 오래 앓아왔는지 쉰 목소리가 한참 동안 밭은기침을 했다. 그는 숨을 죽이고 상반신을 가만히 기울여 아랫방을 보았다.

먼저 보인 것은 어떤 할머니의 얼굴이었다.

"가살스런 놈이다……"라고 말한 그 할머니인 것 같았다. 아버지보다 훨씬 주름이 많았으며, 아버지 가죽 혁대보다 더 새카만 얼굴이었다. 할머니는 양푼에다가 도라지를 버무리고 있는 중이었다. 오이도 함께 썰어 넣었는지 할머니 옆엔 칼도마와 오이 꼭지가 놓여 있었다. 그의 입에 저절로 침이 고였다. 오이도라지무침은 어머니가 자주 만들어준 음식이기도 했다. 석류처럼 새콤하고 생무처럼 아삭한 느낌이 동시에 혀를 건들고 있었다.

맞은편에 앉은 사람은 얼굴이 보이지 않았다.

뒤로 질끈 묶은 꽁지머리가 보였다. 목덜미는 희고 어깨는 판판했다. 그는 미간을 모았다. 자신이 아마 저 어깨에 얹혀 이 집에 온 것 같았다. "이제 내가 무칠게, 할머니. 할머니는 그만 누워!" '꽁지머리'가 말했고, 할머니가 다시 기침을 했다. 작은형이 걸린 병에 할머니도 걸렸는지 몰랐다. 들쭉날쭉한 도시형 건물의 꼭대기가 강 건너로 떠오르는 걸 쓰러지기 직전에 본 기억이 비로소 났다. 그것이 강경이었다면, 여기는 아마 나루터 가까운 곳일 터였다.

도망갈까?

쓰러진 자신을 업고 강변 모랫길을 허둥지둥 걸어오는 꽁지머리의 모습이 어렴풋이 떠올랐다. 방은 두 개뿐인 것 같았다. 자신이 깔고 누운 게 꽁지머리의 요인 모양이었다. 찬 수건으로 자신의 몸을 닦아내고, 할머니의 말에 따라 녹두죽을 끓여 입에 떠 넣어주는 꽁지머리의 모습이 이어서 떠올라 보였다. 차마 낯을 들고, 저 일어났어요, 하고 불빛 아래 얼굴을 드러낼 염치가 없었다. 그는 한숨을 쉬었다.

"저 의뭉한 놈 일어났다!"

할머니가 눈을 감은 채 말했다.

'의뭉한 놈'이 자신을 가리켜 한 말인지도 처음엔 알지 못했다. 할머니는 눈을 감고도 모든 게 다 뵈는가 보았다. "어머, 정말이네!" 고개를 돌린 꽁지머리와 눈이 마주치고 나서야 '의뭉한 놈'이 자신이라는 걸 그는 비로소 알았다. 꽁지머리는 그보다 두서너 살은 더 먹었음 직한 누나였다.

"괜찮니?"

꽁지머리 누나가 스스럼없이 그의 이마를 손으로 짚었다.

"열 다 내렸네."

이마가 넓은 꽁지머리 누나가 그를 향해 활짝 웃었다. 하얀 잇속이 석류 알처럼 말끔히 드러나는 막힘없는 웃음이었다. 석류 알 맛이 그 순간 입안에 가득 퍼졌다. 그의 미간이 저절로 와락 찌푸려졌다. 깜짝, 새콤한 맛이었다.

"대체 어떻게 된 거니, 얘!"

그는 가만히 있었다. "어디서 어디로 가는 거였니. 서천, 논산, 어쩌고 했었는데, 정말 서천에서 걸어왔니?" 꽁지머리 누나가 연거푸 묻고 있었다. "그놈도 에미가 집을 나갔나 보지." 끙하고 돌아누우면서 할머니가 말했다. "참, 할머니도!" 누나가 할머니를 향해 눈을 하얗게 흘기곤 키킥, 웃었다. "울 엄마가 집을 나갔거든. 겁먹지 마. 난 할머니랑 둘이 살아." 할머니의 목에서 가래 끓는 소리가 심하게 났다.

중학교 3학년 교과서들이 책상 위에 놓여 있었다.

"너 되게 가볍더라. 할머니 약 사러 강경 갔다 오다가 너를 봤어. 자는 건지 기절한 건지, 아무리 흔들어도 눈을 못 뜨고. 열이 대단했어. 업고 막 뛰었지. 자면서도 약은 주는 대로 받아먹

어줘서 차라리 네가 고맙더라. 보건소도 먼데." 누나는 말하면
서 다 무친 도라지무침을 그릇에 꼭꼭 눌러 담았다. "먹어볼래?
햇도라지야." 그는 머리를 저었다. "나는 세희야. 가늘 세, 계집
희!" 누나가 도라지 하나를 쓰윽 자신의 입에 넣었다. 그의 입안
으로 도라지무침이 들어온 것처럼, 또다시 입안이 새콤해졌다.
"세상에, 하루 넘게 잔 거 알아? 서천에서 논산? 말도 안 돼. 정
말 걸어서 논산 가는 중이었니?" 그가 고개를 끄덕거리고 간신
히 몸을 일으켰다. 눈앞이 빙글 돌았다. 은혜는 나중에 갚겠다
고 말하려 했지만 말이 얼른 나오지 않았다. "혹시, 가려고?" 꽁
지머리 누나가 눈을 크게 떴다. "지금은 못 가. 나룻배 없어. 아
침에나 강을 건널 수 있단다."

"화, 화장실에 가고 싶어요."

그가 기어 들어가는 목소리로 말했다.

문을 열고 나오니 강이 바로 마당 끝, 도라지밭 너머에 있었
다. 달밤이었다. 도라지꽃도 희고 강물도 하얬다. 바람이 불었
고, 갈대들이 멀지 않은 곳에서 몸을 떠는 소리를 냈다. 화장실
은 마당 끝에 있었다. "화장실 문 앞에 전등 스위치 있어!" 문을
새치름 열고 꽁지머리 누나가 말했다.

문제가 생긴 건 다음 날이었다.

오줌이 마려워 댓돌로 내려서는데 "할머니!" 하는 꽁지머리 누나의 비명 소리가 방 안에서 들렸다. 할머니가 누워 잠자던 모습 그대로 밤새 숨을 거둔 것이었다. 죽음 같지 않은 죽음이었다. 세희 누나의 할머니 목숨이 정말 자신의 그것과 맞바꾼 것일까. 명우는 훗날에도 가끔 터무니없이 그런 생각을 했다. 장례를 치르는 중에 할머니의 사촌 조카가 내지른 한마디가 오랫동안 그의 목에 갈고리로 걸려 있었기 때문이었다.

"저놈은 뭐하는 놈이냐?"

할머니의 사촌 조카는 얼굴이 영락없이 말상이었다. 할머니는 꽃상여를 타지 못했다. 가출한 어머니 뒤를 따라 아버지가 대처로 떠난 것이 이태 전이라고 했다. 명절 때는 돌아왔지만 정작 세희는 아버지가 어디에 있는지도 알지 못했다. 작은아버지 한 분은 귀가 먹은 사람이었다. 농번기도 겹쳐 있었다. 워낙 작은 마을이라서인지 초상집을 들여다보는 사람도 별로 없었다. 겨우 만장 하나 앞세우고 리어카에 관을 싣고 가야 했다.

쓸쓸하기 이를 데 없는 장례식이었다.

다행히 묫자리 하나는 좋아서 할머니 누운 곳에선 휘돌아가는 금강이 한눈에 내려다보였다. 누대에 걸친 고난의 역사가 실렸겠으나 구김 하나 없이 원만한 강이었다. 할머니의 사촌 조카 '말상'이 그를 가리키며 시비를 건 것은 성토가 끝날 무렵, 그가 무연히 강을 내려다볼 때였다.

"저놈이 할머니를 잡은 게야!"

말상은 혀를 찼다. "근본도 모르는 놈을 끌어다가 재웠으니 이 사달이 난 거지." "저 애는 죄 없어요!" 세희 누나가 암팡지게 받았다. "죄 없다? 쓰러져 있는 놈을 네가 업어 왔다면서? 저놈 목숨 살리는 대신 할머니가 일없이 가셨는데 죄 없다?" 말상은 마치 그에게 찾아온 죽음의 사신을 그와 그녀가 짜고 할머니에게 떠민 것처럼 말했다.

그녀가 울기 시작했다.

"어젯밤 밤새…… 얘가 나와 함께 돌아가신 할머니를 지켰어요. 얘가요! 다른 분은…… 얘한테 뭐라고 할 자격…… 없어요!" 그녀는 울면서 소리쳤다. 동네 사람 몇몇이 찾아오긴 했으나 할머니의 시신 곁에서 밤을 새운 것이 그와 그녀뿐이라는 말은 사실이었다. 친척들이 온 것은 다음 날이었다.

무섭지는 않았다.

할머니의 얼굴은 너무도 평화로워 차라리 아름다워 보였다. "우리 할머니…… 예쁘지?" 그녀가 묻기까지 했다. "천국에 가셨으니 이렇게 고운 거야. 우리 할머니 살아 계실 때도 이랬어. 잡은 물고기도 놓아주는 할머니였다고." 그녀가 가장 서럽게 운 것은 도라지무침을 꺼내놓고 찬밥을 떠먹는 새벽이었다. 당신이 돌아가실 줄 알고 일부러 그 밤에 도라지를 무친 거라고 그녀는 말했다. 죽음의 맛도 이럴까. 신선한 햇도라지에 금방 딴

오이를 썰어 보태 무친 오이도라지무침은 석류처럼 새콤달콤
했다.

그는 그길로 먼저 산을 내려왔다. 산을 내려와 돌아보니, 유
품을 태우는지 연기 나는 불 곁에 쭈그리고 앉은 세희 누나가
이쪽 편을 보고 있었다. 누나가 먼저 손을 가만히 들었다가 놓
았다. 입안에 석류나 도라지무침이 든 것처럼 그 순간에도 역시
깜짝, 새콤했다.

강을 따라가니 10리 안팎으로 황산나루에 닿았다. 멀고 먼
여행이었다. 그는 강경에서 논산까지의 너른 들은 철로를 따라
걷고 논산에서 오동나무골까진 호수를 따라 걸었다. 당고모네
집을 떠나고 사흘 만이었다. 그사이 몸이 훌쭉해졌는지 걸을 때
마다 자꾸 바지가 내려왔다. 당고모네 집에 도착한 것은 정오를
넘긴 다음이었다. 개밥을 주던 당고모가 한달음에 그에게 달려
왔다.
"대체 어디를 헤매다 오냐, 이놈아!"
당고모가 종주먹을 들이댔다. 아버지가 왔다는 말에 그는 놀
랐다. "네가 돌아오지 않았다는 말 듣고 니 애비가 어제, 한달음
에 왔어. 염전 일이 요즘 얼마나 바쁜데…… 밤잠도 못 자고 눈
이 벌게져서 널 찾아 헤맸다." 당고모네 식구들은 물론이고 아

버지도 뜬눈으로 밤을 밝힌 모양이었다.

아버지는 당고모네 집에 없었다.

그는 앉을 사이 없이 아버지를 찾아 밖으로 나왔다. 호수는 일부 바닥이 드러날 만큼 물이 말라 있었다. 영근 소금을 거두지도 못하고 그를 찾아 헤매는 아버지는 호수보다 더 목이 탈 것이었다. 과수원 사잇길을 지나고 소나무 숲을 가로지르니 효암서원이었다. 아버지가 효암서원 외삼문 앞에 앉아 있었다. 아버지의 얼굴은 새카맣게 타서 숯 덩어리 같았고, 150리도 더되는 거리를 걷고 나서 낯선 할머니의 초상까지 치르고 온 그역시 숯 덩어리 같았다. 아버지는 말없이 일어나 한참이나 우두커니 서서, 다가오다 멈춰선 그를 그냥 바라보았다.

"아, 아버지!"

그가 겨우 입속으로 불렀다.

아버지가 느릿느릿 서원 정려의 그늘을 지나왔다. 시묘살이 때 중화재 강응정 선생의 효성에 감복해 호랑이가 함께 묘를 지켰다는 전설이 어린 서원이었다. 어디 갔다 왔냐, 하시며 아버지는 아마 귀뺨을 후려칠 터였다. 도망칠 생각은 들지 않았다. 아버지 손에 맞아 죽어도 좋다고 생각했다. 그러나 다가온 아버지는 당신이 대파 자루로 때린 그의 팔을 언뜻 살폈을 뿐이었다. 붓기가 어느덧 많이 빠져 있었다. 아버지는 나지막하게 한숨을 쉬었다.

"살아 있으니, 됐다!"

아버지는 그 말뿐, 아무것도 더 묻지 않았다. 차라리 평소처럼 소리치기라도 했으면 좋겠는데, 아버지는 그 길로 돌아서 성큼성큼 호숫가를 향해 걷기 시작했다. 당고모네로 가는 길이 아니라 논산으로 가는 길이었다.

"아버지이……."

그가 절룩절룩 따라가며 불렀고, 아버지가 돌아서서 말했다. "염전이 급하니, 인사 못 하고 그냥 갔다고 고모님께 말씀드려라!" 여름철 염전을 두고 왔으니 아버지는 내내 피가 말랐을 터였다. 정오의 햇빛이 아버지의 정수리에 쏟아지고 있었다. 아버지의 걸음이 너무 빨라서 그는 도저히 따라갈 수가 없었다. 사과밭 울타리를 지난 아버지의 맨머리가 말라붙은 호숫물 위로 솟았다고 느꼈는데 금방 갈대밭 사이로 자맥질해 들어갔다. 새 떼들이 연방 갈대밭에서 날아올랐다. 갈대 사이로 나타났다 사라졌다 하던 아버지의 모습이 완전히 보이지 않게 되었을 때, 텅 빈 신작로 맨땅에 주저앉아 그는 조금 울었다.

바람 한 점 불지 않는 날이었다.

세희 누나는 할머니가 죽고 곧 강경 당숙네로 나왔다.

당숙 어른은 염천리에서 젓갈 상회를 운영했다. 그는 중학교

192

2학년이 되었고, 그녀는 당숙네에 얹혀살면서 고등학교를 다녔다. 젓갈 상회에 딸린 방이 그녀의 방이었다. 손님이 없거나 할 때 젓갈 상회에서 일하는 아주머니들이 쉬는 방이었다. 아주머니들이 고스톱을 칠 때도 있었고 막걸리를 마실 때도 있었다. 출퇴근 전후 그네들이 옷을 갈아입는 것도 그 방이었다. 심지어 그녀의 노트를 쭉 찢어 코를 푸는 아주머니도 있었다.

젓갈 상회는 보통 어두워지면 문을 닫았다.

그녀는 어떻게 하든 시간을 끌다가 아주머니들이 모두 돌아간 뒤에야 방으로 돌아갔다. 젓갈 상회 매장엔 밤새 젓갈 삭는 비린내가 가득 차 있었다. "난 젓갈 냄새 좋아. 드럼통 속에서 발효되고 있는 새우들이 켜켜로 주저앉는 소리가 들릴 때도 있단다." 그녀는 슬픈 눈으로, 그러나 웃으면서 말했다.

명우는 차츰 도둑 기차 타는 법을 익혔다.

서천에 다녀온 후로 그는 더 이상 어린애가 아니었다. 강경까진 기차로 20분밖에 걸리지 않았다. 논산역 남쪽엔 개구멍이 많았고 강경역 남쪽엔 울타리도 변변히 없었다. 차장이 차표 검사를 한다 해도 칸칸을 옮겨 도망치는 데 20분은 넉넉한 시간이었다. 달리는 기차에서 뛰어내리는 일도 차츰 익숙해졌다. 도둑 기차를 타는 걸 친구들은 '떼보차 탄다'고 말했다. 일없이 대전이나 익산까지 떼보차를 타고 왕래하는 친구들도 있었다.

그는 자주 떼보차를 타고서 강경으로 갔다.

세희 누나가 다니는 강경여자고등학교는 스승의 날 행사를 처음 시작한 유서 깊은 학교였다. 학교 앞으로 기차가 지나갔다. 운동장 끝 벤치에 앉아서 기차를 보는 날도 있었고, 울타리를 빠져나와 철길을 걷는 날도 있었다. 철로 변엔 코스모스가 지천으로 피어 있었다. 누나는 기차를 유난히 좋아했다.

"저 기차를 타고……"

그렇게 말할 때, 누나는 눈이 부신 듯이 실눈을 떴다. 채운산에 올라가도 기차가 보였고 옥녀봉에 올라가도 기차가 보였다. 어디에서든 누나는 흔히 "저 기차를 타고……"라는 말로 말머리를 열었다. "저 기차를 타고" 서울도 가고, 부산도 가고, 만주, 시베리아, 북유럽에도 갔다. "에이, 북한이 있는데 어떻게 만주를 가?" 그가 말하면 "왜 못 가? 우리가 어른이 돼봐. 통일이 돼 있을걸." 누나는 대답했다. 꼭 가고 싶은 데가 있는 것도 아니었다. 세희 누나의 소망은 그냥 '먼 데'였다. 선생님이 그에게 불쑥 "꿈이 뭐냐?"고 물은 적이 있었다. "제 꿈은요, 먼 데요. 아주 먼 데요!" 그는 무심코 대답했다. 누나에게 세뇌가 되어서 생긴 일이었다.

누나는 어두워져야 젓갈 상회 집으로 들어갔다.

아주머니들이 다 퇴근하고 난 젓갈 상회는 캄캄했다. 누나는 가게 뒤쪽의 후미진 골목으로 들어가 쪽문을 열고 상회 안으로 들어가곤 했다. 도로에 면한 가게 앞은 함석으로 된 문들이 맞춤하게 닫혀 있었다. 누나는 가끔 방으로 그를 데려가 라면을 끓여주기도 했고 김치찌개나 젓갈이 든 김밥을 말아주기도 했다. 젓갈이 가득 찬 드럼통과 진열대가 있지만 가게 안은 늘 어둑하고 휑뎅그렁해 거대한 동굴 같았다. 누나는 가게 뒤편에 딸린 발효실도 보여주었다. 젓갈이 쉬 상하지 않도록 온도를 자동으로 맞출 수 있게 최근에 설치한 발효실이었다. 발효실은 0도 내외로 온도를 맞춰둔다고 했다. 날이 더운 저녁은 발효실에 들어가 한참씩 앉아 있기도 했다.

"무슨 소리 안 들리니?"

"무슨 소리? 안 들리는데?"

완전히 밀폐된 발효실은 고요하고 고요했다.

"잘 들어봐. 새우들이, 드럼통 속에서 부활하는 소리 들릴 거야. 먼바다에서 온 애들이야. 소금에 절여졌으니까 걔들은 썩지 않아. 썩지 않는다는 건 부활할 수 있는 상태라는 거지. 드럼통에 귀 좀 대봐, 얘." 누나와 그는 드럼통에 귀를 대보았다. "젓갈은 소금과 생선을 버무려 발효시켜 만드는 거야. 어떤 물질이 미생물에 의해 소금 속에서 분해되는 걸 발효라 불러. 효모라고 들어봤니? 일종의 세균인데 걔들이 생선을 분해해 새로운 맛과 영양을 만드는 거야. 소금이 썩지 않도록 바다에서 온 새

195

우랑 생선들의 경비병 노릇을 하면 좋은 세균이 증식되면서 새우랑 생선들을 숙성시킨단다. 물고기랑 소금이 만나 칼슘, 무기질, 지방질, 뭐 이런 게 높아지는 새로운 먹을거리가 되는 거야. 그러니까 새우들이 소금 속에서 전혀 다른 새로운 새우로 부활하시는 셈이지."

누나는 젓갈에 대해서 모르는 게 없었다.

비로소 그의 귀에도 새우들이 부활하는 소리가 드럼통 속에서 들렸다. 물방울이 깊은 우물 밑에서 연달아 올라오는 것 같기도 하고, 수천의 벌레들이 몸을 비비면서 좁은 터널을 지나가는 소리 같기도 하며, 바다 깊은 곳의 심해어들이 방향을 바꾸려고 지느러미를 부드럽게 흔드는 소리 같기도 했다. 드럼통에 귀를 대고 새우가 변신해 부활하는 그 소리를 들을 때 그는 참 행복했다.

어떤 때는 새우젓 드럼통을 노크해볼 때도 있었다.

그러면 어김없이 드럼통의 반대쪽에 귀를 대고 있던 세희 누나가 노크로 화답해주었다. 그가 통통통, 하면 누나가 통통통, 했고, 그가 토동 토동 통, 하면 누나도 토동 토동 통, 했다. 드럼통 사이를 기어 다니며 숨바꼭질을 하는 일도 있었다. 가게 문을 닫고 나면 젓갈 상회 안은 완전히 지구로부터 분리된 다른 별이 되었다. 누나가 흥얼흥얼 노래를 부르면 높은 천장을 울리고 되돌아 나온 노랫소리가 그를 건드렸고 누나가 키

득키득 웃으면 그 웃음소리가 역시 그의 깊은 현을 건드렸다. 오로지 그만이 들을 수 있는 우주적인 모스부호 같은 느낌이었다.

휴일엔 나룻배를 타고 강을 건너기도 했다.

누나의 할머니 묘지에선 부여에서부터 휘돌아온 금강이 황산나루에 부딪혀 반원을 그리면서 멀리 군산 앞바다로 구부러져 나가는 강의 전신이 한눈에 바라보였다. 강 건너 나바위 성당에서 종소리가 아득히 들릴 때도 있었다. "옛날엔 저 나바위 성당 뒷동산 밑에까지 강이 흘렀대. 김대건 신부님이 신부 서품을 받고 밀항해서 처음 배를 내린 데가 저 나바위 성당 뒷동산이야. 여기서 보니 되게 가깝지?" 누나는 말했다.

누나는 모르는 게 없었다.

할머니 시신을 사이에 두고 누나와 단둘이 마주 앉아 있던 날은 정말 잊을 수가 없었다. 누나가 물수건으로 할머니의 시신을 정성껏 닦을 때 그는 누나의 물심부름을 했다. "우리 할머니 예쁘지?" 누나는 여러 번 물었다. 할머니가 마지막으로 무쳐준 도라지무침을 떠올리면 깜짝, 새콤해, 언제나 입안에 침이 고였다.

그 사건이 생긴 건 이른 여름이었다.

날씨가 더워서 잠깐 젓갈 발효실에 들어간 것이 화근이었다. 강경상고 운동장 앞의 늙은 팽나무 밑을 지나 채운역까지 철길을 따라 걷다 돌아온 끝이라 시원한 발효실에 들어가자 그만 잠깐 잠이 들었었던가 보았다. "얘, 일어나봐!" 누나가 그를 흔들어 깨웠을 땐 실내가 캄캄했다. "우리, 큰일 났어!" 누나가 말했다.

누나의 얼굴조차 잘 보이지 않았다.

무엇을 두고 갔었는지, 퇴근했던 아주머니 한 분이 되돌아온 것은 그가 벽에 기대앉아 잠이 든 다음이었다. 누나는 아주머니에게 들키는 게 싫어 젓갈 드럼통 뒤에 숨었다고 했다. 발효실 안엔 불이 켜져 있었고 문도 조금 열려 있었다. 놓고 갔던 물건을 챙겨 든 아주머니가 열린 발효실 문을 발견했다. 누가 부주의해 문을 열어두고 갔다고 생각한 아주머니는 당연히 다가와 발효실 문을 닫았고 발효실 전등 스위치도 내렸다. 누나는 상황을 알고 있었지만, 당황해서 끝까지 숨어 있었던 모양이었다. 문제는 발효실 철문의 잠금장치가 밖에서만 열고 닫도록 되어 있다는 사실이었다. 전등 스위치와 온도조절기도 또한 밖에 있었다. 발효실은 가게 안쪽에 있는 데다가 문이 두꺼워 철옹성 감옥과 다름없었다.

"우리 그럼, 언제 나갈 수 있어?"

그가 어리석은 질문을 했다.

가게 문은 아침 9시쯤이나 돼야 열렸다. 그때까진 꼼짝없이 그곳에서 견뎌야 하는 상황을 맞은 것이었다. 동, 하복을 막 바꿔 입을 무렵이었다. 누나는 다행히 동복 차림이었지만 그는 반팔 하복 차림이었다. 실내 온도는 젓갈이 잘 익을 수 있는 낮은 온도로 맞춰져 있었다. 불빛은 온도를 나타내는 게이지의 푸르스름한 광채뿐이었다. 눈을 부릅떠야 겨우 누나의 얼굴이 보였다. "누가 올 때까지, 여기 갇혀 있어야 돼. 아침이 되기 전엔 아무도 안 와!" 창백해진 얼굴의 누나가 부르르 몸을 떨며 말했다.

한 시간 정도는 참을 수 있었다.

세희 누나는 그를 위로하느라 학교에서 있었던 재미있는 일화들을 이야기했다. 몇 번은 함께 마주 보고 웃었고, 몇 번은 드럼통을 두드리며 장난도 쳤다. 그러나 몇 번뿐이었다. 갇힌 냉방에서의 시간은 천천히 흘러갔고 저녁도 먹지 못했기 때문에 한기는 속수무책, 뱃골로 들어왔다. 그가 들어오지 않으면 당고모는 어쩜 아버지에게 이 사실을 또 알릴는지 몰랐다. 학교도 제때 등교하기는 틀렸다고 그는 생각했다. 한기 때문에 자신의 앞니가 맞부딪치는 소리가 들렸다.

"안 되겠다. 이걸 네가 입어!"

누나가 돌아앉아 교복을 벗더니 그에게 입혀주었다. 사양하고 말고 할 새도 없었다. 상의를 벗고 나자 그녀는 메리야스 바람이 되었다. 누나는 그러고 나서 함께 노래를 하자고 했다. 그는 그녀와 함께 좁은 발효실에서 제자리 뛰기를 하며 노래를 불렀다. "넌 무엇이 되고 싶어?" 누나는 묻고 그는 대답했다. "엄마가 발레리라는 시인에 대해 가르쳐줬어. 시인이 되고 싶어!" "그럼 시를 지어, 우리. 삼행시!" 노래 밑천이 떨어지고 나자 그들은 삼행시 놀이를 했다. 그래도 시간은 가지 않았다. 그 대신 빠른 속도로 잠이 왔다. "잠들면 안 돼. 눈을 떠, 명우야!" 누나가 그의 볼을 비벼주며 말했다.

그가 가장 잊을 수 없는 것은 누나의 메리야스였다.
얼마나 오랫동안 입었는지 누나의 메리야스 브이 라인은 올이 풀린데다 할머니들의 아랫배처럼 쭈글쭈글, 늘어져 있었다. 누나의 드러난 가슴골을 그는 또 보았다. 석류나무 그늘에서 쌀이나 배추를 씻을 때 언뜻언뜻 드러나 보이는 엄마의 그것처럼 깊은 골짜기였다. 온도 게이지의 흐린 불빛에 드러난 누나의 가슴골은 푸르스름하면서도 환했다. 깜박 졸다 보면 어머니가 보였고, 그녀가 흔들어 깨우면 온몸을 비벼주는 누나의 가슴께가 보였다.
"자면 안 된대도. 잠들면 큰일 나!"
그녀가 그를 당겨 가슴에 안았다.
소름이 돋은 피부도 그녀의 살갗이 닿으면 온기가 돌아 금방

혼곤해졌다. "추워, 누나!" 그는 중얼거렸다. 그는 꿈과 잠의 성긴 굽잇길을 흐르고 있었다. 그녀의 가슴골 사이로 들어가는 길은 따뜻했다. 그는 그 길로 들어갔고, 그녀는 그의 손을 잡아당겨 가슴 깊이 묻어주었다. 멀리서부터 새벽이 흰옷을 입고 다가오고 있을 거라고 그는 상상했다.

"괜찮아. 만져봐."

그녀가 속삭이고 있었다. 그의 손안에 누나의 가슴살이 만져졌다. 석류 알이 입안에 가득 밀려드는 것 같았다. "나는 키스는 보기만 해도 싫더라. 더러워……." 키긱, 하고 나서 누나는 그런 말도 했다. 누나의 가슴은 충만해서 모나거나 부족한 데가 없었다. 물새처럼 온몸을 푸르르 떨고 난 그가 이윽고 누나의 가슴을 물고 빨았다. 어머니가 그리워 눈물이 날 것 같았다.

"괜찮아. 괜찮아……."

누나의 떨리는 목소리가 아주 먼 데서 들렸다.

누나의 젖가슴은 깜짝, 새콤했다. 석류처럼.

그것은 선명우가 논산을 떠나기 두 달 전에 겪은 일이었다. 그 일이 어색해서 거의 그녀를 만나지 않고 여름을 보냈는데, 어떤 날 당고모네 집으로 찾아온 아버지가 새 가방 하나를 그 앞에 턱 내려놓았다.

"여기다가 짐을 싸라. 대전으로 가자!"

아버지는 자랑스럽게 말했다. 아버지가 기어코 그를 대전으로 전학시킬 준비를 끝내고 찾아온 것이었다. 아버지는 숨 돌릴 새도 그에게 주지 않았다. 그는 아버지가 선택한 미래불로서 유일한 '미륵'이었으므로 거역할 방도가 전무했다. 논산역으로 나왔다. 푸른 벼들이 일제히 바람에 나부끼고 있었다. 그는 강경 쪽을 향해 입속으로 말했다.

"반드시 누나를 다시 찾아올 거야!"

그녀의 늘어진 메리야스가 떠올랐다. 미래불이 되고 싶은 건 아버지나 형제들 때문만이 아니었다. 세희 누나를 위해서도 그는 미래의 세상을 구원하는 미륵이 꼭 되고 싶었다.

연인

내가 시우와 첫 키스를 한 것은 효암서원에서였다.

그녀가 불쑥, 평매 마을에 나타난 것은 3월 초 어느 날 저물 녘이었다. 새로운 작품에서 주연으로 캐스팅되어 곧 연습에 들어갈 예정이라고 했다. "새 작품 들어가기 전 바람이나 쐬려고 무조건 서울역으로 나왔는데, 마침 호남선 열차가 떠나기 직전이더라고요." 그녀는 말했다. 저녁 먹으며 한 잔 두 잔 하다 보니 어느덧 밤이 이슥해졌다. 남녀가 호숫가 외딴 방에 함께 있는데도 긴장되거나 어색하지 않은 게 신기했다. 서울의 그녀 방에서 함께 보낸 전력이 있기 때문일까, 동성 친구처럼 친근하고 자연스러웠다. 연극 이야기, 시에 대한 이야기, 그녀가 만났던 남자들의 이야기도 했다.

우리는 취했고, 그리고 잠들었다.

잠을 깨고 보니 그녀는 이미 매무시를 단정히 하고 창밖의 아침 호수를 바라보고 있었다. 누가 먼저 잠들었는지도 분명하지 않았다. 그녀가 졸다 깬 일도 있고 내가 졸다가 깬 순간도 있는 것 같았다. 어렴풋이 기억나는 것은 졸고 있는 그녀를 끌어다가 내 침대 위에 눕혔다는 것이었다. 그런데 아침에 눈을 떴을 때, 그녀는 벌써 일어나 창가에 서 있고 나는 침대 위에 누워 있었다. "분명히 내가 침대 밑에서 잠들었는데." 내 말에 그녀가 피, 하고 바람 빠지는 소리로 웃었다. "앉아서 졸기에 침대는 주인이 쓰세요, 하고 내가 어깨 흔들자 기다렸다는 듯 냉큼 침대로 올라가놓고 무슨 딴소리!"

햇빛이 좋은 날이었다.

천호산의 발치에 가뭇가뭇 아지랑이가 피어오르고 있었다. "그러니까 저기가 황산벌이란 말이죠, 계백 5천 결사대가 전멸한?" 그녀가 물었다. 나는 고개를 끄덕이고 물을 데워 인스턴트 쌀국수에 부었다. 계백의 묘는 호수 맞은편에, 계백은 물론 후백제까지 왕건에게 무릎 꿇어 백제인들의 한을 남긴 황산벌은 호수 오른쪽에 있었다. "계백 장군이 처자식을 다 죽이고 전장에 나간 게 그리 대단한 거예요? 그게 말이 된다고 생각해요?"

"페미니즘 또 나온다." "또라니요?" "엊저녁에도 걸핏하면 남자라서 그러냐, 남자가 뭐 별거냐, 하고 내게 시비 걸던 것 생각안 나는 모양이네. 대답 안 해. 아침부터 말싸움할 생각 없으니까." 나는 웃으며 말했고, "나는 계백 장군 같은 남자 존경 안 해요. 무슨 권리로다 마누라를 죽여요? 국가주의 남자들, 가부장중심주의 목소리 큰 남자들, 웃겨요. 멍청한 원시인들 같아요." 그녀가 쌀국수에 젓가락을 박아 넣으면서, 혀를 날름했다.

요기를 마치고 나선 강경을 둘러보기로 했다.

10시가 넘은 시각이었다. 그녀를 차에 태우고 나왔다. 차는 단조로운 외관을 가진 지프 랭글러 2.8이었다. 아내 우희와 갈라설 때 유일하게 내가 가지고 나온 재산이 바로 이 지프였다. 과수원을 지나자 솔숲 너머로 효암서원의 정려가 보였다.

"저기 둘러보고 가요!"

그녀의 말에 따라 효암서원에 먼저 들렀다. 효암서원은 원래 갈산사(葛山祠)라는 이름으로 가야곡면 다른 곳에 지어졌었으나, 임진왜란 때 불타 없어지자 이를 안타깝게 여긴 우암 송시열 선생의 제의로 1713년 현재 위치에 다시 세워진 서원이었다.

잠겨 있던 문이 그날은 삐죽이 열려 있었다.

외삼문엔 삼창문(三刱門)이란 편액이 걸려 있었다. "삼창이

205

무슨 뜻이에요?" 그녀가 묻고 "의로운 기운이 거듭난다, 뭐 그런 뜻이야." 내가 대답했다. 병든 노모가 물고기를 먹고 싶어 해서 강응정 선생이 하늘에 기도했더니 물고기가 하늘에서 떨어졌다고 했다. 외삼문과 짝맞춘 내삼문 추녀 밑 편액엔 효의문(孝義門)이라고 쓰여 있었다.

그녀가 모현재(慕賢齋) 마루 끝에 앉았다.

새들이 연방 호수 쪽으로 날아가고 있었다. 햇빛이 쏟아졌다. 세상의 맑고 정결한 것들만 모아 빚은 게 햇빛 같았다. "기록에 따르면," 내가 말했다. "성종 임금께서 중화재 선생의 효행을 전해 듣고 손수 글씨를 써 내려주었는데 "갈마산십리(葛麻山十里) 인계일곡(仁溪一曲)"이라 쓰셨대. 갈마산 10리에 어진 계곡이 한 굽이 있다 하셨어. 중화재 선생은 어머니를 모시기 위해 벼슬을 마다하신 분이야. 종신성효(終身誠孝)라고 해서, 임종 때 부모 곁에 있는 게 효도의 으뜸인지라, 선생은 명리를 멀리하고 병든 노모 곁을 지킨 거지."

나는 서원에 걸린 '포양문(褒揚文)'을 인용했다.

이용재라는 이가 쓴 포양문엔 "논어에서 말하기를 효도란 사람됨의 근본이라 하였다. 인(仁)이 본체가 되는 것은 하늘과 같으니 하늘이 덮어두지 아니함이 없는 것과 같고, 효(孝)가 쓰임이 되는 것은 인(仁)과 같으니 인이 용납하지 않음이 없는 것과 같다. 그러므로 효도가 사람에게 끼침이 지극하고 매우 크다"라고 쓰여 있었다. 나는 그 내용을 그녀에게 설명했다. "그러니까 효도란 하늘의 이치다, 그런 얘기야. 요즘 뭐, 어머니의 희생은 많이 회자되지만, 아버지의 희생에 대해 말하는 것은 좀 촌티가 나는 걸로 여기는 사람도 많잖아. 알코올중독 아버지, 폭력주의 아버지, 권력 지향 부정부패 아버지. 아버지 이미지는 이런 식이야. 아버지들이 만든 안락에 기대 살면서도 그래. 우리 아버지는 생전에 술만 먹으면 치사해, 치사해, 그 말을 입에 달고 살았어. 그땐 아버지의 말뜻을 이해할 수 없었지만 요즘은 알아. 그 양반이 당신의 꿈을 버리고 치사해져버렸기 때문에, 그나마 내가 배우고 굶지 않았다는 거. 여기 오면 아버지 생각이 많이 나."

거기까지 말하고 나는 입을 다물었다.

나란히 마루 끝에 앉은 그녀의 눈에 눈물이 어리는 걸 보았기 때문이었다. 우리는 한참 동안 가만히 햇빛 속에 앉아 있었다. 내가 그렇듯이 그녀의 마음속에도 아버지가 흐르고 있다는 걸 나는 비로소 알아차렸다. "지금 생각하면요, 한 번도 아버지를 한 인간으로, 사람으로 생각하지 않은 것 같아요⋯⋯." 그녀는 말했다. "쓴맛은 이를테면 어둠이지!"라던 선명우의 말이 생각났다. 그것은 내 아버지의 "치사해, 치사해⋯⋯"와 동의어였다. 세상의 모든 아버지들은, 아버지이기 때문에, '치사한 굴욕' 과 '쓴맛의 어둠'을 줄기차게 견뎌온 것이었다.

풍수지탄(風樹之嘆)이라 했던가.

이제 아버지를 이해하려 하나 아버지가 곁에 없다는 사실에서 나와 그녀는 다르지 않았다. 그녀의 눈물이 아버지를 이해하지 못했던 날들에 대한 회한에 닿고 있는 것처럼, 나의 침묵 또한 아버지를 돕지 못한 회한의 그늘에 닿아 있었다. 계유년(1933) 가을에 서원을 중건하면서 김시현이 쓴 중건기(重建記)에도 이런 구절이 나왔다. "아! 선생의 이름은 연기처럼 사라져 불리지 않고, 이제 시골 부녀자와 아이들이 손으로 하늘을 가리켜 묻기를, 선생의 효성은 별과 같은데 이미 땅에 떨어졌으니 다시 나타나겠습니까." 효도의 가치가 도드라져 별과 같이 빛나던 한 시기가 있었으나, 이제 그것은 마고자에 달린 후박 단추처럼 낡은 것이 되고 말았다는 뜻이었다. "그거 얼마짜리예요?" 많은 자식들이 마고자의 단추를 두고도 교환가치로서의 후박 값에 대해 묻는 세상이었다. 어느 정도의 효도를 '지불'받으려면, 아버지는 당연히 값비싼 '후박 단추'를 주렁주렁 달고 있어야 했다. 그 수밖에 없었다.

"끝이 없었네!"

선명우의 말이 귓가에 남아 있었다.

염전의 소금 창고에서 함께 밤을 지새운 그날 새벽의 일이었다. 동쪽 하늘이 밝아지는 걸 창 너머로 내다보면서 선명우는 말했다. "아무리 연봉이 올라도 그네들의 소비 온도를 따라잡을 수가 없었어." 그네들이란 그의 아내와 세 딸을 가리키는 말이었다. "그 빌라로 이사 들어가고 나서 얼마 후 아내가 말하는 것이었어. 양평에 별장 자리가 하나 나왔는데 경관이 빼어나더라고. 자기 친구는 LA에도 아파트를 한 채 갖고 있다고. 아내의 다음 목표는 별장이었네. 그 순간 알았지. 그네들의 소비 욕망을 따라가는 짓이 죽기 전엔 결코 끝나지 않을 거라는 걸." 그는 그무렵 췌장암에 대한 정밀 진단을 권유받고 있었다.

"만약, 아버지가 살아 계시다면."

시우가 눈물을 씻으면서 말했다.

"그래서 만나게 된다면, 이 말만은 하고 싶어요. 아버지가 아버지이기 이전에, 선명우 씨로서…… 그냥 사람이었다는 거…… 너무 늦게 알아차려 죄송하다고요."

나는 말없이 그녀의 어깨를 가볍게 안아주었다.

네 아버지는 살아 있어, 라는 말이 목에 가시처럼 박혀 있었다. 그러나 나는 아무 결론도 갖고 있지 않았다. "되돌아가는 길은 나, 잊었네. 너무 먼 길을 왔어. 핏줄이라고? 아닐세. 내 가족은 옥녀봉에 있어. 내게 다른 가족이 있었다면 아마, 전생의 일이었겠지!" 선명우가 탄식하듯이 내뱉은 한마디 말이 고막에서 둥 하고 울렸다.

시우의 입술이 내게로 온 게 그 순간이었다.

아무런 징후도 없었지만 아주 자연스럽고 고요한 진행이었다. 햇빛이 부서 나는 얼른 눈을 감았다. 그녀의 입술은 마치 햇빛이라는 강을 타고 내려온 작은 나뭇잎 같았다. 입술과 함께 그녀의 눈물도 혀끝을 적시고 들어왔다. 우리는 햇빛 쏟아지는 모현재 마루 끝에 앉아 양손은 불구의 그것처럼 마루를 짚은 채 가만히, 오래 키스했다. 호수 쪽으로 날아가는 새 떼들이 떠들지 마라 떠들지 마라, 하고 우짖고 있었다.

강경을 굳이 가겠다는 그녀의 속내는 알 수 없었다. "이상하지요. 이 강경, 처음부터 참 낯이 익었어요. 뭐랄까요, 사람들과 풍경이 다 정다워요. 서울내기라 고향이란 말 들어도 늘 무덤덤했는데요, 강경에 오면 고향에 돌아오는 사람들의 마음을 알 것 같은 기분이 들거든요." 그녀가 말했다.

우리는 강경에서 대흥천을 따라 걸었다.

오래전 한때는 고깃배나 상선들이 줄지어 정박해 있었을 대흥천 주변은 휑뎅그렁하고 쓸쓸했다. "저 끝에 옛날엔 갑문이 있었어. 밀물 때는 물을 들여놓고 썰물 때 문을 닫아 배들이 시가지를 자유롭게 왕래할 수 있도록 만든 거지. 멍청한 인간들이 흐르는 물길을 막아놓아 지금은 죽은 하천이 됐지만. 편안함을 느꼈다면 개발의 바람이 이곳을 비켜갔기 때문일 거야. 낡은 것은 사람 심사를 편안히 하거든."

갑문은 옥녀봉 밑에 있었다.

갑문은 다 부서지고 그 흔적만 남아 오히려 처연한 느낌을 주었다. 옥녀봉으로 올라가는 비탈길이 그 너머에서 시작되고 있었다. 나는 황산나루터 쪽으로 가려고 했다. 더 가면 강과 마주칠 것이고 선명우의 집이 올려다보일 것이기 때문이었다. '선기철소금'에 대해 그녀가 더 이상 물어오지 않는 것만 해도 다행이라고 나는 생각했다. 선명우는 지금 어디 있을까. 염전에 가 있든 집에 있든, 그녀와 함께 옥녀봉 주변을 어슬렁거리는 것은 위험한 일이 아닐 수 없었다. 그런데, 돌아서는 내 팔을 그녀가 잡았다.

"강까지 가봐요!"

"전에도 가봤잖아. 강바람이 찬데 뭐……."

내가 어물거리는 사이 팔짱을 낀 그녀가 강으로 나를 끌었다. 논산천이 금강 본류에 도달하는 지점이었다. 금강 너머로 세도면 일대가 한눈에 바라보였다. 그녀의 아버지 선명우가 중학교 1학년 때 150리나 되는 길을 걷다가 쓰러져 첫사랑의 소녀에게 업혀 가던 길도 그 너머 어디쯤에 있을 것이었다.

우리는 한참이나 강안에 서 있었다.

"내 선배가 있는데," 내가 말했다. 그녀가 행여 옥녀봉으로 올라가자고 할까 보아 무심코 내뱉은 말이었다. "중학교 때 말이야, 고향을 걸어서 오고 가느라 하루 온종일 걷다가 저기 강 너머 어디쯤에 기진해 쓰러졌었대.""강 너머 어디요?" 그녀가 물었다. "구체적으론 몰라, 어디였는지." 내가 조금 당황한 목소리로 대답했다. "그래서요?" "그랬는데 어떤 소녀가 업고 집으로 데려가서 살렸었나 봐. 놀라운 것은 그다음이야. 그 소녀는 할머니랑 단둘이 살았는데 있지, 그날 밤에 그 할머니가 잠자다가 돌아가셨다는 거야. 그 선배는 자기가 살고 할머니가 돌아가셨으니 할머니 목숨하고 자기 목숨이 바뀐 건 아닌가 하더라고. 염라대왕이 그 선배를 데려가려다가 소녀의 지극한 간호에 감동해 자기 대신 할머니를 데려간 것일지도 모른다고 생각하는 눈치였어. 신기하지?"

"……."

그녀는 계속 가만히 있었다.

"그 선배의 첫사랑이 그 소녀였어. 두 살 많은. 선배의 첫사랑 이야기를 한다는 게 말이 딴 데로 샜네." 강이 빛나고 있었다. "아주 가난한 소녀였나 봐. 선배는 메리야스에 대해 이야기했어. 우연히 소녀의 메리야스를 보게 됐는데 깃이 너덜너덜하더래. 선배는 그 메리야스 이야기를 할 때 눈가를 붉혔어. 가난은 때로 감동을 주나 봐. 점심도 굶고 하루 종일 그 소녀와 강가에 앉아 있었던 적도 여러 번 있었다고 했어. 아마 이런 강가였겠지?" 정오가 가까워지고 있었다. 그녀는 여전히 아무 반응을 보여주지 않았다. 마음이 불안해졌다. 왠지 이야기를 잘못 꺼낸 듯한 느낌이 들었다.

강 너머 갈대밭에선 아지랑이가 피고 있었다.

바람 끝이 아침보다 훨씬 훈훈해졌다. 어느 방향에선가 기타 소리가 들려온 게 그때였다. 환청인가, 하고 나는 힐끗 뒤를 돌아다보았다. 분명히 옥녀봉 위에서 나는 기타 소리였다.

"배고프네. 밥 먹으러 가!"

나는 얼른 강경발효젓갈축제가 열리곤 하는 둔치 쪽으로 그녀를 끌었다. 옥녀봉을 등진 방향이었다. 작은 다리를 지나면 너른 둔치가 나오고 둔치를 가로질러 둑을 넘어가면 황산동 일대로 길이 이어졌다. 기타 소리를 따라 노랫소리가 이어졌다. 끊어질 듯 낮은 소리였지만, 그것은 선명우의 목소리가 틀림없었다. 그녀가 불현듯 멈춰서더니 노랫소리 방향을 따라 고개를 획 돌렸다.

가슴이 철렁했다.

"옛날에는 이 너른 둔치에 갈대가 꽉 차 있었어. 청둥오리가 무지하게 많이 살았지……." 나는 그녀를 끌어당기면서 짐짓 고양된 목소리로 말했다. 선명우는 아마 날씨가 따뜻해지자 가족들을 데리고 옥녀봉으로 나와 앉았을 것이었다. "계룡산 상상봉에 어둠의 물레를 돌리는 할아버지가 살고 있을지 몰라. 물레를 앞으로 돌리면 어둠이 품어져 나오고 물레를 뒤로 돌리면 햇빛이 막 나오고……." 다급해 아무 말이나 막 하다 보니 그 역시 선명우가 한 말이었다.

"어둠의 물레 이야기는 왜 갑자기 나와요?"

"아, 그게 그, 그러니까…….

"그 선배라는 사람이 한 말인가 보죠, 물레 이야기도?"

시선은 쨍 빛났는데 그녀의 입은 부드럽게 웃고 있었다. "으응……." 내가 얼결에 고개를 끄덕였고 그녀가 다시 팔짱을 단단히 꼈다. "밥 먹어요. 나도 배고파요!" 모터보트 한 척이 강심을 질주하고 있었다. 강을 쪼개며 내달려온 물살이 강안의 갈대밭 발치를 치는 소리가 났다. 청둥오리 몇 마리가 후닥닥 날아올랐다.

그날 밤도 우리는 함께 보냈다.

시우는 놀랄 만큼 친숙하고 다정했다. 마치 오래전부터 친구나 친구 같은 연인이었던 듯했는데, 그것은 전적으로 그녀의 태도가 빚어내는 분위기 때문이었다. 강경을 배회하다가 내친 김에 나바위 성당을 다녀오는 참에 그녀가 말했다.

"그 폐교에 가서, 배롱나무를 보고 싶어요, 아저씨!"

아저씨라고 불렀으나 어조는 오빠를 부르는 느낌이었다. 애인을 부르는 호칭으로서의 오빠가 아니라 진짜 친오빠를 부르는 오빠 같다. "기차표라도 먼저 끊어놓는 게 좋지 않을까?" 내가 말했고, 그녀가 이마를 찡그리며 반문했다. "나, 올라가라고?" 그 순간 나는 그녀에게서 육친의 정을 느꼈다. 아내 우희를 처음 만나던 날에 느꼈던 감정과는 사뭇 다른 빛깔이었다.

우희를 처음 만난 건 시내버스 안에서였다.

깊은 밤이었다. 여자가 버스에 올라 내 옆자리에 앉았다. 겨울이었다. 거리엔 잔설이 희끗희끗 쌓여 있었다. 그녀는 자리에 앉자마자 졸기 시작했고, 그 바람에 곧 그녀의 머리가 내 어깨에 얹혔다. 술을 했는지 그녀에게서 누룩이 익어가는 고소한 냄새가 났다. 조심성이 없는 여자였다. 버스에서 낯모르는 남자에게 머리를 기대고 잠깐씩 잠드는 여자는 더러 있겠지만 그렇게 편안히, 깊이 잠자는 여자는 처음 보았다. 낮게 코를 골기까지 했다. 어깨에서 조금씩 미끄러진 여자의 머리가 내 가슴께까지 내려왔다. 언짢지는 않았다. 사람에 대한 경계심을 조금도 갖고 있지 않은 그 무방비한 점에 호감이 느껴지기도 했다. 나는 여자가 좀 더 편안히 기대도록 상반신을 뒤로 더 눕혀주었다.

여자는 나보다 두 정거장 먼저 내렸다.

깊이 잠든 줄 알았는데 자신이 내릴 정거장에 도착하자 여자는 냉큼 일어나 잽싸게 하차했다. 여자의 침 자국이 내 앞가슴에 남아 있었다. 버스가 다시 떠났다. 버스 방향으로 걸어가던 여자가 갑자기 고개를 돌린 건 그 순간이었다. 가로등 불빛이 여자의 얼굴을 정면에서 비추고 있었다. 나는 처음으로 여자의 얼굴을 또렷이 보았다. 시선과 시선이 만났고, 여자가 나를 향해 장난치듯이 주먹을 폈다 오므렸다 해 보였다. 잇속이 하얬다. 가슴이 서늘해졌다. 번개가 치는 기분이었고, 번개가 번쩍하는 사이, 나는 그만 속 깊이 숨긴 여자의 지느러미를 본 느낌이었다.

다음 날, 강의하는 학교로 올라가는 돌층계에서 우연히 여자를 다시 만났다. 경이로운 우연이었다. 운명이라고까지 생각했다. 여자는 층계를 내려오고 있었고 나는 올라가고 있었다. 우리는 딱 마주쳤다. "가난하신가 봐. 옷도 못 갈아입으시고. 앞섶의 그거, 내 침 자국 맞죠?" 키드득 웃고 나서 여자가 말했다.
그게 바로 우희였다.

우희는 비유하자면 탄산수 같은 여자였다.
시우는 그에 비해 다사로운 물같이 내게 차츰 스며들었다. 사람의 이미지는 이미지에서만 끝나는 게 아니라 관계에 따르는 거리와 속도에 관여하기 마련이었다. 우희는 빠르게 가까워졌으며 그렇기 때문에 가까워질수록 불안해졌고, 시우는 서서히 다가들었으나 그래서인지 가까워질수록 오래된 안락의자처럼 편안했다. 심지어 우희와 결혼할 때에도 나는 파국이 오리라는 이상하고 불안정한 예감을 갖고 있었다. 시우에겐 그런 위태로움이 없었다.

우리는 문제의 배롱나무 밑에서 담배를 나눠 피웠다.

"초등학교 6학년 때였을 거야"라고 말하던 선명우가 생각났다. "어느 날 선생님이 부모를 그려 오라고 숙제를 내준 적이 있었어. 나는 배롱나무를 그려 가져갔지. 아버지가 배롱나무처럼 꿋꿋하기를 바랐거든." 그것이 아버지에 대한 선명우의 이상이자 지향이었다. 선명우는 "한때 나도 배롱나무 같은 아버지가 될 걸 꿈꾸었네!"라고 덧붙이기도 했다. 배롱나무 같은 아버지가 되면 결코 "치사해, 치사해." 하고 독백하며 살지는 않았을 것이었다.

"예전 선비들은 집에 꼭 이 나무를 심었대."

선명우의 말을 상기하며 내가 말했다. 조선의 선비들은 개인의 영달이나 처자식 때문에 신념을 굽히게 될지도 모를 자신을 미리 경계하느라 곧고 담백한 배롱나무를 뜰에 심어 반면교사로 삼았다고 했다. 아직 잎이 돋지 않았으나 여전히 의연한 모습이었다. 특히 내가 제일 좋아하는 배롱나무는 가지의 기품만으로도 이미 다가오는 봄을 제 한 손에 거느린 것 같아 보였다. 선명우가 아버지의 상징으로 그린 것도 저 나무가 모델이 되었을 터였다. 나는 선명우가 해준 말을 그녀에게 그대로 옮겨 말했다.

"요즘이야 뭐 이 나무처럼 살긴 어렵지."

"무슨 뜻이에요?"

"아버지들 얘기야. 처자식이 딸리면 치사한 것도 견디고 필요에 따라 이념도 바꿔야지. 오늘의 아버지들, 예전에 비해 그 권세는 다 날아갔는데 그 의무는 하나도 덜어지지 않았거든. 어느 날 애비가 부당한 걸 견디지 못하고 직장을 박차고 나와 낚시질이나 하고 있어 봐. 이해하고 사랑할 자식들이 얼마나 있겠어? 강남권 초등학교에선 애들이 모여 앉아 제 애비가 죽으면 무엇 무엇을 물려받을지 셈하고 있다는 말도 들었어. 효도가 비즈니스가 된 세상이야. 그러니 어떤 애비가 배롱나무처럼 살 수 있겠느냐고."

"나랑, 언니들한테 하는 말이죠?"

"뭐, 나에게 하는 말이기도 하고."

말로 엉너리를 치고 나서 나는 자리에서 일어났다. 저물녘이 되니까 기온이 급격히 떨어지고 있었다. 우리는 효암서원 앞을 지나 평매 마을로 돌아왔다. 과수원들을 지나 안쪽 깊이 들어가면 호숫가에 카페가 둘 있었다. 하나는 비교적 최근에 개업해 스마트한 외관을 갖고 있었고 다른 하나는 묵은 목조건물로서 낡고 어둔 느낌을 주었다.

우리는 그중에서 목조로 지은 카페 '옛땅'으로 들어갔다.

호수가 손에 잡힐 듯 바라보이는 카페였다. 동쪽 창 너머로는 황산벌과 강안 갈대밭이 한눈에 바라보였다. 한 시절엔 고풍한 멋을 풍겨 좋았겠지만, 나무 기둥들이 떠받치고 있는 목조건물은 이미 유행이 한참 지난 참이라 어딘지 모르게 우울해 보였다. 마치 세상이 바뀐 줄도 모르고 여전히 고집불통으로서 처자식에게서조차 소외받고 있는 늙은 아버지 같은 이미지였다. 껍데기만 남은 공룡의 모습이 바로 오늘의 늙은 아버지들이라고 나는 생각했다.

"소주하고 맥주 주세요!"

시우가 씩씩한 소년처럼 말했다. 무엇인지 모르게, 갈망의 눈빛이었다. 우리는 소주에 맥주를 섞어 빠르게 마시기 시작했다. "아저씬 다시 결혼할 맘 있어요?" 그녀가 묻고 내가 강하게 고개를 저었다. "정말요?" "응. 사랑조차 다시 할 것 같지 않은데 결혼이라니!" "됐어요, 그럼." "뭐가?" "결혼할 마음이 전혀 없는 남자 친구를 찾고 있었거든요." 그녀는 조금 쓸쓸히 웃었다.

"내가 전에 고딩 때 남친 얘기했었죠?"

"누구? 아, 고3 생일에 왔다는 기타 치는 친구!"

"맞아요. 영인이요. 내 생일에 기타 연주로 자작곡을 녹음해 선물해주었던 걔요. 걔가 겨울에 결혼했어요. 착하고 좋은 애예요. 대학 3학년 때던가, 나하고 일주일이나 제주도 여행을 함께 한 적도 있었어요. 근데요. 지난주 만나서 술 마셨는데요, 글쎄

개가 나하고 자재요. 죽자 살자 연애결혼 한 지 두 달밖에 안 된 새끼가요. 그런 게 겨우 결혼인 걸 사람들은 뭐하러 그걸 하겠다고 덤비는지 모르겠어요."

"난 결혼보다 아버지 되는 게 더 싫어!"

"풋, 아저씨처럼 이기적인 인간, 난 참 좋더라!"

우리는 금방 취했다. 내가 그녀에게 이미 너무 많은 것을 들켰다는 걸 그때는 전혀 몰랐다. 그녀는 새로 무대에 오를 연극과 그녀가 맡은 역할에 대해서 많은 말을 했다. 아버지에 대한 것은 더 이상 화제 삼지 않았다. 아니 그녀는 효암서원 뜰에서 한 번 울었을 뿐, 자신의 아버지에 대해 하루 종일 거의 한 마디도 하지 않았다는 걸 나는 나중에 깨달았다. 아버지에 대해 말한 것은 주로 내 쪽이었다.

밤이 이슥해 우리는 숙소로 돌아왔다.

호수는 희뿌옇고 건너편 계백 장군 묘역 일대는 보이지 않았다. 밤새 바람이 심하게 불었다. 천호산에서 내려온 바람이 황산벌을 핥고 지나와 우리가 누운 창을 밤새도록 흔들었다. 3월이었다.

"3월은 일종의 공백기 같아요."

그녀가 말했다. "겨울의 권력은 레임덕을 맞고 있지만 아직

봄의 권력이 다 장악한 것도 아니니깐." 그녀가 내 품으로 들어왔다. 우리들은 자연스럽게 관계를 가졌다. "3월은 침묵의 소리가 있어." 내가 한참 만에 대답했다. "들어봐. 바람 소리 말고, 언대지 밑에서 수액을 빨아올리는 나무들의 빨대 소리 안 들려?" "들려……." 그녀가 가만히 내 귓가에 입김을 불어 넣었다. 우리는 마치 어떤 퍼포먼스를 하고 있는 기분이었다.

언 강이 시시각각 풀리고 있다고 상상했다.

우희와의 첫 정사 장면이 언뜻언뜻 눈앞을 스쳐 지나가는 순간도 있었다. 우희와의 그것이 위태로운 벼랑 끝을 걷는 기분이었다면 그녀와의 그것은 안락의자에 앉아서 슈베르트를 듣는 기분이었다. 그녀는 봄날의 대지와 같이 후덕하고 부드럽고 따뜻한 밭을 소유하고 있었다. 술을 많이 마셨는데도 전날처럼 취하지 않는 게 이상했다. 그 점에선 그녀도 마찬가지인 모양이었다. "술이 안 취해." 그녀가 말했고, "언 강이 풀리느라 그래." 내가 대답했다.

아침에 일어났을 때 집 안은 고요했다. 나는 가만히 일어나 남쪽 창 너머를 바라보았다. 사과밭 한 끝으로 택시가 들어왔고, 사과나무 밑에 은신해 있던 그녀가 나타나 택시에 오르는 게 보였다. 내가 데뷔 시를 쓰던 사과밭이었다. 새싹 같은 예지와 물고기 같은 상상력의 합일을 매일 경험하던 그 시절의 사

과나무들을 먼 강이 흘러와 뿌리째 적시는 것이 눈에 보이는
듯했다.

그녀를 태운 택시가 햇빛 사이로 아득히 흘러갔다.

단맛 – 신세계

사람살이가 그 자체로 강물이 될 수 있다면 불안과 번뇌는 대부분 사라지거나 최소한 솜털처럼 부드러워질 것이었다. 그렇지 않겠는가. 비가 내리면 빗물을 품어 내 살로 만들고 장애가 있으면 가만히 스며들거나 고요히 쓰다듬어 넘어가면 되었다. 흐른다는 점에서 그것은 유랑이겠지만, 제 자신을 버리고 욕망에 따라 떠도는 부랑(浮浪)은 아니었다.

가출한 후 선명우는 떠돌이가 되었다.

주로 자동차에서 자고 자동차에서 먹었다. 네 개의 바퀴는 어디든 그를 데려다 주었다. 생각하면, 예전의 삶도 자기 주체를 통한 삶이 아니었다는 점에서 불안한 부랑자의 삶이었다고 할 수 있었다. 그에 견줘보면, 이번엔 불안한 부랑자가 아니라 언제나 물처럼 자연스럽게 흐르는 진짜 유랑인의 삶으로 바뀐 셈이었다. 그는 바람과 시간에 떠밀려 흐르면서, 그러나 아무것도 붙잡으려 하지 않고 흘러 다녔다.

이미 모든 걸 버려두고 떠나온 길이었다.

두렵지 않았고, 그래서 붙잡으려 발버둥치지도 않았다. 췌장암도 차츰 잊어버렸고 처자식도 잊었다. 가진 게 있으면 먹고, 쓸쓸할 때면 쓸쓸한 사람들 손을 잡았으며, 기분이 아늑해지면 구부리고 잠들었다. 진실로 유장한 시간의 강을 따라 자신이 가벼이 흐르고 있다고 그는 느꼈다. 그것은 자연으로서의 삶이었으며 자본주의적 체제의 정교하고 잔인한 프로그램에서 놓여난 삶이었다. 그런 삶을 한 번도 상상해본 적이 없으므로, 자신이 살아 있는지 죽은 다음의 새로운 세상을 살고 있는지도 때로는 애매모호했다. 자신이 하나의 '자연'이라는 사실을 길 위에서 하루가 다르게 알아차리는 과정이었다.

선명우가 여자의 이름을 안 건 봄이었다.

섬진강을 따라 정처 없이 흐르고 있을 때였다. 가는 데마다 매화가 피고 또 산수유가 피어났다. 매화 꽃잎이 지고 나면 세상은 이내 산수유 꽃밭이 되었다. 그는 하동의 매화밭을 떠나 구례 방향으로 차를 몰고 나갔다. 켜놓은 라디오에서 아나운서가 곽재구의 시를 읽고 있었다.

"꽃이 피어서
산에 갔지요
구름 밖에
길은 삼십 리
그리워서
눈 감으면
산수유꽃 섧게 피는
꽃길 칠십 리."

바로 그 70리 길이었다. 어떤 시골집 산수유는 담장 너머 길 밖까지 팔을 뻗어 제 육체의 황홀경을 스스로 주체할 수 없다는 듯 꽃잎들을 우수수 떨구고 있었고, 어떤 개울가 산수유는 겨우내 속으로 영글었던 꽃망울을 이제 막 기세 좋게 터트리고 있었다.

"내 이름은 윤선미예요!"

여자가 퉁명스럽게 말한 것은 곽재구 시인의 시를 아나운서가 다 읽고 난 다음이었다. 운전석과 조수석 의자 뒤에는 전신

225

이 마비된 키 작은 남자, 김승민이 누워 있었다. 김승민이란 이름은 병원에서 알았지만 나란히 앉은 여자의 이름이 선미라는 것은 처음 알았다. 더블캡의 뒷줄 의자를 뜯어내고 개조했기 때문에 운전석 뒷자리엔 두세 명이 나란히 누울 정도의 공간이 있었다. 고물상에서 구한 매트리스를 깔았으므로 보기에 따라 그곳은 밀실처럼 아늑했다. 그는 터널을 이루다시피 한 산수유 그늘에 차를 세웠다.

"윤선미……."

그는 중얼거렸다.

"함열댁이라고 하는 사람도 있고요. 저 인간은 나를 늘 야, 아니면 병신이라고 불렀지만." 그는 이제껏 여자를 그냥 "이봐요"라고 불렀다. 운전석 앞창에 산수유가 고요히 내려왔다. 그는 운전석 유리창에 비친 산수유 꽃을 보고, 여자의 얼굴도 보고, 등 뒤에 누운 김승민도 보았다. "윤선미…… 김승민……." 입속으로 발음해보자 잠깐 다정한 느낌이 들기도 했다. 눈 내리던 저녁, 비탈길에서 뒷걸음질 치는 트럭의 꽁무니에 맞아 벼랑으로 굴러떨어져 끝내 턱 아래가 완전히 마비된 김승민은 말이 없었다. 뇌진탕의 후유증으로 말하는 기능조차 잃어버린 것이었다. 대소변은 물론 음식조차 누가 떠먹여줘야만 겨우 먹을 수가 있었다. 여자는 남자에게 음식을 먹여주지 않았다. 대소변을 처리하는 것도 언제나 선명우의 차지였다.

"저 인간, 죽어도 난 뭐 상관없어요."

여자는 진저리를 치며 말했다.

김승민은 걸핏하면 여자를 함부로 두들겨 팼던가 보았다. 다리를 전다는 이유로 그녀를 향해 매양 "병신!"이라고 불렀고, 수틀리면 밥까지 굶겼다고 했다. 김승민이 모질게 여자를 구박했던 건 여자가 "종자를 알 수 없는 아이"를 낳아 길러왔다는 오해에서 비롯됐다고 했다. 그렇거나 말거나 그는 여자 대신 묵묵히키 작은 남자를 먹여주고 닦아주었다. 김승민이 벼랑 아래로 떨어지면서 비명을 질렀을 때, 그는 분명히 김승민이 아니라 아버지의 비명 소리를 들었다고 생각했다. 아버지가 김승민의 몸을빌려 자신에게 돌아온 것인지도 모른다고 생각한 적도 많았다. 아버지가 살아 있다면 당연히 먹여주고 닦아주고 했을 터였다. 김승민의 시중을 들고 있으면 아버지가 너무나 그리웠다.

여자가 키워온 아이의 이름은 신애였다.

병약한 데다가 구루병 증세를 갖고 있어 여태껏 제 몸 하나도 아직 추스르지 못했다. 여자는 자신이 낳은 아이가 아니라고 설명했으나 키 작은 남자 김승민은 믿지 않았다고 했다. 그들은 길에서 각자 떠돌다가 우연히 만난 사이였다. 아이를 안고 있는 여자를 길에서 얻은 김승민의 입장에서 보면 당연히 그 아이를 여자가 낳은 사생아인 줄 알았을 터였다. 여자는 고개를 저었다. "공중변소에서 주웠어요!" 여자는 설명했다. 인천 어디, 화장실 바닥에 포대기로 싸인 아이가 놓여 있었다고 했다. "내가 들여다보니까 울던 애가 울음을 뚝 그치고 나를 빤히 바라보는 거예요. 괜히 가슴이 철렁해지더라고요." 여자가 길에서 김승민을 만난 건 그보다 몇 달 뒤였다. 날씨가 추워서 더 이상 한뎃잠을 자기 어려워졌을 때였다.

"차에서 자게 해주니 어찌 고맙던지요."

여자는 설명했다.

김승민은 여자와 아이를 차에서 자도록 해주었다. 떠돌이 행상이었던 김승민에게 아이는 귀찮은 존재였지만 여자만은 이것저것 쓰임새가 많았을 터였다. 다리를 절었을 뿐 여자는 이목구비도 또렷한 편이었고, 몸짓과 셈도 빨랐다. 문제는 술이었다. 술만 먹으면 김승민은 습관적으로 여자를 팼다. "병신년이 어떤 놈하고 붙어서 애까지 낳고······." 하는 게 이유였다. "나를 패고 싶으니까 아이를 핑계 삼는 거지. 저 인간은 나 두들겨 패는 재미로 살았어요." 아이를 길에 버리자고 강요한 적도 있었던 모양이었다. 남자의 매질은 참을 수 있었으나, 아이를 버리는 짓만은 차마 할 수 없었다. "한번 버림받은 애잖아요? 울음을 그치고 나를 빤히 보던 그 눈빛이 잊히지가 않아요. 그런 아이를 어떻게 다시 버려요?" 여자의 어조는 확신에 가득 차 있었다. 혼자서는 아이를 먹여 살릴 수도 한뎃잠을 잘 수도 없었다. 그래서 여자는 도망치지 않고 남자의 매질과 온갖 구박을 견디었다. 3년이 넘는 시간이었다.

선명우는 김승민을 돌아다보았다.

깊이 잠든 눈치였다. 김승민을 먹이고 씻기고 하기 시작한 게 한 달이 훨씬 지나 있었다. 어느덧 그 일이 익숙해져서 김승민의 감각 없는 육체에 나름대로 정이 들기 시작했다고 그는 생각했다. 눈빛만 보고도 김승민이 무엇을 불편해하는지 알 것 같았다. 처음엔 더러 거부하는 눈빛을 보내기도 했으나 이제 김승민도 그의 보살핌을 고분고분 받아들이는 상태가 되었다.

"저 사람, 주민증 있지요?"

그가 말했고, 여자가 한참을 뒤져 키 작은 남자의 주민등록증을 찾아주었다. 행방불명으로 말소됐을 가능성이 높은 김승민의 주민등록증은 코팅된 비닐까지 찢어져 너덜너덜했다. 김승민은 1963년생이었다. 열두 살 차이였으며 그와 똑같은 토끼띠였다. 그는 죽은 듯 누워 있는 김승민의 얼굴에 백미러에 비친 자신의 얼굴을 겹쳐보았다.

그사이 그는 다른 사람처럼 변모해 있었다.

얼굴빛은 거무튀튀해졌고 하관으로 내리뻗은 주름은 그 명암이 뚜렷하게 깊어졌으며 수염은 벌써 입술을 덮고 있었다. 병원에서 서둘러 퇴원하고 나서 선명우가 첫 번째로 잡은 행선지는 강원도였다. 카드는 물론 회사 공금까지 당겨쓴 참이라, 경찰의 실종자 수색이 시작된다면 김승민이 입원했던 병원까지 추적해 오는 일은 시간문제일 것이라고 그는 생각했다. 우선 서울에서 멀리 가는 게 상수였다. 태백산 쪽으로 내려가 이틀을 보낸 뒤 평창으로 나오니 대관령눈꽃축제가 열리고 있었다. 얼어먹는 황태만으로도 삼시 세끼 배가 불렀다. 축제에 가면 그냥 주는 음식이 많아서 좋았다. 더러 얻고 더러 헐값으로 산 싸구려 황태를 싣고 시골 마을마다 돌며 강릉, 주문진, 양양, 속초, 고성을 찍은 다음 진부령을 넘으니 인제였다. 빙어축제가 열리고 있었다. 빙어를 실컷 얻어먹었다.

그 기간은 명우가 길에 길들여지는 시기였다.

신문도 티브이도 보지 않으니 눈으로 보는 것만이 세상의 전부였다. 처음 두 주일은 회한과 두려움이 가득 찬 추운 길이었고, 다음 두 주일은 세상이 시나브로 시야 안으로 축약돼 들어오는 시기였으며, 한 달쯤 지나고 나자 길과 산천이 확 열리는 듯 아름답게 느껴지기 시작했다. 검은 얼굴빛, 깊어진 주름, 거친 수염에 그가 거쳐 온 길들이 마구 깃들었다.

수만 갈래 길이 이미 깃들기 시작했으니 그 자신의 사진으로 말소된 김승민의 주민등록증을 재발급받지 못할 것도 없을 것 같았다. 김승민이 식물인간 형국이 돼 노상 누워 사니까 주민등록증만 재발급받는다면 들킬 염려도 거의 없었다.

"저 인간의 이름으로 사시려고?"

눈치 빠른 여자가 물었고, "이미 저 사람이 됐는걸……." 그가 대답했다. "하긴 그새, 생긴 것도 뭐 저 인간하고 비슷해졌으니까." 여자 쪽에서 비죽비죽 웃었다. 자신의 행색을 두고 비웃는 건지 아니면 이런 결과에 만족해 웃는 건지 그는 알 수 없었다. 여자는 그동안 한 번도 그가 누구인지, 무엇 하던 사람인지 물은 적조차 없었다. 그의 내력에 대한 모든 것은 알게 모르게 여자와 그 사이에서 일종의 금기가 돼 있었다. 마치 그의 내력을 묻는 순간 그가 운전대를 버리고 혼자 휭 떠나기라도 할 것처럼 생각하는 눈치였다.

햇빛 속의 지리산은 힘이 좋아 보였다.

그는 산수유 꽃그늘에서 지리산을 오래 바라보았다. 오래전 아내와 아이들을 데리고 노고단에 올랐던 날 생각이 났다. 아내는 산협을 걸으면서 내내 불만이 많았다. 대체 자신이 왜 이리 힘든 길을 걸어야 하느냐고 아내는 말했다. 그는 산을 좋아했으나 아내는 산을 좋아하지 않았다. 아내와 아이들하고 함께 산길을 걸으면서 먼 꿈에 대해 이야기하고 싶어 마련한 여행은 아내의 불평불만 때문에 참담한 것이 되고 말았다. 아내가 불만이니 아이들도 자연히 삐죽, 주둥이가 나왔다. 소비하기 좋은 안락한 곳으로 가는 것만이 아내는 겨우 여행이라고 여겼다. 그와 아내가 근본적으로 다른 점의 하나였다.

"왜 안 가요, 배고픈데?"

여자가 한참 있다가 말했다.

여자는 아마 무슨 생각해요, 라고 묻고 싶었을 터였다. 그가 생각에 잠겨 있기만 해도 여자의 눈빛에 불안의 그림자가 어른거린다는 걸 그는 알고 있었다. 당신은 우리를 길에 두고 곧 떠나겠지, 라고 여자는 생각하는 눈치였다. 여자가 묻든 안 묻든, 그에겐 물론 그들을 길에 두고 떠날 권리가 있었다. 이미 그들에게 너무 많은 걸 주었다고 그는 생각했다. 그러나 어디로 떠나겠는가.

"나는 환자예요. 췌장암요."

그가 고백했다. 여자는 전혀 놀라지도 않고 다만 딴 데로 짐짓 시선을 돌렸다. "어차피 6개월 이상 못 살 거예요. 염라대왕이 신호를 보내면 댁들을 두고 혼자 있을 곳으로 갈게요." 산수유 꽃잎들이 차의 앞창에 노랗게 떨어져 있었다. 여자에게 안겨 있는 신애의 잠든 얼굴이 그 차창에 비쳐 보였다. 속눈썹이 가지런하고 긴 아이였다. "그때까진 그냥, 김, 승, 민으로 여기 운전석에 있을 테니, 그런 줄 알아요!" 그는 팔을 뻗어 잠든 아이의 손을 잡아보았다. 말랑말랑한 젤리 같은 손이었다.

가슴이 울컥해졌다.

여름에, 그는 여자를 처음 "선미!"라고 불렀다.

그는 그사이 몇 달 동안 전라도와 경상도 남부 지역을 종횡무진 돌아다녔다. 날씨가 좋았으므로 신애는 물론 여자도 컨디션이 좋았고 그 역시 컨디션이 좋았다. 더위에 고생스러운 것은 차에 누워 있어야만 하는 김승민이었다. 욕창이 생기기도 했다. 그는 알코올 솜으로 김승민의 전신을 세세히 닦아주었고 계곡을 지날 때면 자주 목욕도 시켰다. 김승민은 마를 대로 말라 품에 안으면 작은 아이를 안은 느낌이 들었다. 옷을 벗기고 계곡에 담글 때도 느낌이 그랬다.

세 딸을 씻기던 생각이 가끔 났다.

딸들을 목욕 시키는 건 늘 그의 일이었다. 아내는 손이 거칠어 욕조에서 아이를 안아 올리다가 놓친 적도 여러 번 있었으며, 샴푸질을 하다가 아이의 눈 속에 비누 거품이 들어간 적도 많았다. 아이들은 당연히 제 어머니가 씻기는 것보다 그가 씻기는 걸 훨씬 좋아했다. 특히 시우는 유난히 물을 좋아해 한번 욕조에 들어가면 나오려고 하지 않아 늘 애를 먹었다.

그러면서 여름이 속절없이 흘러갔다.

여름의 끝물이었다.

괴산고추축제에 맞추어 남해에서 올라오는 길, 보은 근처 어

느 계곡에 차를 세웠다. 더운 여름 거의 운전석 뒷자리에 누워
지냈으므로 김승민의 몸은 땀에 잔뜩 절어 있었다. 땀으로 매트
까지 질퍽해졌을 정도였다. "계곡에 들어가고 싶지요?" 헐떡거
리는 김승민의 귀에 대고 그는 말했다. 여자는 이미 그늘진 물
가에 앉아 신애와 물장난을 하고 있는 중이었다. 임도를 따라
쑥 들어왔기 때문에 오가는 사람은 거의 없었다. 그는 김승민의
옷을 벗긴 다음 담쏙 안아 들고 계곡으로 갔다. 먼저 손발에 물
을 적셔주고, 다음엔 머리를 감겨주었으며, 마지막으론 깊지 않
은 계곡물에 몸을 뉘여주었다. 맞춤한 돌을 찾아 머리에 괴어
주기도 했다. 아이를 목욕시키는 아비의 마음이었다. 아니 늙
은 아버지를 씻기는 아들의 마음이기도 했다.

"돌베개, 보기 좋네요!"

김승민이 미간을 찡그렸다. 맑은 물 밑으로 김승민의 거웃이
그제야 보였다. "아, 알았어요. 미안해요." 그는 밝은 목소리로
사과하고 상의 셔츠를 벗어 김승민의 하반신을 가려주었다. 눈
이 마주쳤다. 김승민의 두 눈에 눈물이 가득 괴어 있었다. 한동
안은 모든 것을 빼앗긴 듯 원망에 찬 눈빛이었는데, 이제 그런
눈빛의 잔재는 남아 있지 않았다. "우리, 참 많이 친해졌지요?"
그가 말했다. 김승민의 눈에서 눈물이 또르르 굴러 내렸다.

그들은 내친김에 그곳에서 하루 묵기로 했다.

"우리 파티해요!" 먼저 말한 건 여자 쪽이었다. 그가 보은까지 나가 삼겹살을 사 오는 사이 여자는 너럭바위에 상을 차렸다. 차에서 하는 살림이라 자리만 펴면 웬만한 구색은 얼른 갖출 수가 있었다. 남도에서 얻어 온 못생긴 생선도 좀 있었다. 삼겹살은 굽고 생선은 튀겼다. 매트를 깔고 김승민을 뉘었다. 어느 축제장에서 주운 나무 의자가 있었다. "그것, 다리를 잘라요!" 여자가 말했다. 의자의 다리를 자르고 좌우에 적당한 박스를 갖다 받쳐놓으니까 김승민도 상반신을 약간 세워 앉을 수가 있게 되었다. 신애가 김승민 앞에서 재롱을 떠는 걸 보고 그와 여자는 유쾌하게 웃었다. 떡갈나무 너른 그늘이 둘러앉은 그들을 넉넉히 감싸고 있었다.

"아무래도 휠체어를 하나 사야겠네."

"휠체어는 무슨……."

둘러앉으니, 단란한 가족이었다.

그는 그렇게 느꼈다. 그는 김승민에게 잘 구워진 삼겹살을 골라 먹었고 여자는 신애에게 잘 튀겨진 생선을 찾아 먹였다. 바람 끝이 서늘해졌다고 느꼈는지 여자가 겉옷을 가져와 그와 신애의 어깨 위에 둘러주었고, 시트를 개어 김승민을 덮어주었다. 김승민을 대하는 여자의 손길이 전에 없이 다정했다. 상처받았던 마음에 새살이 돋는 눈치였다. 네 명의 가족 사이에 갈등은 더 이상 없었다. 도구나 음식이야 다 길에서 얻은 것이지만 떡갈나무 그늘에선 그것들이 하나도 남루히 보이지 않았다. 오래 전부터 그렇게, 한가족으로 살아온 것 같았다.

"소주라도 한잔해야 돼요"

여자가 갑자기 정색을 하고 말했고, 그는 "술은 무슨……." 손 사래를 쳤다. "축하할 일이 있어서요!" 막무가내, 여자가 소주를 찾아왔다. 그는 양은그릇에 소주를 받았다. 여자는 굳이 김승민 과 신애 앞에도 잔을 갖다 두었다. 누구 생일인가, 하고 그는 한 사람 한 사람을 둘러보았다. 아이는 어미를 따라 그저 환한 표 정이었고, 김승민은 개운한 눈빛이었다.

"아저씨 만난 게 벌써 반년 훨씬 넘었잖아요"

여자의 목소리가 다른 때에 비해 더 싹싹했다. "아저씨가 그 랬어요. 구례던가, 산수유 그늘에서요. 6개월 안에 죽을병에 걸 렸다고. 근데 여직 안 죽었어요. 죽기는커녕 얼굴색이 오히려 좋아졌다고요. 첨 만날 때는 얼굴이 노랬는데. 요만한 걸 들고 도 끙끙거리던 양반이 요즘엔 뭐 쌀가마니를 들어 올릴 기세잖 아요! 그러니까 축하해야지!" 김승민이 다정한 눈빛으로 그를 보았고, "추, 축하……"라고, 신애가 더듬적거리며 추임새를 넣 었다. 잔과 잔이 만났다.

정말이야, 라고 그는 생각했다.

여자의 말은 그른 데가 없었다. 그는 사실 여자가 말하기 전 까지 그만큼 시간이 지났다는 인식도 없었으며, 췌장암도 잊고 있었다. 언제부터 췌장암을 잊었는지는 분명하지 않았다. 그러나 확실한 것은 그가 몸으로 느껴오던 병의 예후들이 거의 사라졌다는 사실이었다. 메스꺼운 일도 별로 없었고 소화도 원만했다. 어지럼증이나 건망증도 덜했다. 그는 잠재적으로 늘 죽음을 의식하고 있었기 때문에, 그동안 아무것도 주의하거나 경계하지 않고, 생기는 대로 감사히 먹었으며 이슬만 피할 수 있으면 아무 데서나 잤다. 어차피 죽을 건데, 라고 생각하니 조심할 게 하나도 없었다.

야인처럼 살았다.

그 자신의 깊은 곳에 잠복해 있던 야성이 매일매일 돋을새김으로 올라오는 걸 느끼던 나날이었다. 때로는 내부에 생기발랄한 낯선 에너지가 들어차기 시작했다는 느낌이 들기도 했다. 아랫배 비계는 쏙 들어갔으나 팔의 알통은 소복이 올라왔다. 실제 몸무게는 줄었지만 몸은 성큼, 가벼웠다. 얼굴 주름살이 턱없이 늘었는데 매일 젊어지고 있는 느낌이 드니, 그 또한 별일이었다.

"췌장암, 오진이었는지 몰라."

그는 중얼거렸다. 오진이 아니었다면 그의 내부에서 나날이 생성되어 온몸으로 퍼지는 어떤 야성의 에너지가 암종을 잡아먹었는지도 몰랐다. 나는 살아 있어, 라고 그는 생각했다. 어깨를 쭉 펴고 떡갈나무 너른 잎들을 올려다보았다. 시력까지 좋아진 걸까, 잎 속 수맥까지 보이는 듯했다. 살아 있다는 사실이 이처럼 경이롭기는 처음이었다. 그는 부르르 하고 몸을 한 차례 힘차게 떨었다. 내부의 어느 중심에서, 그 순간에도 물처럼 서늘한 에너지가 솟아올라 실핏줄을 타고 온몸으로 퍼져나가고 있다는 느낌이 들었다. 생생한 느낌이었다. 여자가 그의 눈을 들여다보면서 다시 한 번 잔을 부딪쳐 왔다.

"죽을 고비 넘겼으니, 오래 살 거예요!"

"오케이, 윤, 윤선미!"

그가 무심코, 그러나 청년같이 쩌렁 울리는 목소리로 받았다. 여자의 얼굴에 깜짝, 화색이 돌았다. 한 번 들어봤을 뿐인데도 잊히지 않고 선미라는 이름이 난데없이 입에서 튀어나온 것에 그 역시 스스로 놀랐다. 김승민은 눈을 감고 있었다.

윤선미는 1973년생이었다. 그녀의 어머니는 내리 딸을 넷이나 낳은 뒤에 다섯 번째로 그녀를 낳았다. 영관급 직업군인이었던 그녀의 아버지는 아들 하나 갖는 게 평생소원이었다. 그녀를 낳고 얼마 후에 몸이 약했던 그녀의 어머니가 불현듯 이승을 등진 것이 불행한 운명의 시작이라 할 수 있었다. 아버지는 나날이 술이 늘었다. 아내를 잃은 슬픔 때문이 아니라 아들을 가질 기회가 더 이상 없다는 사실 때문이었다.

"이년이 제 에미를 잡아먹은 게야!"

아버지는 술에 취하면 말했다.

보안사에 근무했던 그녀의 아버지는 전두환 대통령 시절 중령으로 예편해 청와대에서 잠깐 근무했고, 청와대를 떠난 뒤에 재벌 회사 비상기획관으로 일했으며, 1985년 제12대 국회의원 선거에 민정당 공천으로 고향에서 출마했다. 낙선이었다.

"저년 때문이야!"

아버지는 그녀를 가리키며 단호하게 말했다. 그때만 그런 게 아니었다. 무슨 부정 사건에 연루되어 청와대를 나올 때에도 "저년 때문이야!" 했고, 비상기획관을 하다가 문제가 생겼을 때에도 "저년 때문이야!" 했다. 어린 그녀의 뺨을 사정없이 후려친 적도 많았다. 언니들도 더러 맞는 일이 있었으나 그녀처럼 자주는 아니었다. 왜 그렇게 아버지의 미움을 받아야 하는지도 모르면서, 그녀는 아버지의 미움을 받았다. 자신이 아버지의 딸이 아닐 거라고 생각한 적도 여러 번 있었다.

경제적인 형편은 더없이 좋았다.

중령으로 예편한 아버지가 어떻게 돈을 모았는지 그녀로서는 물론 알 수 없었다. 그녀는 어쨌든 "저년 때문이야!"라는 지청구를 듣는 대신, 친구들보다 늘 좋은 책가방을 가졌고 친구들보다 늘 값비싼 옷을 입었다. 용돈도 풍푼한 편이었다. 아버지는 국회의원 선거에서 떨어지고 나서도 여의도 어디로 늘 출근하다시피 나다녔다. 국회의원들을 당신이 "갖고 논다"고 말하기도 했다. 국회의원들을 '갖고 논' 덕분인지, 잠시 어떤 회사의 감사인가 뭔가로 들어가 있기도 했었는데, 그 역시 얼마 가지 않았다. 아버지는 어디에 가든 그녀가 알 수 없는 어떤 문제를 일으키는 눈치였다. 회사에서 나온 날 만취해 들어온 아버지는 "빨갱이 새끼들이 득실거려서"라고 말했다. 아버지는 '빨갱이 새끼들'에게 항상 이를 갈았다. '빨갱이 새끼들'이란 회사의 노동조합원이나 시위대를 가리키는 것이라고 큰언니가 일러주었다. 왜 조합원들이 모두 '빨갱이'냐고 물었던 큰언니는 그날 코피가 나도록 두들겨 맞았다. 언니 덕분에 그날만이라도 "저년 때문이야!"라는 말을 듣지 않은 것에 그녀는 크게 감사했다.

그 사건이 생긴 건 87년이었다.

거리마다 사람들이 들끓던 시위의 시절이었다. 하굣길에 시위대로 오인받아 경찰 아저씨의 몽둥이를 어깨에 맞은 일도 있었다. 중학교 2학년에 다닐 때였다. 그녀의 학교는 안국동 부근에 있었고 옥인동 집으로 오려면 꼭 광화문 일대를 통과해야 했다. 어떤 대학생 오빠는 최루탄을 맞고 죽었고 또 어떤 대학생 오빠는 물고문을 받다 죽었다는 말도 들렸다. "빨갱이 새끼들한테 휩쓸리면 나한테 죽을 줄 알아!" 아버지는 아침마다 다섯 딸에게 종주먹을 들이대었다. 들어올 때마다 아버지는 매일 취해 있었고 무슨 일이 있는지 안절부절, 불안한 기색이 역력했다.

그날도 아버지는 늦은 시간에 취해서 들어왔다.

광화문을 지나면서 최루탄 연기를 맞았었기 때문에 그녀는 과제도 하는 둥 마는 둥 침대에 엎드려 잠이 들었었는데, 그사이 아버지가 들어왔던가 보았다. 무슨 소리에 눈을 뜨고 방문을 열고 나왔을 때 아버지는 이미 2층 층계참에 올라와 있었다. 아래층 거실에 언니들이 일렬종대로 서 있는 게 보였다.

"애비도 안 들어왔는데 자빠져 자? 이게 다, 너 때문이야!"

아버지는 다짜고짜 소리쳤다. 갈라진 아버지의 눈빛과 만나는 순간 그녀는 공포심을 느꼈다. "죄, 죄송해요, 아버지!" 그녀는 떨면서 말했다. "뭐가 죄송해!" 그것이 마지막 들은 아버지의 목소리였다. 아버지의 손이 얼굴로 날아왔고, 층계참에 서 있던 그녀의 몸이 기우뚱, 쏜살같이 아래로 쑤셔 박혔다.

무릎인대가 치명적으로 파열됐다고 했다.

두 번이나 수술을 했지만 다리는 원상대로 회복되지 않았다. 대통령을 국민들이 직접선거해서 뽑는 것으로 헌법이 개정될 거라는 말이 들렸다. 아버지가 불안한 건 그것 때문인 모양이었다. "우리도 이제 민주주의 될 거야!" 큰언니는 감동적인 눈빛으로 말했다. 그녀는 민주주의가 무엇인지 잘 몰랐다. 만약 큰언니 말대로 민주주의가 된다면, 아버지가 "다 이년 때문"이라고 했으니, 그 모든 게 자기 자신 '때문'이라고 그녀는 생각했다. 자랑스러웠다. 씩씩해진 느낌도 들었다.

그해 가을, 절룩거리면서 그녀는 용감하게 가출했다.

그 가출이 유랑의 시작이었다. "두세 번, 집에 다시 들어간 적도 있는데요, 아버지 때문이 아니라, 갑갑해서 집에 있지를 못하겠더라고요. 이젠 이렇게 사는 게 훨씬 좋아요." 여자는 말했다. "아버지는 그 후로도 두 번인가 더 국회의원에 출마했는데 안 됐어요. 새 여자를 얻었다가 돈을 많이 날렸다는 이야기를 듣기도 했고. 생각하면 나보다 더 불쌍한 사람인지 몰라요." 여자의 표정은 남의 말을 하는 것처럼 담담했다. "그런데 영영 이해 안 되는 것이 있어요." 김승민과 신애는 운전석 뒷자리에 나란히 누워 잠에 빠져 있었다. "뭐냐 하면요, 아버지는 왜 내 이름을 선미라고 지었을까 하는 점이에요. 착할 선, 아름다울 미요. 그 양반 말대로라면 그의 모든 나쁜 일이 이년, 곧 나 때문인데, 왜요? 악녀도 추녀도 아닌, 선미요 선미. 선미라고 이름을 지을 때, 그 양반은 무슨 생각을 했을까요?"

명우는 그녀의 질문에 침묵했다.

달이 밝았다. 차창에 드리워진 떡갈나무 그늘이 바람에 수런거리고 있었다. 알 수 없기로는 명우도 마찬가지였다. 시우는 시인이 될 수 없었던 자신의 남은 꿈을 얹어서 지은 이름이었다. 자신의 논리대로 한다면, 딸의 이름을 선미라고 지은 그녀의 아버지에게 남은 꿈은 착하고 아름답게 사는 일이 되었다.

과연 그럴까, 하고 그는 고개를 갸웃해보았다. "됐어요. 내가 모르는 걸, 아저씨가 어떻게 알겠어요!" 그녀는 이윽고 자기 말을 선선히 거두어들였다. 어두운 목소리는 아니었다. "자야겠어요. 모처럼 술도 마셔서, 막 잠이 와요."

그리고 그녀는 놀랄 만한 속도로 잠들었다.

조금 있다가는 나지막하게 코를 골기 시작했고, 더 조금 있다가는 그의 가슴께로 슬며시 머리가 기울어졌다. 모처럼 계곡물에 머리를 감았기 때문인지, 여자의 머리에선 향긋한 단맛이 났다. 그것은 무엇으로도 윤색되지 않는 자연의 단맛이었다. 그는 가만히 여자의 머리를 쓰다듬어주었다. 눈이 작았지만 여자의 눈썹은 짙었고 사각 턱을 갖고 있었지만 얼굴은 크지 않았다. 잘 뜯어보면 민첩하고 야무지게 생긴 얼굴이었다.

무슨 냄새가 뒤편에서 났다.

돌아보니 김승민이 여자의 머리를 안고 있는 그를 보고 있었다. 눈빛만 보고도 김승민이 오줌을 쌌다는 걸 그는 단번에 알아차렸다. "잠든 줄 알았는데 깨어 있었네!" 여자의 머리를 제자리로 옮겨놓고 나서 그는 허리를 깊이 숙여 김승민의 젖은 기저귀를 풀어내었다. 생식기와 사타구니를 물휴지로 닦은 다음 부채질해서 세밀히 말리는 게 다음 과정이었다. 성긴 터럭 사이에 고개 숙이고 있는 김승민의 페니스는 주름지고 등이 굽어 번데기처럼 귀여웠다.

"이거, 귀여워요."

그가 미소 짓고 말했을 때, 김승민의 눈빛에 어떤 신호가 왔다. "뭐라고요? 어디 불편해요?" 김승민은 애소를 담은 표정으로 여자와 그를 번갈아 바라보았다. 여자는 여전히 코를 골고 있었다. "선미 씨, 뭐요?" 웬만한 눈빛이라면 그 뜻을 냉큼 알아차릴 수 있을 정도가 됐으나, 지금 보내는 김승민의 눈빛은 오리무중이 아닐 수 없었다. "선미 씨 잘 돌보라고요?" 그와 여자를 번갈아 보는 김승민의 눈빛이 더 절실해졌다. 울 것 같기도 하고 간절히 부탁하는 것 같기도 한 눈빛이었다. 아, 하고 다음 순간 그는 입을 벌렸다.

"그러니까…… 선미 씨 안아주라고?"

말하고 나니 저절로 얼굴이 붉어졌다. 김승민의 미간이 다시 좁혀졌다. 안아주라는 것만 말하는 게 아니라는 걸 그는 그래서 알았다. "말하자면 이, 이거요?" 그가 검지와 장지 사이에 엄지손가락 끝을 슬쩍 끼워 보이면서 귀엣말을 했다. 김승민의 눈빛이 이내 동의에 이르렀다. "에이, 무슨 그런 말을……." 낯이 뜨거워 그는 김승민의 바지를 거칠게 끌어 올려주었다. 김승민은 그에게 여자와 관계를 맺으라고 권하고 있었다.

"쓸데없는 생각 말고, 그만 자요, 자!"

그는 다시 운전석 의자에 깊이 몸을 뉘었다.

여자의 설명에 따르면, 김승민의 아버지는 베트남전에 참가

244

했었다고 했다. 맹호부대였으면 초기에 참전했다는 말이 되었다. 김승민이 63년생이니까 승민의 아버지는 그이가 갓난아이였을 때 베트남 전쟁터로 간 셈이었다. 경제개발의 열풍으로 너도나도 잘살아보자고 아우성칠 때였으니까 승민의 아버지 역시 어린 자식들과 잘살아보고 싶은 꿈을 좇아 남십자성 아래의 전쟁터로 나갔을 터였다. 그러나 승민의 아버지는 1년 만에 두 다리를 잃은 불구의 몸으로 전쟁터에서 돌아왔다. 승민이 불과 세 살 때였다. 잘살아보기는커녕, 남의 전쟁에 두 다리를 내준 일로 승민의 아버지와 그 가족들은 하루아침에 삶의 벼랑 끝에 내몰렸다. 절망 끝에 아버지가 자살한 다음 김승민은 자연히 고아로 성장했다. "술만 안 마시면 그리 나쁜 사람은 아니에요. 자기 아버지가 두 다리를 잃고 돌아온 뒤, 전쟁터에서 겪은 일 때문에 정신분열증이 됐다가 스스로 자살했다고 했어요." 여자는 설명했다.

가슴에 짜르르 하는 동통이 지나갔다.

섹스에 대한 욕망은 거의 없었다. 그것은 잊혀진 욕망이었다. 선명우는 그래서 다만 "김승민…… 선미…… 신애……." 하고, 차례로 불러보았다. 모든 이름엔 그 이름으로서의 운명이 깃들어 있으며, 그러므로 입속으로 불러보면 다 눈물겨운 구석이 있었다. 전혀 피가 섞이지 않은 조합인데 하나씩 이름을 불러보자 다정하고 눈물겨웠다.

우리, 진짜로 가족이 된 게야, 라고 그는 생각했다.

췌장암은 더 이상 무섭지 않았다. 섹스가 살아 있는 존재의 보편적 욕망이라는 데 동의할 마음도 없었다. 목숨을 새로 얻었고, 새 목숨값에 따른 가족을 새로 얻었으니 그것으로 된 것이었다.

여자와 처음 몸을 섞은 것이 바로 그날이었다.

잠이 들었다가 이상한 낌새를 느끼고 눈을 떴을 때 이미 여자가 그의 바지 지퍼를 열어놓고 있었다. 선택의 여지가 없는 상태였다. 여자가 열렬하게 그의 그것을 흡입했고, 그의 그것은 청죽(青竹)처럼 일어섰다. 어떤 휘장이라도 찢어발길 만한 단호한 직립이었다. 벌써 오래전부터 폐기된 욕망이었으므로 그는 제 몸의 변화에 우선 놀랐다. 아내와의 관계에서도 늘 주저앉기만 하던 그것의 단호한 직립은 정말 낯설고 경이로웠다. 여자가 야생동물처럼 그의 자리로 민첩하게 넘어와 그를 단단히 타고 앉았다. 운전석 의자를 뒤로 한껏 젖혀놓은 상태였으니까 그의 몸은 뒤에 누운 김승민의 무릎에 거의 닿고 있었다.

여명이 터오는 시각이었다.

차창에 서린 붉은 기운이 시시각각 농밀해지고 있다는 걸 그는 온몸으로 예민하게 수신했다. 감각의 촉수들이 풍뎅이처럼 부풀어 오르고 있었다. 여자가 그의 손을 낚아채 제 가슴으로 휘익 끌어당겼다. 아내는 떠오르지 않았다. 의자가 함부로 들까 불기 시작했고, 그에 따라 차체도 들까불고 있다고 그는 느꼈다. 아니 붉은 혈기로 가득 찬 우주의 새벽이 들까불고 있었다.

아침놀 가득 찬 붉디붉은 신방(新房)에서의 일이었다.

그는 지역 축제를 찾아 전국을 주유했다. 축제는 수십 수백, 계절에 따라 시도 때도 없이 전국적으로 열렸다. 마치 개화의 도미노 같았다. 축제에 가면 지역의 제철 음식을 싫도록 얻어 먹을 수 있었고, 경우에 따라선 거저나 다름없는 아주 싼값으로 지역 토산품이나 특산물을 살 수 있었다. 그는 그것들을 차에 싣고 오지 마을에서 오지 마을로 흘러 흘러 다음 축제장으로 이동했다. 싸게 구한 만큼 싸게 팔았고, 경우에 따라선 물물 교환도 마다하지 않았다. 차에 설치해둔 스피커는 혹시 누군가의 잠을 깨게 할까 봐 철거했다.

돈을 모을 생각은 전혀 없었다.

그가 돈을 모아서 하고 싶은 것은 김승민의 휠체어를 사는 일과 네 식구가 나란히 누울 만한 텐트를 사는 일 정도였다. 모든 문제는 잉여 재산으로부터 비롯된다는 것을 그는 경험으로 알고 있었다. 잉여는 소비를 부르고, 소비는 더 큰 욕망과 더 큰 잉여를 부르도록 운명 지워져 있었다.

가난해서 아내와 딸들을 잃어버린 게 아니었다.

저축이 늘어나면, 아파트를 늘리면 행복해지는 줄 알았다. 그러나 소용없었다. 죽어라고 일해 과장, 차장, 부장, 상무에 오르고, 그렇게 해서 늘어난 연봉, 늘어난 잉여 재산이 가져온 건 사랑의 황폐화뿐이었다.

가족은 차츰 그 자신을 다만 '통장'같이 취급했다.

아내는 물론이고 어린 딸들과도 따뜻이 지내던 시절의 짧은 추억들을 그는 기억하고 있었다. 가난했던 시절의 기억이었다. 그러나 잉여 재산이 불어나면서 그는 차츰 그 모든 사랑의 관계를 잃었다. 열심히 일해서 번 돈으로 그는 자식들을 소비의 괴물로 만들었을 뿐이었고, 아내와의 사랑 역시 서로 '빨대'를 꽂아 빠는 기능적 관계로 변모됐다. 그는 그래서 되도록 지역 축제에서 구한 토산품이나 특산물을 싼값에 팔아 이윤이 많이 남지 않도록 조절했고, 돈이 조금이라도 많이 생긴 날에는 맛있는 걸 사 먹는 데 다 썼다.

3월이면 광양 일대에서 매화축제가 열렸다.

그게 새봄의 시작이었다. 매화꽃이 다투어 피어나는 것도 좋았지만 섬진강 푸른 강물에 꽃잎들이 떼 지어 낙하하는 것도 좋았다. 개화는 언제나 샘물 같은 에너지를 주었다. 꽃잎들의 생성과 몰락, 자애로운 바람과 여일한 강물의 합일, 산야의 푸르른 광채에 그 자신의 육체를, 영혼을 일치시키려고 노력했다. 그것은 서럽고, 기쁘고, 그리고 때로 무궁한 열락의 경이로운 경험이었다.

선명우는 꽃을 따라 북상하거나 남하했다.

구례 산수유축제가 끝나면 진해 군항제, 영취산 진달래축제가 이어졌다. 경상도의 봄빛을 따라가면 고성 공룡축제, 김해 가야문화축제, 하동 차문화축제, 울산 쇠부리축제가 열렸고, 전라도엔 남원 춘향제, 담양 대나무축제, 보성 다향제, 함평 나비축제 등이 열렸으며, 충청, 경기, 강원도에선 음성 품바축제, 이천 도자기축제, 강릉 단오제, 연천 전곡리 구석기축제 등이 열렸다. 그는 발길 닿는 대로 수많은 축제를 훑고 다녔다. 여름 축제도 많았다. 사북 석탄축제, 무주 반딧불이축제, 영월 동강축제, 화천 토마토축제, 충주 호수축제, 통영 한산대첩축제, 괴산 고추축제 등이 여름 축제였다. 가을은 더욱더, 전국이 다 축제의 마당으로 변모했다. 평창 효석문화제에서 백두대간 골골을 쫓아 내려와 낙동 정맥을 우회해, 호남 정맥으로 바꿔 타면 곧 갈대축제가 열리는 순천만에 닿았다. 갈대가 피면 겨울의 시작이었다. 겨울엔 땅끝 해맞이축제, 화천 산천어축제, 대관령 눈꽃축제, 인제 빙어축제, 울진 대게축제 등이 기다리고 있었다.

어디든지 풍경은 너무나도 아름다웠다.

차를 몰고 가다가 강산의 풍경이 너무나 아름다워 눈시울을 붉힌 적도 많았다. 아내와 딸들이 원하는 대로 철 따라 여행을 다녔으나, 지금까지 한 번도 풍경을 제대로 보거나 마음에 담은 적이 없는 것 같았다. 어디에 가든, 아내는 식탁보가 깔려 있지 않은 음식점에선 막무가내 되돌아 나왔고 딸들은 시골 화장실에서 용변을 보지 못했다. 걷는 여행은 무조건 질색이었다. 그는 그래서 여행을 앞두고선 아내와 딸들의 마음에 드는 호텔이나 음식점을 수소문하느라 밤잠도 제대로 잘 수 없었다. 그들에게 여행이란 단지 양식(樣式)으로서의 품격 있는 소비를 뜻했으며, 그 여로에서 소비를 위한 충직한 시종으로만 살았으니, 그는 마음 놓고 그 풍경 안에 들 여유가 없었던 것이었다.

가을에 그는 차의 뒷자리를 넓혔다.

네 식구가 나란히 누워 잘 수 있도록 구조를 고치는 작업이었다. 모든 물품을 고물상에서 조달해 직접 작업을 했다. 짐칸과 좌석 사이의 가림막을 뜯어낸 뒤에 자리를 넓혀 가림막을 새로 설치하는 작업이었다. 겨울 추위에 대비해 함석을 접어서 그 안에 스티로폼을 넣고 지붕을 만들었다. 아늑하고 따뜻해 보였다. "야, 우리도 집이 생겼네!" 신애가 말했다. 그 모든 작업을 그는 철저히 혼자 했다. 동행자들에게 그 모든 게 너무나 경이로운 선물이었으므로, 일하는 것이 너무 좋고 행복했다.

김승민을 위해 휠체어도 살 수 있었다.

전신 마비 장애인을 위한 특별한 휠체어였다. 영취산 진달래 축제가 열리기 직전의 일이었다. 그가 휠체어를 사 온 걸 보고 여자까지 감동해 눈시울을 붉혔다. "저 인간에게는 아저씨가 부처님이에요!" 매일 몇 차례씩 기저귀를 갈아주었고 사타구니를 정성껏 닦아주었다. 욕창이 생기지 않도록 온몸을 알코올 솜으로 닦아주는 일도 게을리하지 않았다.

이것은 사랑인가.

그는 곧 머리를 가로저었다. 김승민을 사랑한다는 생각은 들지 않았다. 불행한 가족사를 겪으면서 떠돌이가 되었으며 한때는 여자를 개 패듯이 패고 산 삐뚤어진 인간이 김승민이었다. 그를 안아 눕히고 씻긴 만큼 그의 육체에 길들여지고, 그래서 어느 정도 정이 들었을지는 모르지만 그가 진실로 좋았던 적은 없었다. 여자와 신애도 크게 다를 게 없었다. 그들을 두고 떠나도 전혀 그립거나 할 것 같지도 않았다. 그런데도 그들을 돌보는 일이 시종여일하게 그냥, 그렇게 되었다. 힘들다거나 귀찮다는 생각은 들지 않았다. '그냥 그렇게 되었다'고 말할 수밖에 없었다. 언제든 떠날 수 있고 그럴 권리도 있었으나, '그냥 그렇게' 그는 그들 곁에 머물렀다.

여수의 영취산 꼭대기로 올라가는 길엔 사방이 모두 진달래 천지였다. 쪽빛 남해와 어울려 그것은 가히 선경이라 할 만했다. 그는 여자와 함께 흥국사 뜰에서 놀을 만났다. 바다도 붉고 산도 붉고 그의 가슴도 붉었다. 모두가 단심(丹心)이었다. 여자가 옆에 서서 슬그머니 그의 손을 잡았다.

"울 아버지…… 아직도 살아 있어요."

여자는 난데없이 아버지 이야기를 했다. "언젠가 티브이에서 우연히 본 적이 있었어요." 그때에도 여자의 아버지는 어느 군소 정당의 명패를 달고 국회의원에 출마했던 모양이었다. 여자는 티브이 화면 속에서 주먹을 불끈 쥐고 뭐라고 떠들고 있는 아버지를 한참이나 보았다고 했다. "그런데요, 아무런 감정도 들지 않는 거예요. 심지어 밉다는 생각도 들지 않았어요. 그냥, 완전히 남 같았어요. 어떤 연속극에서 핏줄은 무조건 당기는 거라는 말을 들은 일이 있는데, 다 뻥…… 이라고 봐요. 하나도 안 당기던걸요. 아저씨는……." 무심히 말하다 말고 그녀는 얼른 입을 다물었다. 아마도 여자는 당신에게도 핏줄이 있느냐, 당기지 않느냐고 묻고 싶었을 것이었다. 그의 이력에 대한 건 그들 사이에 여전히 금기어였다.

"어떤 아저씨가 그랬어요."

여자가 얼른 말머리를 돌렸다.

"사람이 죽어 한을 남기면 그것이 모두 놀이 된대요. 놀빛이 붉으면 붉을수록 죽은 사람들의 한이 많다는 뜻이래요. 나는요, 죽으면 아주 시뻘건 놀이 될 거예요."

그는 가만히 있었다.

여자는 공연한 걱정을 하고 있었다. 아내와 아이들을 생각하는 게 아니라 그는 소금 더께에 코를 박고 죽은 아버지를 눈에 그렸다. 아버지의 혼백이야말로 아주 붉을 것이라고 그는 상상했다. 진달래 붉은 물이 놀과 교접해 먼바다까지 일구월심 번져나가는 중이었다. 여자의 손에서 붉은 땀이 만져졌다. 장엄한 제례의 너른 마당에 와 있는 것 같았다.

물론 길에서 떠돌며 좋은 일만 있었던 건 아니었다. 시골 장터에서 낯선 청년들에게 몰매를 맞은 일도 있었고, 트럭에 실은 물건을 몽땅 빼앗긴 적도 몇 번이나 있었다. 차가 비탈길로 구르는 위태로운 순간도 있었다. 그러나 대체로 무난한 세월이었다.

몇 년 후, 강경에서 새 가족을 맞아들이기도 했다.

강보에 싸인 갓난아이가 채운산 기슭에 버려져 있었다. 원래는 고아원이었다가 양로원으로 바뀐 줄도 모르고 누가 그 건물 앞에 갓난아이를 버린 것이었다. "내 동생 하고 싶어!" 신애가 말했다. 이의를 다는 사람은 없었다. 신애와 짝 맞추어 이름을 지애라고 지었다.

예전의 삶이 부랑이었다면 그즈음의 삶은 유랑이었고, 자유였고, 자연이었다. 그것이야말로 역시 참된 단맛이었다. 누가 인생에 대해 묻는다면 그는 말할 참이었다. "인생엔 두 개의 단맛이 있어. 하나의 단맛은 자본주의적 세계가 퍼뜨린 바이러스에 감염된 상태에서 빨대로 빠는 소비의 단맛이고, 다른 하나는 참된 자유를 얻어 몸과 영혼으로 느끼는 해방감의 단맛이야." 그가 얻은 결론은 그랬다. 이가 썩어가기 마련인 단맛에서 새로운 생성을 얻어가는 단맛으로 그 자신의 인생을 극적으로 뒤바꾼 것이었다.

그는 그 자신이 마침내 강물이 됐다고 느꼈다.

아버지를 찾아 하루 150리가 넘는 길을 걸었던, 그리하여 멀고 흰 강의 꿈을 꾸었던 오래전부터 시작된 잠재적인 욕망의 실현이었다. 사랑이, 자유가 왜 강물이 되지 못하겠는가. 겉으로는 흐르는 삶이었지만 속으로는 진실로 머물렀다고 자주 느끼기도 했으며, 그래서 그는 머무르고 흐르는 강이 된 자신이, 아주 자랑스러웠다.

쓴맛 – 인생

고등학교 시절에 선명우는 세희와 간간이 편지를 주고받았다. 그녀는 강경에서 고등학교를 마치고 서울에 올라가 있었으며 그는 대전에서 고등학교를 다니고 있었다. 청계천 어디에서 봉제 관련 일을 한다고 했다. 대학에 입학한 뒤에 그가 제일 먼저 한 일은 그녀의 주소지를 찾아간 일이었다. 그러나 세희는 편지에 쓰인 주소지에 살고 있지 않았다. 그녀가 머물던 강경의 젓갈 상회에 들러봤지만 그 집에서도 모른다고 했다. "싸가지 없는 년이지, 한번 내려와보곤 연락조차 없다!" 그녀의 당숙네는 말했다.

선명우가 세희와 재회한 건 대학 3학년 때였다.

고향에 내려갔다 올라오며 젓갈 상회에 들렀더니, 그녀의 당숙네가 구겨진 편지 하나를 내주었다. 주소는 마포구 공덕동으로 되어 있었다. 전화번호는 모른다고 했다. 주소지로 직접 찾아가는 수밖에 없었다.

가을이 깊어지고 있었다.

공덕동 만리재엔 봉제 공장이 많았다. 낡은 구옥(舊屋)들과 새로 지은 다가구주택들이 다닥다닥 붙어 있는 달동네였다. 공덕동 로터리에서 버스를 내려 만리재로 올라갔다. 가진 건 젓갈 상회에서 적어 온 세희의 주소뿐이었다. 현대식 아파트들이 줄지어 선 마포 일대에 비해, 그곳의 풍경은 도장병에 걸려 부스럼이 마구 번지는 시골 아이의 머리통처럼 지저분했다. 공장이라고 하기에도 민망한 수준이었다. 낡은 주택이나 다가구주택 1층을 빌려 새로 디자인된 옷을 하청받아 만드는 가내수공업 수준의 봉제 공장들이 좁은 골목을 끼고 연이어 자리 잡고 있었다. 공장이라기보다 소규모 재봉업이라고 해야 옳을 터였다.

그는 언덕 꼭대기쯤에서 겨우 주소지를 찾았다.

공덕동 로터리와 마포 일대는 물론 아현동 언덕까지 한눈에 내려다보이는 지점이었다. 금방이라도 주저앉을 것 같은 낮은 기와집이 비탈길에 자리 잡고 있었다. 방을 터서 하나로 합친

기와집 1층은 길보다 오히려 조금 낮았다. 기와집 추녀와 맞대고 자란 플라타너스 그늘이 짙어서 한낮인데도 형광등을 켜놔야 하는 곳이었다. 얼룩이 많은 유리창 안쪽, 재봉틀과 재봉틀 사이에서 때마침 여자 셋이 이마를 맞대다시피 한 채 자장면을 먹고 있었다.

그는 잠시 서서 가쁜 숨을 골랐다.

2시가 넘었으니 늦은 점심이었다. 얼굴이 보이는 두 명의 여자는 열대여섯이나 됐을까. 소녀티 가시지 않은 얼굴이었고, 창을 등지고 앉아 자장면 그릇에 코를 박고 있는 여자는 머리를 정수리로 올려 모아 질끈 동여맨 모습이었다. 플라타너스 잎들이 비탈길을 휩쓸고 내려갔다. 자장면을 다 먹고 돌아선 여자와 눈이 마주친 것은 잠시 후였다.

세희 누나야.

그는 중얼거렸다. 어찌 그녀를 알아보지 못하겠는가. 그러나 여자는 그가 누구인지를 알아보지 못하는 듯했다. 낯선 남자가 안을 들여다보는 게 기분 나빴던지 여자는 이내 커튼을 닫아 그의 시선을 차단했다.

"저예요, 명우!"

그가 손짓을 했을 때는 이미 커튼이 닫힌 다음이었다.

할 수 없이 현관으로 내려가 문을 두드렸다. 어린 소녀가 먼저 나왔고, 소녀의 전언을 듣고서야 세희가 나왔다. 앞섶에 실밥이 잔뜩 묻어 있었다. 젓갈 상회 발효실에서 보았던 올이 빠진 메리야스 앞섶이 겹쳐 떠올랐다. 햇빛이 비스듬히 내려와 그녀의 얼굴을 정면으로 비췄다. 그녀는 눈을 깜박이다가 햇빛을 가리려고 손차양을 했다.

"저예요, 세희 누나. 선명우!"

"명……우? 선명우?"

그녀의 손과 그의 손이 동시에 앞으로 나갔다.

잠시 말문이 막혔다. 햇빛을 등진 그는 그녀의 눈을 보았지만 햇빛을 정면으로 받고 선 그녀에겐 그의 눈이 보이지 않을 터였다. 그들은 손을 잡은 채 옆 걸음으로 돌았다. 햇빛이 이번엔 그의 얼굴로 왔다. "너, 많이 컸다, 애!" 그녀가 남자처럼 그의 어깨를 툭툭 두들긴 다음 활짝 웃으면서 말했다. 지난 계절에도 만난 일이 있는 것처럼 담백하고 활달한 목소리였다.

그는 틈나는 대로 공덕동에 들르곤 했다.

데이트를 할 시간이라곤 한밤뿐이었는데, 그나마 밤새워 재봉틀을 돌려야 하는 날도 많았다. 그녀는 다른 두 명의 처녀와 함께 작업실 2층, 다락과 같은 방에서 살았다. 다른 처녀들이 잠든 다음에 그녀 혼자 재봉틀을 돌릴 때도 있었다. "무슨 일이 그리 많아?" 그가 볼멘소리로 물으면, "이게 시간 차 싸움이거든. 유행이라는 게 재빨리 지나가잖아. 새 옷본이 나오면 즉각 완성해 금방 팔아치워야 돼. 그래도 애, 여기서 나, 사장이란다. 지금은 하청받아 하지만 조만간 내가 그린 옷본의 옷으로 승부를 한번 걸어볼 거야!" 그녀는 대답했다. 언제 들어도 씩씩한 목소리였다.

그녀는 청계천에서 3년을 살았다고 했다.

처음 1년은 재봉사 보조로 살았고 나머지 2년은 재봉사로 살았다. 낡은 빌딩 좁은 방에서 먹고 자면서 하루 열몇 시간씩 일하던 그 시절이 "즐거웠다"라고 그녀는 회상했다. "그 시절은 밥보다 아마 실밥을 더 많이 먹었을걸." 그녀는 키긱, 웃었다. 주말엔 짬짬이 디자인도 익혔다고 했다. "천을 가져다가 이리저리 가위질해서 미싱을 돌리면 새 옷이 나와. 미싱을 돌릴 때면 멋진 처녀가 그 옷을 입고 사랑하는 사람을 만나러 가는 상상을 하지. 그럼 덩달아 가슴이 막 두근거려. 옷이 완성되면 뭐랄까, 날개를 단 기분이야."

그녀는 주문이 많아 늘 바빴다.

데이트라고 해야 재봉틀을 돌리는 그녀 곁에서 잔심부름을 하거나 대거리를 주고받거나 하는 게 고작이었다. 열여섯, 열일곱 살짜리 처녀 두 명은 그의 굼뜬 짓에 자주 까르르르 웃어주었다. 특히 자장면을 시켜 넷이서 둘러앉아 먹을 때가 제일 좋았다. 세희는 작업실을 벗어나는 일이 거의 없었는데도 불구하고 세상 돌아가는 일은 그보다도 더 잘 알아 최신 유행의 우스

갯말까지 뚜르르 꿰고 있었다. 그녀의 우스갯말에 먹던 자장면을 내뿜은 적도 여러 번이었다.

그녀는 꿈이 참 많았다.

한번은 '나의 꿈 백 가지'라고 적힌 그녀의 노트를 보기도 했다. 디자이너로 성공하는 것과 관련된 꿈도 더러 있었지만 그것과 전혀 상관없는 꿈도 많았다. 이를테면 '러시아 발레단의 〈호두까기 인형〉을 보고 나와 소프트아이스크림 사 들고 거리를 걸으면서 먹기'도 있었고, '이층집 장만해 장난감을 잔뜩 진열해놓은 장난감 방 만들기'도 있었으며, '마당에 도라지 키우기' '내 책 한 권 출판하기' '자전거로 전국 일주하기' '대학생 돼서 미팅하기' 같은 것도 있었다. 슬픈 꿈은 '속옷은 한 번 입고 버리기'였고 아름답고 유장한 꿈은 '좋아하는 친구와 남해 해안을 따라 한 달 걷기'였다. '사랑하는 사람과 젓갈집 발효실에서 여름 한나절 나기'라는 꿈은 그 자신과의 추억을 염두에 두고 썼을 것이었다. 그녀도 젓갈 상회에서의 그날 밤을 잊지 못하고 있다는 걸 그는 그것으로 알았고, 그래서 가슴이 뭉클해졌다.

그 무렵 그는 한 여자의 구애를 받고 있었다.

김혜란이었다. 혜란은 군대에 가기 전 잠깐 사귀는 둥 마는 둥 하다가 헤어졌는데, 복학한 뒤에 다시 만났다. 대학 후배였지만 복학 이후엔 그녀가 한 학년 위였다. 그녀는 자주 그의 자취방에 왔다. 햇빛도 들지 않는 반지하 좁은 방이었다.

혜란은 그의 방과 조금도 어울리지 않았다.

"이런 작은 방에서 사람이 사는 것 처음 봐." 그렇게 말하기도 했다. 그녀는 화려하게 입었고 비싼 백을 들었다. 가난한 사람을 가까이 본 일 없어서 그의 사는 모습이 "영화 보는 것처럼" 신선하다고 했다. 골목 어귀에서 멋진 남자가 운전하는 자가용에서 내리는 그녀를 본 일도 있었다. 누구냐고 물으니까 "미팅에서 만난 애인데, 어찌나 나를 쫓아다니는지 자가용 기사처럼 부려먹고 있어"라며 깔깔대고 웃기도 했다. 정말 "기사처럼 부려먹기"만 하는지는 알 수 없었다. 남자와 차 안에서 끌어안는 장면도 본 적이 있었다. "내가 만나는 애들 중에 선배가 최악으로 구지레한데, 왜 자꾸 이 구질구질한 방으로 오는지 나도 나를 모르겠어." 그녀는 말했고, "하기야, 좋은 자가용 타고 와 꼬리 치는 놈들은 다들 대동소이해. 우리 집 백그라운드 보고 덤비는 머저리들까지, 그것들은 언제나 뻔한 말, 뻔한 짓을 하거든. 선배는 걔들하고 달라. 뭐랄까, 다른 냄새가 나. 어떤 향기 같은 건데." 그녀는 덧붙였다.

혜란네 집은 큰 섬유 회사를 운영한다고 했다.

본가는 대구였다. 그녀의 소유로 된 백마도 있었다. "말 이름

이 무산이야. 할아버지가 지은 이름이야. 할아버지 고향이 함경
도 무산인데 무성한 산이라는 뜻이래. 웃기지?" 그녀에게선 늘
무성한 산에서나 풍겨 나옴 직한 싱싱한 에너지가 느껴졌다. 두
손으로 잡았을 때, 손안에서 요동치는 강력한 파장 때문에 다시
놓칠 수밖에 없는 물고기 같았다. 희끄무레한 형광등 불빛 아래
에서 마주 보고 앉아야 더 다정한 기분이 나는 세희와는 대조
적인 느낌이었다.

딱 한 차례 깊은 관계를 가진 일이 있었다.

술에 취한 상태였고, 혜란의 적극적인 몸짓도 일을 도왔다.
그녀만 가진 젊고 싱싱한 에너지에 충동적으로 이끌린 것도 사
실이었다. 그러나 아침에 그는, 그녀와 관계를 맺은 걸 크게 후
회했다. 좋은 선후배로 지냈으면 더 좋았을 사이였다. 그날 이
후엔 자취방에서 둘만 있게 되는 상황이 무엇보다 부담이 되었
다. 찾아오면 얼른 그녀를 데리고 거리로 나오는 수밖에 없었
다. 집에 없는 척 문을 열어주지 않고 버틴 적도 있었다.

"뭐가 생겼어?"

혜란은 물었고, "뭐라니?" 그가 반문했다.

"여자 같은 것. 전에 비해 달라진 느낌이거든. 내 말 맞지?" 그
에게 둘러대는 순발력 같은 건 없었다. "여자 아냐. 그냥, 고향
의 어떤 누나를 얼마 전에 만났어." "누나라, 맞네. 선배에겐 좀
고전주의풍이랄까, 그런 게 있어. 옛날 옆집 살았던 누나를 사

랑할 캐릭터!" "건너짚지 마. 그런 거 아니야." "뭐하는 여자인
데?" "……재봉사야." "재봉사? 후훗, 겨우?" 그녀는 노골적으로
비웃었다. "그렇게 말하지 마. 네가 입고 있는 옷도 재봉사의 손
을 거친 거야." "촌스럽게, 직업은 귀천이 없다고 말하지는 마.
그 여자 때문에 내 손길을 피하는 선배가 한심하고 불쌍해서
그래. 내가 겨우 재봉사와 경쟁해야 된다는 게 말이 안 돼서. 자
존심 상해!" 그녀는 심한 모욕감을 느낀다는 듯 몸을 한차례 부
르르 떨었다.

겨울이 재빨리 다가왔다.

눈이라도 내리면 공덕동 언덕배기는 눈썰매장처럼 길이 미
끄러웠다. 좁은 골목은 눈이 잘 녹지도 않았다. 찬바람이 날마
다 불었다. 세희의 작업실에는 작은 연탄난로가 하나 놓여 있었
다. 그래도 작업실은 추웠다. 그녀는 밤새워 재봉틀을 돌리고,
그는 난로 옆에서 밤새워 공부를 하거나 책을 읽었다. 연탄난
로 위에 감자나 고구마를 굽기도 하고 라면을 끓여 먹기도 했
다. 쉬지 않고 재봉틀을 돌려야 했기 때문에 그녀의 손은 언제
나 차디찼다. 그는 그녀의 언 손을 잡아당겨 비벼주거나 입김을
불어 녹여주었다. 그녀의 손은 흉터투성이였다.

"미싱 바늘에 찔려서 그래."

그녀는 얼굴을 붉히며 말했다.

그날은 크리스마스이브였다.

전날 내린 눈이 녹지 않아 만리재 비탈길은 미끄럽기 그지없었다. 조심하며 걸었는데도 두 번이나 나뒹굴며 땅바닥을 짚는 바람에 세희의 작업실에 도착했을 때는 셔츠의 옆구리가 터져 있었고, 손바닥에는 피가 배어 있었다.

"그러게 뭐하러 예까지 와?"

눈을 하얗게 흘기고 난 그녀가 소독을 한 뒤 손을 싸매주었다. 엄마 같은 모습으로 셔츠 옆구리를 꿰매주기도 했다. "내가 순발력이 좋아 이 정도지, 누나가 넘어졌으면 팔이 부러지거나 했을 거야." 그는 말했고, "피, 너보다는 내 순발력이 낫지. 이래 봬도 손으로 벌어먹고 사는 사람인데." 세희는 파리하게 웃었다. 어조는 늘 걸걸하고 활달했지만 그 무렵의 그녀는 영락없이 먼지 낀 형광등 닮은 창백한 안색을 하고 있었다.

작업실엔 그녀 혼자뿐이었다.

"크리스마스이브인데, 어떻게 애들을 붙잡아놓을 수가 있겠니." 세희의 목소리는 명랑했다. 새로 나온 옷이 갑자기 넘어와 백 벌의 스커트에 지퍼를 달고 역시 백 벌의 블라우스에 단추를 다는 일을 적어도 아침까지 끝내야 한다는 것이었다. "단추라면 나도 뭐 달 수 있는데." 그가 말하자 그녀는 냉큼 손을 저었다. "단추라고, 뭐 아무나 할 수 있는 일이 아니다. 얼굴 봤으

264

니 넌 그만 가봐. 크리스마스이브잖아. 애인이 없는 거니 돈이 없는 거니. 좋은 날인데, 여긴 대체 뭐하러 와?" "나 누나랑 데이트하러 왔는데." "돈 없으면 데이트 비용 내가 대줄게. 명동이나 이런 데 나가서 예쁜 여자 친구 불러 함께 놀아." "여기서 누나랑 함께 있는 게 나는 젤 좋아. 이럴 줄 알고 내가 케이크 사 왔어. 예수님 나이를 몰라서 초는 한 자루만 가져왔네!"

때마침 라디오에서 캐럴이 흘러나왔다.

밤이 재빨리 깊어졌다. 늦은 저녁으로 라면을 끓여 먹고 케이크에 초를 꽂았다. "다음 크리스마스이브엔 너한테 진짜 멋진 선물을 해줄게!" 촛불을 불어 끈 다음 그녀가 꾸러미 하나를 수줍게 내밀었다. 짧은 휴식 시간마다 한 코 한 코 그녀의 손으로 직접 뜬 스웨터와 목도리였다. "어! 나도 사실은 누나 머플러를 한 장 사 왔는데." 그가 산 것은 붉은 머플러였다. "돈 없는 애가 뭐하러 이런 걸 사 와?" 하면서도 그가 사 온 머플러를 두를 때 그녀는 아주 행복해 보였다. 눈발이 날리는 게 창 너머로 보였다. 화이트 크리스마스였다.

"눈이 허리까지 내리면 좋겠네!"

그가 말했고, 그녀는 그의 어깨를 툭 쳤다.

"얘는…… 조금만 눈이 쌓여도 오가기 어려운 길인데, 허리까지 눈이 오면 외출 보낸 우리 애들 어떻게 돌아오라고 그런 악담을 하니."

"악담 아냐!"

"악담이에요!"

"아니래도 그러네. 눈 많이 쌓이면 여기가 고도(孤島)가 될 거니 좋잖아. 몇 날 며칠, 누나하고 둘이만 있게 될 거고. 강경 젓갈 상회에서 우리 둘이 발효실에 하룻밤 갇혔던 거 잊었어?"

"그걸…… 어찌 잊겠니."

"눈이 갇히면 그날로 돌아가는 셈이 돼."

"까불지 마. 낼 아침엔 이 옷들 청계천으로 다시 보내야 해. 나는 있지, 내가 그리고 재봉한 옷을 입은 여자들이 크리스마스 파티에서 멋진 남자들과 춤추고 노는 상상을 해봐. 세상의 모든 여자들이 맘에 드는 남자를 사로잡을 수 있는 옷을 만드는 게 내 꿈이야. 우리, 더 열심히 일해야 돼. 젓갈집 발효실 따위는 잊어. 그런 고도로 다시 돌아가기 싫어. 나는, 네가 세상의…… 중심…… 으로 들어가는 걸 보고 싶어!"

"누나와 함께 가는 중심이 아니면, 싫어!"

"어린애 같은 소리. 할머니 돌아가셨을 때, 네가 유일하게 내 곁에서 할머니의 주검을 지켜줬어. 우리는 그날 밤 세상으로부터 아주 먼 진짜 고도에 있었던 거야. 그해 여름 150리 뙤약볕 길을 혼자 걸었던 너의 그 길도 그렇잖니. 생각하면, 그게 다 고도였어. 그러니 잊지 마, 너는 더 이상 그런 고도에 갇혀 있으면 안 돼!"

266

그녀는 다시 재봉틀을 밟기 시작했다.

연탄난로 앞에 앉아서 그는 재봉질에 열중한 그녀를 오래오래 바라보았다. 그녀 곁에서 밤새워 블라우스 단추를 달고 싶었다. "더 늦지 않게, 가봐!" 그의 시선을 느꼈는지 그녀가 말했다. "버스 끊긴 지 한참 됐어. 지금 쫓아내면 나 눈 속에서 얼어 죽을 게 뻔해. 누나가 책임질 수 있어?" "배고프면 거기, 고구마 구워 먹어!" 그녀는 오로지 재봉틀 바늘만을 보고 있었다. 일에 푹 빠져 아주 경건하고 단아한 표정이었다.

"누나의 지금 모습, 어떤지 알아?"

"어떤데?"

"기원전부터 재봉틀을 돌려온 사람 같아."

그녀는 환히 웃었다. 입술 끝에 실밥이 한 올 달려 있었다. 오래전 젓갈집 발효실에서 보았던 메리야스의 올 풀린 실밥이 다시 오버랩으로 떠올랐다. "나는 일하는 게 좋아!" 그 말은 실밥이 좋아, 라는 말처럼 내게 들렸다. "나도 공부 때려치우고 누나 밑에서 재봉질이나 배울까 봐." "실없는 소리 그만하고 거기, 고구마나 구워 먹으래도!" 눈은 오다 말다 했다. 때때로 창 너머 가득, 분설이 날렸다. 그는 은박지에 싸서 구운 고구마의 노릇한 살을 한 점씩 떼어 입김으로 호호 식힌 뒤, 그녀의 입에 넣어주었다. "맛있지?" 그가 물었고, "응. 맛있다!" 그녀는 재봉질을 계속하며 고개를 끄덕였다. "자아, 물……." 하면서, 물도 먹여주

267

었다.

"물도 맛있지?"

"응. 물도 맛있네!"

자정이 넘었으나 할 일은 반 이상이 남아 있었다.

"화내지 말고 내 말 들어, 누나. 누나 혼자선 아침까지 일을 절대 못 끝내. 블라우스 단추는 내가 달 테니 바늘을 줘. 이래 봬도 나 손재주 많은 사람이야. 혼자 살면서 셔츠 단추도 많이 달아봤어. 누나보다 나을지 몰라."

"얘가, 공부 좀 했다고 뭐든지 되는 줄 아네."

그녀는 또 웃었다. "시켜보고 잘하면 있지, 단추 다는 일만 앞으로 내게 하청을 줘." "그럼……." 마지못해 그녀가 단추 다는 걸 가르쳐주었다. 단순한 일이었다. 그녀에게 배운 대로 단추를 달기 시작했다. 실밥을 입으로 끊다가 잘못해 삼키는 일도 있었는데, 그 경험은 그를 더 행복하게 했다. 우린 동행자야, 라고 생각했다. 만약 사랑이 어디에서 오는 거냐고 누가 물으면, 실밥을 함께 먹는 일에서 온다고 말하고 싶을 정도였다.

크리스마스이브가 아닌가.

더러는 예배를 보고 더러는 술에 취해 폭죽을 터뜨리고 또 더러는 어두운 카페의 구석 자리에서 사랑하는 이의 귓속에 뜨거운 고백을 쏟아 넣을 시각이었다. 그러나 그는 그녀와 함께, 세계로부터 완전히 분리되어 있었다. 그게 좋았다. 밤은 한없이

고요했고, 흰 눈에 싸인 세상은 사람살이 자취조차 가뭇없이 지워진 순백이었다. 수백 광년 떨어진 눈 내리는 어느 작은 별에 와 있는 듯했다. 지구로 귀환하기 위한 절실하고 경건한 미션을 수행하고 있는 것 같았다. 그녀가 스커트에 지퍼를, 그가 블라우스에 단추를 다 달면 마침내 지구로 귀환할 우주선이 날아와 문밖에 대기하게 될 터였다.

그녀가 지퍼 일을 끝낸 건 거의 새벽이었다.

블라우스 단추를 그가 50벌쯤 달았을 때였다. 어디에선가 새벽 종소리가 들려오고 있었다. "내가 미쳤지, 성탄 전야에 귀한 대학생한테 밤새 블라우스 단추나 달게 하다니. 어디 애, 손 좀 줘봐!" 그가 종종 그랬듯이, 이번엔 그녀가 다가와 바늘을 든 그의 손을 모아 잡았다. "손이 얼음장이구나. 불이라도 쪼이면서 하지 않고!" 그녀가 하얗게 눈을 흘겼고 그는 고개를 저었다.

"나보다, 누나 손이 더 얼음이네!"

새벽바람이 불고 있었다.

그들은 그렇게 손을 맞잡고 그들의 '고도'에 서 있었다. 낡은 창틀이 다르르 떨 때 분설이 뽀얗게 창을 가렸다. 그가 그녀의 손을 와락 잡아당겨 자신의 가슴 속 맨살에까지 집어넣은 것은 그 순간이었다. 그의 가슴살에 닿은 그녀의 손가락들이 어린 게의 발가락처럼 귀엽게 오므라들었다. 손을 빼내려 했지만 그가 워낙 단단히 잡고 있어 그녀로서는 속수무책이었다.

"그냥 있어, 누나!"

떨리는 목소리로 그가 말했다. "……젓갈집 발효실에 갇혔을 때, 누나가 내 손을 잡아당겨…… 이렇게…… 가슴으로 덥혀주었어. 신세 갚는 거야. 그러니 누나, 가만히 있어!" 그녀의 손에 깃든 냉기가 그의 가슴살로 스며들어왔고, 그의 가슴 속 맨살의 온기가 그녀의 손바닥으로 스며들어갔다.

"네 가슴, 난로 같아……."

귓불이 붉어진 그녀가 말했고, 내 붉은 심장이 거기 들어 있으니까, 라고 그가 속으로 화답했다. 어느 교회당일까, 새벽 종소리의 긴 여운이 막 자지러들고 있었다. 창유리가 성큼, 밝아졌다.

아침이 왔을 때, 자취방으로 돌아온 명우는 골목 어귀에 차 한 대가 정차해 있는 걸 보았다. 혜란이었다. "재봉사하고 밤새우고 오는 거지?" 그녀가 물었다. 옥양목처럼 표백된 얼굴이었고, 눈은 잔뜩 충혈되어 있었다. 그를 기다리며 길에서 밤을 새운 게 틀림없었다.

"여, 여기서…… 밤을?"

그녀의 시선을 피하면서 그가 간신히 말했다.

"너 같은 인간 때문에 내가 밤을 새웠을 것 같아? 크리스마스이브에?"그녀는 소리쳤고, 이어서 그에게 줄 생각으로 가져온 선물 상자를 그 앞에서 미친 듯이 찢어발기기 시작했다. 명품으로 알려진 가죽 재킷과 목도리였다. 잘 찢어지지 않으니까 그를 몰아세워 방으로 들어온 뒤 칼을 찾아내기까지 했다. 가죽 재킷과 목도리가 수백의 조각으로 발기발기 찢어졌다. "내가 지금 찢어발기고 싶은 게 단지 이 재킷이랑 목도리뿐이라고 생각해?" 찢어진 그것들을 휘이휘이, 천장으로 날리며 그녀는 말했다. 그의 머리와 어깨 위로 수백의 가죽 조각들이 눈처럼 떨어져 내렸다. "이 모욕감, 절대로 잊지 않을 거야. 그리고 절대로, 널 자유롭게 그냥 떠나보내지도 않겠어!"

그녀의 눈에서 푸른 섬광이 마구 쏟아져 나왔다.

이틀 후 1978년 12월 27일, 박정희 대통령이 제9대 대통령으로 취임했다. 통일주체국민회의 대의원들이 여름에 장충체육관에 모여 대의원 2583명 중 2577명의 찬성으로 뽑아놓았던 대통령이었다. 계룡산 어느 암자에 피신해 있던 친구 '대발이'가 뜨내기 스님의 제보로 붙잡혀 수감되던 날이기도 했다. 함께하던 문학 동아리의 회장 출신 친구였다. 아는 사람들이 많아 별명이 대발이였다. 동아리 해산명령에 불응하여 시험 거부 연판장을 돌리다가 긴급조치 위반죄로 수배된 대발이는 처음 며칠 그의 자취방에 숨어 있었다. 학교 출석을 거부하기만 해도 영장 없이 구금되던 시절이었다. 동아리 친구들을 하나씩 수색해오는 기미가 포착되고 나서, 고향 어디로 피신해 간다고 서울을 떠난 지 두 달 만의 일이었다.

대발이의 입에 그의 운명이 걸려 있었다.

시를 가리켜 불의와 맞서는 '예지의 칼'이라고 늘 부르짖던 대발이였다. 시를 지향하는 동아리 회원의 대부분은 소심하고 나약해서 사실 시위 전력도 전무했다. 그들은 이를테면 광장을 등진 어둔 골방에서 겨우, 그러나 눈물겹게 은유의 미학을 배우는 그룹이었다. 어떤 친구는 닭장에 갇힌 닭에 대해 시를 썼고 또 어떤 친구는 사막의 목마름에 대해 시를 썼다. 그 역시 겨우 '소금 창고'의 어둠에 대해 시를 썼을 뿐이었다.

대발이의 시에서만 '혁명'이라는 말이 나왔다.

혁명을 위한 혁명도 아니었다. 시의 제목은 〈부엌의 혁명〉이었고, 재래식 부엌의 비인간적이고 여성 폭압적인 구조는 혁명적으로 바꾸어야 한다는 내용이었다. 역시 은유의 학습에 불과했다. 그러나 은유 때문이 아니라, 단지 '혁명'이란 단어 때문에 그것은 단번에 문제를 일으켰다. 볼품없었던 동아리가 갑자기 화제로 떠올랐고, 대발이는 그 바람에 더 적극적인 발언자 그룹에 편입됐으며, 마침내 수배자 신세로까지 나아갔다. 그의 자취방에 숨어 있었다고 대발이가 자백하고 말면, 그 역시 수배자를 숨겨준 죗값을 호되게 받아야 할 터였다. 그것만으로도 출교 조처는 물론 유기징역형을 받을 수도 있었다. 새해가 오는 그 시점에도 그는 그래서, 희망은 고사하고 매 순간 불안한 나날을 보내야 했다. 거의 매일 만리동 고갯길을 걸어 세희에게 간 것도 그런 불안이 있었기 때문이었다. 자취방에 있으면 금방이라도 형사가 문을 열고 들이닥칠 것 같았다.

결말은 그러나 다른 곳에서 삽시간에 찾아왔다.

새해 첫날 오후였다. 함께 일하는 처녀 둘은 고향에 내려보낸다고 했으니, 혼자 남아 있을 세희를 위로할 겸 만리재 작업실에 갔을 때였다. 미행이라도 했던 것인지, 그가 도착하고 잠시 후 혜란이 불쑥 작업실 문을 열고 들어선 것이 사달의 시작이었다. 혼자가 아니라 젊은 청년과 동행이었다.

"이 여자야, 그 불쌍한 재봉사가?"

세희를 향해 턱짓을 하며 혜란은 다짜고짜 말했다.

세희는 그에게 주려고 막 인스턴트커피를 타고 있던 참이었다. "더러워. 도대체 어디 엉덩이 붙이고 앉을 데가 없네." 여기저기를 둘러보면서 혜란이 덧붙였다. "어떻게…… 여기를……." 그가 말하는데, 이번엔 혜란과 동행해 온 청년이 불쑥 끼어들었다. "나, 혜란의 오빠요!" 닮은 얼굴이 청년의 말이 사실이라는 걸 뒷받침해주었다.

"혜란이가 집을 나왔어요."

청년은 말했다. "형씨 때문이오." 혜란에겐 세 명의 오빠가 있었다. 청년은 그녀의 막내오빠였다. 잘생긴 청년이었고 눈빛도 나쁘지 않았다. 오히려 오만하게 구는 혜란을 말리고 싶은 눈치였다. "얘가 오늘 아침에 갑자기 결혼을 곧 하겠다고 해서요." 청년의 짧은 말들을 종합해보면, 혜란은 온 가족이 모여 있는 새해 첫날 아침 식사 자리에서 난데없이 "결혼을 곧 하겠다"면서, "허락해주지 않으면 집을 나가겠다"고 폭탄선언을 했던가 보았다. 첫날을 의미 있게 보내자며 온 가족이 서울 별가 식탁에 둘러앉아 있을 때였다.

"집안이 발칵 뒤집혔지요."

청년이 계속 말했다.

혜란의 아버지는 섬유 회사 오너로 아주 보수적인 대구 사람이었다. 유난히 딸을 사랑해 그 집안 전체에서 아버지의 마음을 움직일 수 있는 사람은 혜란이밖에 없다고들 했다. 그런 딸이 아무런 예고도 없이 갑자기 결혼하겠다고 나섰으니, 아무리 애지중지해왔을지라도 금방 오냐, 하고 받아들였을 리가 없었다. 그녀의 아버지는 펄쩍 뛰었고, 그에 맞서 혜란 역시 펄펄 끓었던가 보았다. 아침 식사 자리도 그로써 엉망진창이 됐다고 했다. "얘가 원래 경망한 데가 있지만, 알고 보니 뭐, 얘도 형씨와의 관계에서 그럴 만한 사연이 있었더라고요. 가방 들고 나오는 얘를 내가 쫓아 나왔어요. 확인할 것도 있고 해서요. 그래서 묻는 건데요, 이 아가씨하고 형씨…… 무슨 관계입니까." 청년이 말의 아퀴를 짓듯이 다잡아 물었다.

세희가 그때 커피를 내왔다.

혜란의 이마가 와락 찌푸려졌다. 오랫동안 사용해온 커피 잔이었다. 어떤 커피 잔은 주둥이 볼살이 살짝 떨어져 나갔고 어떤 커피 잔은 손잡이에 털실 물감 얼룩이 묻어 있었다. "앉아서 말씀들 하세요"라고 말하면서, 세희는 앉을개가 동그란 간이 의자를 청년 앞에 가져다주었다. 그녀는 짐짓 무심한 얼굴이었고, 어떤 말이든 그들의 대화에 끼어들지 않겠다는 단단한 의지를 은연중 드러내 보이고 있었다.

"난 원두 먹지, 이런 커피 안 마셔!"

혜란이 커피 잔을 들어 커피를 잔 받침에 쏟아버린 건 바로 그때였다. 커피 잔은 재봉틀대 위에 올려져 있었다. 잔 받침에서 넘쳐 나온 커피가 재봉틀대를 쓰다듬고 흘러나와 그 아래 놓인 하얀 실타래로 주르륵 쏟아졌다. 세희가 무릎을 꿇은 듯한 자세로 얼른 실타래를 주워 들었다.

"그까짓 거, 실값 물어줄게!"

혜란이 말했고, 세희의 눈에서 순간 슬픔과 분노가 뒤섞인 어떤 섬광이 반짝했다. "아, 미안해요. 얘가 워낙 성격이 좀 그래서……." 사과를 한 것은 청년 쪽이었다. 세희가 말없이 간이 개수대 앞으로 가 커피에 젖은 실타래를 물에 씻었다. 그렇게 해봐도 소용이 없다는 걸 알면서 하는 짓이었다. 가슴속에서 슬픔이 더 확장됐다.

"단도직입적으로 말할게요!"

청년이 말을 이었다.

"두 분이 무슨 관계든지, 이것은 알아야 할 것 같아서요. 얘가, 그러니까 혜란이가요, 임신을 했어요!"

그의 머릿속에서 폭죽이 터져 나왔다.

잘못 들었나 하고 청년을 똑바로 쏘아보기도 했다. 청년은 침착한 성격이었다. "집 나간다는 얘를 따라 나와, 함께 산부인과 전문의에게 진단을 받아보았어요. 사실이에요!" 혜란이 갑자기 울음을 터뜨린 것과, 실타래를 들고 개수대 앞에 서 있던 세희가 웩, 하고 구역질을 하기 시작한 것은 동시였다. 입술을 깨물며 그는 부르르 몸을 떨었다.

그것은 아, 라면 가닥들이었다.

세희의 입에서 라면 가닥들이 쏟아져 나오고 있었다. 섣달 그믐날부터 새해 첫날까지 혼자 재봉틀을 돌리며 계속 라면만 먹었던 모양이었다. "더러워……." 토하면서, 그녀가 그렇게 중얼거렸는지 어쨌는지는 분명하지 않았다. 뜨거운 불바람이 그의 오장육부를 타고 올라와 속수무책으로 눈가를 헤집었다. 그는 비틀, 하면서 재봉틀대를 짚었다. 세희가 토하고 있는 것은 라면이 아니라, 실밥이었다. 그는 그렇게 생각했고 그렇게 느꼈다. 재봉사 보조 때부터 지금까지 먹어온 실밥을 그녀는 새해 첫날 한꺼번에 게워내고 있었다.

결과는 참담했다. 혜란이 그의 자취방으로 따라와 누웠다. 오빠인 청년의 간곡한 설득도 소용없었다. 임신한 그녀의 기분을 상하지 않게 하려고 극도로 조심하면서 그는 그녀를 위해 요리를 하거나 그녀의 속옷들을 빨면서 겨울을 지냈다. 한 주일쯤 후던가, 어찌어찌 만리재로 갔을 때 세희의 작업실은 닫혀 있었고, 한 달쯤 후엔 낯선 사람들이 그곳을 차지하고 있었다. 동아리 친구들이 잇달아 연행됐다는 소식이 들렸다. 소리 없이 사라진 학생회 간부가 여러 명이라고 했다. 토막 살인, 어린이 유괴 범죄도 잇달아 일어났다. 자주 눈이 내렸고, 자주 칼바람이 불었다.

어디에서도 봄이 올 징조는 보이지 않았다.

"봄철의 숲 속에서 솟아나는 힘은, 인간에게 도덕상의 악과 선에 대하여, 어떤 현자(賢者)보다 더 많은 것을 가르쳐준다"고 워즈워스가 말한 그 봄이었다. 그러나 현자인 봄은 꼭꼭 숨어 있었다. 고향에조차 내려갈 수 없었다. 그리고 마침내 형사가 그에게 찾아왔다. 자신의 청춘에 암회색 장막이 쳐졌다는 걸 날마다 확인하던 겨울이었다.

눈물

　오랫동안 누워 지내던 진짜 김승민이 사망한 것은 이른 봄이었다. 가족들이 잠자리에서 일어났을 때 김승민은 이미 죽어 있었다. "고통스런 빛은 전혀 없었네. 아주 편안한 표정이었어!" 선명우는 말했다. 함열댁이 잠깐 눈물을 훔쳤지만 남은 가족들은 그의 죽음을 담담히 받아들였다. 오래전부터 줄곧 예상돼온 죽음이기 때문이었다. 김승민에겐 연락이 닿는 다른 직계가족이 전혀 없었다.

　텁석부리와 내가 그의 장례를 도왔다.

　장지는 텁석부리의 선친 명의로 된 세도면 임야 한 귀퉁이였다. 텁석부리가 의례적인 수준의 대가만을 받고 그것을 기꺼이 허락해주었다. 장의의 일반적인 절차는 거의 모두 생략됐다. 선명우의 속사정이 있는데다 조문객도 없으니 절차를 생략하는 게 옳았으며, 선명우의 신분을 유일하게 알고 있는 내가 그 과정을 주도면밀히 도와야 했다. 새 옷을 입히고 싸구려 나무관에 시신을 옮겨 눕히자 끝이었다.

단출하고 고요한 장례였다.

사망신고 등을 의도적으로 생략한 채 고인은 눈감은 그날 오후 곧바로 땅에 묻혔다. 조문객은 대여섯 명에 불과했고, 그 중에서 장례 절차의 속내에 대해 관심을 갖는 사람은 전무했다. 김승민의 나무 관이 땅속에 묻힐 때 함열댁과 신애가 잠깐 울었다.

"노래나 하나 해야겠네!"

선명우가 갑자기 노래를 한 소절 불렀다.

"햇빛도 희고 강물도 희구나.

멀고 가까운 것이 하나이고

높고 낮은 것도 둘이 아니라네,

길은 바람 속에서 흩어지고

떠나고 남는 것 햇빛 속에 있으니,

모든 내 사랑 이제 환하구나.

모든 내 사랑 이제 환하구나."

얼마 전에 한번 들은 적이 있는 그의 신곡이었다.

담담한 노래였다. 고인은 평소 그의 노래 듣는 것을 그리 좋아했으니 이 마지막 노래야말로 선명우가 바치는 지고한 진혼의식이 아닐 수 없었다. 노래를 하면서 선명우는 입으로 환히 웃고 눈으로 가만히 울었다. 생각하면 지난 세월 그들 '가족' 중에서도 가장 정성껏 김승민을 돌본 것은 바로 선명우라고 할 수 있었다. 핏줄을 나눈 형제나 부모 자식이라도 그가 김승민을 돌보듯이 한결같기는 어려울 것이었다. 김승민을 안아 뉘거나, 기저귀를 채워주거나, 음식을 떠먹일 때의 선명우는 언제나 자애로운 할아버지 같은 구석이 있었다. 그것은 현자의 얼굴이기도 했고 참된 어버이의 표정이기도 했다.

모든 과정은 그것으로 끝이었다.

묘지는 봉분을 만들지 않고 평토로 끝냈다. 고인의 뜻이었다고 선명우는 설명했다. 계절에 따라 풀씨가 떨어져 자라고 말면, 고인이 어디에 묻혔는지 아무도 알 수도 없게 될 터였다. 베트남 전쟁에서 두 다리를 잃은 아버지가 돌아왔을 때 김승민은 불과 세 살배기였다. 수많은 청춘들이 보다 나은 미래를 꿈꾸면서 베트남으로 자원해 가던 시절이었다. 어떤 이는 남의 전쟁터인 그곳에서 끝내 돌아오지 못했고 어떤 이는 그의 아버지처럼 팔이나 다리를 잃고 돌아왔다. 그의 아버지는 전쟁의 상처를 끝내 극복하지 못했다. 모든 후유증은 가족해체를 통해 어린 김승민에게 고스란히 돌아왔고, 그 결과는 참혹했다. 땅에 묻히는 것으로써 이제 겨우 그는 역사의 후유증으로부터 자유롭게 된 셈이었다. 이미, 아버지 세대의 베트남 전쟁을 기억하는 젊은이는 거의 없는 세상이었다.

선명우는 그 무렵 거의 염전에 가 있었다.

겨우내 틈틈이 증발지의 객토 작업에 매달렸던 그는 3월이 오고 언 땅이 완전 풀리고 나자 곧 결정지의 타일 바닥을 갈아엎었다. 다른 염부들은 엄두도 내지 못할 일이었다. "여력이 없어서 그랬지, 염전 시작할 때부터 내, 이런 날을 꿈꾸었네!" 그는 흡족한 표정으로 말했다. 그의 아버지가 했던 대로, 전통적인 염전이라 할 토판염으로 바꾸는 작업이었다.

결정지는 소금을 만드는 마지막 과정에 배치된 곳이었다. 염도가 높아진 함수를 끌어들이면, 볕이 좋은 날엔 단 하루 만에도 소금꽃이 피어났고, 곧이어 소금이 싸드락싸드락 영글었다.

결정지 바닥은 대개 세 가지 종류로 되어 있었다.

염전용 검은 장판을 까는 방법이 첫째였고, 타일이나 옹기 파편을 촘촘히 깔아 마무리하는 방법이 둘째였으며, 갯벌에 황토층을 더해 다져 만드는 방법이 그 셋째였다. 장판염은 태양열에 바닥이 녹으면서 원하지 않는 화학적 물질이 소금에 뒤섞여 나

282

오는 것이 흠이고, 옹기 파편이나 타일로 된 타일염은 바닥의 요철에 때가 끼는 것이 흠이라 할 수 있었다. 제일 좋은 것은 말할 것도 없이 자연 그대로의 갯벌에 황토를 섞어 다진 바닥에서 생산된 이른바 토판염이었다. 토판염은 장판염이나 타일염에 비해 염화나트륨 성분은 80퍼센트 내외에 불과했으나 갯벌에 포함된 칼륨이나 칼슘, 각종 천연 미네랄 등이 많이 함유돼 인체에 아주 유익했다. 문제는 장판염이나 타일염에 비해, 토판염은 생산량이 훨씬 적다는 점이었다. 생산량은 턱없이 적은 대신 자주 롤러로 다져줘야 하기 때문에 노동력은 두 배 이상 들었다. 전통적인 방식이었음에도 불구하고 토판염 염전이 거의 사라지고 만 것은 그 때문이었다.

"그래도 뭐 상관없어!"

선명우는 환히 웃었다.

"이걸로 돈을 벌어 많이 모아야 한다면 상관있겠지만, 우리 가족 먹고사는 거야 그래도 충분하니까 된 거지. 생산성이란 말, 나는 증오하네. 잉여 재산을 쌓으려고 생산성 타령을 하는 것이겠지. 지구인들을 노예로 만드는 낱말이 바로 그거야, 생산성!" 생산성, 이란 말을 할 때 그는 미간을 모으는 버릇을 갖고 있었다. 이마에 주름이 여러 층으로 생겼다. "재물 쌓아서 뭐하겠나. 애들 물려주려고? 핏줄 배불리려고? 돈을 물려주는 것보다, 저 혼자서도 굶주리지 않고 살아갈 수 있게 기르면 되는 거

283

지. 난 우리 애들, 생산성의 노예로 살게 할 마음 없어. 포악한 말이야." 생산성의 폭압적인 가치를 버리는 대신 자연주의적 정성의 집결체로서 사람을 살리는 소금이 곧 토판염이라 했다.

좋은 소금은 만물을 살린다고 그는 말했다.

소금이 인체에 무조건 해롭다는 건 정제염 때문에 생긴 비과학적 오해라는 것이었다. "가령 우리나라 사람 80퍼센트가 마그네슘 결핍증을 갖고 있다는 통계를 본 적 있는데, 질 좋은 천연 토판염을 섭취하면 다 해결될 문제야. 우리 천일염은 마그네슘 함량이 프랑스 게랑드 소금보다 서너 배 이상 들어 있어. 칼륨이나 칼슘 성분도 월등해. 게다가 토판염에 함유된 다량의 미네랄은 인체의 밸런스를 바로잡아주네. 혈압엔 소금이 나쁘다고 하지만, 좋은 토판염에 함유된 마그네슘, 칼륨 등이 나트륨의 배설을 촉진하기 때문에 오히려 혈압을 조절할 수 있다는 보고도 있어." 토판염 예찬에 이르면 밤을 꼬박 새워도 할 말이 남아 있다는 투였다.

객토가 끝나자 흙 고르기 작업이 이어졌다.

다른 염부들이 이미 증발지에 함수를 앉히기 시작할 무렵, 그는 겨우 흙 고르기 작업을 하고 있었다. 나쁜 흙은 일일이 골라내고 농익은 갯벌 위에 황토를 펴서 판을 만드는 작업이었다. 갯벌과 황토는 인체에 해로운 중금속은 삼키고 이로운 미생물만을 뱉어내는 대사 작용을 통해 스스로 정화하는 능력을 갖고 있다고 그는 설명했다. 바닷물에 깃든 중금속 물질조차 걸어낸다는 말이었다. 판을 만들고 나면 무거운 롤러로 다지고 다지는 과정이 남았다. 봄 소금은 아예 포기한 셈이었다.

다른 염부들은 그를 가리켜 '돈키호테'라 했다.

그렇게 하면 더 좋은 소금을 거둔다는 걸 알기야 알지만, 설령 다른 소금보다 조금 비싸게 판다 해도 생산성과 투자를 비례해보면 어리석기 짝이 없는 짓이기 때문이었다. "저렇게 해서 소금을 생산하면 값을 몇 배로 받아도 남는 게 없어요." 어떤 염부는 말했다. 토판염은 불순물이 많이 섞여 나오고 색깔도 회색빛이 돌아 가치를 알아보는 소수의 소비자 외에 살 사람이 많지 않다는 것도 문제였다.

그는 그러나 전혀 염려하지 않았다.

지주와 오랜 토론 끝에 10년을 임대하기로 계약서를 쓴 것이 그에겐 큰 힘이 되었다. "그 사람, 꿈꾸는 사람이지요!" 염전의 진짜 주인도 그 점에선 감복한 눈치가 역력했다. 그렇다고 그가 오직 일만 하는 건 아니었다. 주말엔 어김없이 강경 옥녀봉 집으로 돌아와 가족들과 함께 지냈다. 사람들이 모여 앉으면 여전히 노래했고, 신애 지애를 데리고 여기저기 나들이도 게을리하지 않았다.

옥녀봉 집 둘레엔 도라지꽃이 흐드러지게 피어 있었다.

새벽마다 옥녀봉 일대를 청소하는 일도 그와 그의 가족들 일이었고, 천변에 물푸레나무 길을 가꾸는 것도 그의 몫이었다. 사람들과 모여앉아 옥녀봉 꼭대기에서 노래하는 일도 있었다. "나는 언제까지 일을 끝낸다, 그런 목표 따윈 세우지 않아. 그런 목표라면 옛날 회사 다니면서 지겹게 경험해봤네. 여름 전에 다 만들어야 한다는 법이 어디 있나. 여름 전에 못 만들면 가을에 완성하지 뭐. 올여름만 여름인가. 내년 여름도 여름이지."

낙관적인 사람이었다.

잉여 재산을 쌓아야 한다는 강박에서만 벗어난다면 못할 것도 없었다. 함열댁이 젓갈 상회에서 일하고 벌어 오는 돈만 가지고도 먹고사는 데 지장이 없다고 했다. 작년에 생산된 '선기철소금'도 간수가 잘 빠진 채 꽤 남아 있었다. "결국은 팔리게 돼 있으니, 이게 다 돈이지 뭔가." 소금 자루들을 툭툭 치면서 그는 흔연히 웃었다.

그의 삶은 나에게 잔잔한 감동을 주었다.

그런 삶을 가까이 할 수 있다는 것만으로도 축복이라고 여긴 순간도 더러 있었다. 가령 신애와 지애만 해도 그가 아는 것보다 꽃 이름 나무 이름을 훨씬 많이 알았다. 새 이름도 그랬다. "아버지가 꽃도 이름을 불러줘야 무럭무럭 잘 자란댔어요!" 어린 지애의 말을 듣고 나는 무력감에 빠져 산 지난 삶이 부끄러웠다. 주말마다 나는 그의 노래를 들으러 옥녀봉으로 갔고, 내키면 염전으로 찾아가 그와 함께 밤을 보내기도 했다.

시우 이야기는 더 이상 하지 않았다.

선명우 역시 시우는 물론이고 그 자매들에 대해 이야기를 꺼내는 법이 없었다. 그가 무엇인가 결정한다면 나는 물론 그의 결정을 따를 것이었다. 그러나 내가 앞장서서 그의 인생에 변화를 가져오게 하는 짓은 차마 할 짓이 아니라고 느꼈다. 나는 말하자면, 시우와 관련하여 그의 어떤 결정을 기다리는 셈이었고, 그는 계속 생각하는 중이었다.

현실은 그렇게 봉합되었다.

그러면서도 나는 계속 그와 시우를 주인공으로 한 소설을 남몰래 썼다. 내 안에서 그 무엇인가가 회복되고 있다는 조짐을 느꼈다. 데뷔 시를 쓸 무렵의, 푸르른 예지와 예민한 영적 촉수로 무장했던 낭만주의 시절이 조금씩 내게로 돌아오는 느낌이었다. 글쓰기를 통해서가 아니었다. 그것은 기실 시우와 선명우가 내게 준 '힐링'의 따뜻한 선물이라 할 만했다.

한번은 그와 동행해 세도면에 간 일이 있었다.

옛날 같으면 나룻배를 타고 건넜을 금강이었다. 지금은 이음새 하나 없는 긴 황산대교가 금강 위에 걸려 있었다. 그는 그의 자전거를, 나는 함열댁의 자전거를 타고 황산대교를 건넜다. 강경에서 강을 건너면 곧 내 고향 세도면이었다. "서천 죽산리로 오갈 때 걸었던 길이 이 길이었겠네요?" 내가 물었고, "그때야

다리는 없었지. 길도 지금보다 좁은 자갈길이었고." 그는 웃었다. "저기 갈대밭 뵈지?" 그가 먼 시간을 내다보는 눈빛으로 갈대밭을 가리켰다. "새벽에 물도 없이 식은 고구마를 잔뜩 먹은지라 막 설사가 나는 거야. 갈대밭 초입에 앉아 물개똥을 날리는데 하이고, 구렁이였나, 암튼 대가리가 주먹만 한 뱀이 내 물개똥 대포를 맞고 머리통을 번쩍 드는 거야. 하핫, 간 떨어질 뻔했네."

아주 좋은 날씨였다.

부여 방향에서 강을 타고 내려오는 바람은 말 그대로 명주바람이었다. 그의 자전거가 포장도로를 버리고 강을 따라 좌회전했다. 비닐하우스가 연달아 나왔다. 시멘트 포장이 된 농로였다. 새들이 엄청 많았다. 강가에 앉아 있던 물새들이 자전거의 전진에 따라 도미노로 날아올라 나바위 성당이 있는 강 건너 둑으로 갔다.

"풍경이 참 근사하네요."

"물이 있는 풍경은 사람을 착하게 만들어!"

햇빛이 좋아 유유히 멀어지는 강의 서쪽 끝자락은 반짝반짝, 사금처럼 빛났다. 그가 자주 꿈을 꾸기도 한다는 '흰 강'이 거기 있었다.

"저쪽이 그 마을인데!"

자전거를 멈춰 세우며 손가락질을 했다.

아지랑이에 둘러싸인 작은 마을이 강을 바라보는 언덕 아래로 보였다. "그 집은 없어졌어. 누가 비닐하우스를 지어놨더라고. 도라지밭이 있던 그 자리 말이야." 도라지밭이라는 말에서 나는 비로소 아하, 하고 고개를 끄덕였다. 그는 강변에 쓰러져 있던 중학교 1학년짜리 그를 중학교 3학년이었던 꽁지머리 소녀가 업어 가 눕혔다는 오두막의 이야기를 하고 있었다.

꽁지머리 그 여학생은 그의 첫사랑 세희였다.

"세희 누나가 쓰러진 나를 발견한 데가 여기쯤이었대. 그때는 뭐 포장도 안 된 흙길이었지만. 누나의 힘이 가장 좋았을 때가 아마 그 무렵이었을걸. 나를 업고 100미터 경주하듯 뛰었다니까. 누나는 나중에도 걸핏하면 그 이야기를 자랑삼아 했었어. 나를 업고 뛸 때 100미터를 11초에 끊는 속도는 됐을 거라고. 세희 누나는 저 마을을 떠나고부터 계속 힘이 약해졌지." 그의 눈에 물기가 어리는 듯했다.

그가 자전거를 끌고 강가 언덕으로 올라갔다.

거의 꼭대기에 올라가자 새 풀이 파릇파릇 자라기 시작한 풍화된 무덤이 하나 나왔다. 세희의 할머니 무덤이라는 걸 나는 금방 눈치챘다. 작은 석비도 하나 있었다. 석비 뒤에 '정세희'라는 이름도 보였다. "1년에 몇 번 여길 오네. 돌보는 사람도 없으니 추석 땐 혼자 와서 벌초도 하고."

그가 재배를 하고 나서 나와 나란히 앉았다.

강경은 잘 보이지 않았으나 김대건 신부가 밀항해 와 첫발을 내디뎠다는 나바위 성당은 강 건너로 손에 잡힐 것처럼 보였다. "지금도 여기 오면 생각해봐. 내가 정말 할머니를 잡은 걸까 하고. 할머니 사촌조카가 날 가리키며 그랬거든. 저놈이 할머니를 잡은 게야! 젊은 시인인 자네 생각은 어떤가. 정말 염라대왕께서 나를 잡아가려다가 할머니를 대신 불러 간 게 맞을까?" "무슨 그런……." "뭐 그랬더라도 상관없으이. 할머니는 분명 행복하게 돌아가셨으니까. 꼬박 하룻밤을 세희 누나와 내가 할머니의 주검을 옆에서 지켰는데, 할머니의 모습, 정말 평화로워 보였거든. 할머니의 그 얼굴이 생각나면 죽음이 무섭지 않아. 죽음은 평화다, 그런 생각이 들어."

나는 그의 상념을 방해할까 봐 가만히 있었다.

잘하면, '꽁지머리 여학생' 세희의 안부를 듣게 될지도 몰랐다. 세희를 다시 만났었냐고 한 번 물었던 적이 있긴 있었는데, 그는 아무 대답도 하지 않았다. 내가 쓰고 있는 소설에서도 그녀의 이야기는 만리재 낡은 기와집에서 멈춰 있었다. 그녀를 생각하면, 만리재 작업실에서 그녀가 개수대를 끌어안고 토했다는 라면 가닥들이 제일 먼저 떠올랐다. 그것은 여고 1학년 때 그녀가 입고 있었던, 실밥이 풀어지고 테두리가 쭉 늘어나 있었다는 메리야스와 언제나 한통속으로 다가왔다. 스물몇 살 청춘이었던 그녀가 "더러워……." 하면서, 끝없이 토해냈다는 라면 가닥들 속엔, 그녀가 재봉틀을 돌리면서 삼킨 실밥은 물론 그 메리야스의 실밥도 들어 있었을 거라고 나는 상상했다. 그가 고백한 첫사랑의 이야기에서 가장 슬픈 삽화가 바로 그것이었다.

"자네가 물어 왔었지만,"

내 기대에 맞추어 그가 이윽고 말머리를 풀었다.

"나는 세희 누나를…… 다시 만나지 못했네. 만리재 작업실에서 누나를 본 게 마지막이었어. 왜 찾아보지 않았느냐고 자네는 아마 묻고 싶겠지. 당연히 찾아봐야 하지 않느냐고. 하지만, 사실일세. 나는 세희 누나를…… 찾지 않았어. 찾을 기운조차 없었다고 해야겠지. 혜란이가 임신한 상태로 가출해 내 자취방으로 들어오고 난 그해 이른 봄…… 혁명의 시를 썼던 대발이를 숨겨준 일 때문에 경찰에 끌려가 사흘 밤낮 취조를 받았어. 끔찍했네. 말이 취조지 정강이와 무릎이 뚱뚱 부어올라 걷지 못할 정도로 매일 구둣발에 차이는 사흘이었거든. 무혐의로 사흘 만에 풀려나오고 나서야 혜란의 오빠들이 손을 써서 풀려났다는 걸 알게 됐네. 이후 내 인생 스케줄은 혜란한테 전적으로 맡겨졌어. 내겐 아무런 희망도 없었고, 무력했으며, 사는 게 그냥 자학 같았네. 가장 큰 회한이 있다면 그거야. 젊은 날, 주체적으로 살지 못했다는 거!"

혜란의 아버지는 끝까지 그를 받아들이지 않았다.

그와 혜란은 그래도 함께 살았고, 그녀의 오빠들 도움으로 방

두 칸짜리 다가구 전세방에서 첫아이를 낳았으며, 졸업한 후에는 역시 그녀의 큰오빠 도움으로 재벌 그룹의 어떤 자회사에 취직을 했다. 첫아이를 낳았을 때는 박정희 대통령이 '유신의 심장'을 향한 김재규 중앙정보부장의 총탄에 쓰러졌고, 일자리를 찾아 이력서를 열 장씩 속주머니에 넣고 동서남북 지친 걸음으로 초조하게 헤맬 때는 광주 민주화운동이 일어났으며, 첫 직장에 출근하던 날엔 전두환 국보위 상임위원장이 제11대 대통령에 취임했다. 시대적인 변화는 숨 가쁘게 계속됐지만 희망은 전무했다. 그는 자신의 청춘이 한 번도 꽃피어보지 못한 채 저물어가고 있다는 걸 알았고 생존을 위해서 가치 있는 건 돈밖에 없다는 걸 인정했다.

형제들까지 걸핏하면 그를 찾아와 손을 벌렸다.

아버지가 대학까지 가르친 자식이 그 자신밖에 없다는 게 빌미가 되었다. "너 혼자 대학에 다닌 건 나머지 다른 형제들의 희생이 있어서야. 너는 당연히 우리를 도와야 해!" 큰형은 말했다. 큰형의 말은 하나도 틀린 것이 없었다. 쓸 데는 많고 월급은 턱없이 부족했다. 때마침 아랍권에서 오일달러에 의한 건설 열풍이 불었다. 월급쟁이로서 그나마 돈을 좀 더 벌려면 사막으로 가는 게 가장 빠른 길이었다.

그는 뒷돈까지 써가며 애쓴 끝에 M건설 회사의 사우디아라비아 파견 사원으로 선발됐다. '국방항공성' 건설공사였다. 핵전쟁 발발에까지 대비하게 설계된 국방항공성 건물은 3억 2천만 달러에 M건설에서 수주한 사우디의 야심찬 프로젝트였다.

그는 사막에서 조악하게 먹고 가축처럼 일했다.

수만 명의 건설 노동자들이 잘살아보자는 꿈을 안고 너도나도 사우디로 떠나던 시절이었다. 건설 현장을 지키다가 습격자들의 총에 맞아 죽는 사람도 있었고, 과도한 노동으로 병만 얻어 돈도 제대로 못 벌고 되돌아오는 사람도 많았으며, 일사병에 걸리거나 비인간적인 환경 때문에 반신불수가 되는 사람도 있었다. 그 노동의 대가로 송금된 목돈을 가지고 아내가 다른 남자와 도망쳐 살림을 차리는 동료를 보기도 했다.

그는 사우디에서 5년여를 보냈다.

처음 3년은 M건설 회사 소속이었고 다음 2년은 G건설 회사 소속이었다. 제다에 있던 외무성을 수도 리야드로 옮기면서 외교관들의 상주를 목표로 시작된 외교단지 조성 공사에서 관로 매립과 하수처리 시설 만드는 일이 G건설에서 맡은 그의 임무였다. 자신의 책임을 다하기 위하여 그는 남보다 두 배로 일했고, 그래서 현장 노동자들에게 악명도 높았다. 앙심을 품은 현장 노동자에게 칼에 찔린 일이 있었을 정도였다. 칼에 찔린 것보다, 그것이 빌미가 되어 후송될까 봐 오히려 두려웠다.

자학적인 심사가 전혀 없었던 건 아니었다.

혜란과의 갈등도 그랬지만 걸핏하면 찾아오는 형제들과의 갈등이 더 고통스러웠다. 5년 만에 돌아온 것도 그의 뜻이 아니라 폐결핵을 얻었기 때문이었다. 돌아온 다음에야 혜란의 친정 집이 부도를 냈으며, 그녀의 아버지가 화병을 얻어 죽었다는 걸 알았다. 폐결핵 사실을 숨기고 간신히 취직한 곳이 바로 상무까지 오른 그 음료 회사였다. 20여 년 동안 결근 한 번 없었다. 회사에선 날마다 '생산성'과의 전쟁이었고, 가정에선 가족들의 소비를 쫓아가느라 다리가 찢어졌다. 그러나 그는 가족들의 욕망을 뒤치다꺼리하는 일에 묵묵히 복무했다. 가족을 돌보는 일을 회사 업무처럼 여겼다.

"언제나,"

선명우는 거기까지 말하고 한참 침묵했다.

"언제나, 세희 누나가 내 가슴속에 있었네. 그건 사실이야. 하지만 내 삶이 그랬으니 찾아볼 생각까진 차마 못한 게지. 찾아볼 염치도 없었고."

"가출한 다음은요?"

난 고개를 돌려 그를 바라보며 단도직입적으로 물었다.

"재촉하지 마."

그의 눈가에 아득한 바람이 지나갔다.

"나도 이해 못하는 게 바로 그 점이야. 회사 다닐 때는 언제나 세희 누나를 마음에 품고 살았는데, 자유로운 환경이 되고 나선

294

정작 생각나지 않더라는 것. 정말일세. 길에서 길로 떠돌 때, 세희 누나 생각이 전혀 안 났네. 누나가 구체적으로 떠오른 건 강경 채운산에서 포대기에 싸인 지애를 주워 안았을 때였어."

생산성이란 말을 할 때처럼 그가 미간을 찌푸렸다.

"새벽이었지. 채운산으로 올라가다가 고아원이 있었던 건물 앞, 이슬 젖은 풀섶에 버려진 아이를 발견한 건 강경발효젓갈축제가 막 끝날 무렵이었네. 아주 작은 갓난아기였어. 아이가 울지도 않고 포대기에 싸인 채 눈을 깜박이고 있었지. 지애가 바로 그 애야. 포대기째 아이를 안아 들었는데, 아이보다 먼저 그 포대기가 내 시선을 끌었어. 글쎄, 그 포대기 귀퉁이의 실밥이 풀려 있었거든. 매듭의 올이 풀렸었나 봐. 그것을 보는 순간, 갑자기, 온몸에 찌르르 전류가 지나는 듯하더니…… 젓갈집 발효실에서 보았던 세희 누나의…… 올 풀린 메리야스가 생각났네. 라면 가닥들을 게워내던 누나도. 집 떠나고 2년 만인가 3년 만인가 그래. 곧 누나가 간절히 그리워졌네. 포악스럽다 할 만한 그리움이었어. 포대기에 싸인 어린 걸 안은 채 바닥에 주저앉아 울음을 터뜨렸을 정도니까."

채운산 그 자리는 나도 알고 있었다.

정상으로 올라가는 굽잇길에 그 건물이 있었다. 지금은 새로 지어 양로원이 됐지만 고아원이었던 예전에 그 건물은 마치 오래된 감옥처럼 우중충했다. 그가 지애를 주웠을 때 그곳이 양로원이었는지 고아원이었는지는 중요하지 않았다. 내 눈앞에 떠오르는 풍경은 바람 찬 새벽, 고아원 앞 녹슨 철조망 앞 풀섶에서, 버려진 갓난아이의 포대기를 안은 채 퍼질러 앉아 소리쳐 울고 있는 늙은 남자의 이미지였다.

"어른이 되고 그렇게 소리쳐 운 것은 그때가 처음이었네!"

그는 말했다.

모터보트가 하류 쪽에서 되돌아오고 있었다. "자네는 여전히 궁금한 게 많은 얼굴이군." 그가 일어서 자전거를 세우며 말했다. 한 차례 더 기침이 쏟아졌다. "저 무덤 속에서 할머니가 내 이야기를 듣고 있는 모양일세. 내려가세. 바람 끝이 벌써 차졌네." 아직 물어볼 것이 많은데 그는 벌써 언덕을 내려가고 있었다. 비닐하우스들 사이로 그의 자전거가 거침없이 달려 나갔다. 서쪽으로 기울어진 햇빛이 그의 단단한 어깨에 얹혀 있었다. 젊은 사이클 선수처럼 힘이 있어 뵈는 어깨였다.

어느새 하늘은 구름이 가득 덮여 있었다.

그를 다시 만난 것은 황산대교 끝에 위치한 임이정(臨履亭) 앞에서였다. 죽림서원(竹林書院)과 팔괘정(八卦亭)이 잇달아 자리 잡은 곳이었다. 죽림서원은 조광조와 율곡, 우암 등을 제향한 고풍의 서원이었고 팔괘정은 송시열이 건립한 정자였으며 임이정은 사계 김장생(金長生)이 세운 강학건물이었다. 조선의 예법을 집대성한 김장생 선생에겐 멀고 가까운 곳에서 배우고

자 하는 이가 많이 몰려들었다. 그는 제자들을 위해 이곳 강변에 강학원을 짓고 이름을 임이정이라 했다. 《시경(詩經)》의 "여임심연 여리박빙(如臨深淵 如履薄氷)"에서 유래한 말로 '두려워하고 조심하길 깊은 연못에 임하는 것처럼, 또 엷은 얼음을 밟는 것처럼 하라'는 뜻이었다.

"내게 불만스런 표정이구먼!"

내가 다가가자 그가 웃으며 말했다.

"그렇게 혼자 내빼는 법이 어디 있습니까?"

"소설도 쓴다고 했지? 내 이야기는 어떤가, 소설감으로?" 남몰래 소설을 쓰고 있었던 사실을 들킨 것 같아 나는 찔끔, 얼굴을 붉혔다. "너무 시시콜콜 이야기하면 자네의 상상력이 깃들 여지가 없으니까 자네가 궁금해하는 것의 결론만 말하지. 아까 그곳에선 무덤 속 할머니가 듣고 있는 것 같아 차마 말이 나오질 않았어. 그렇다고 너무 슬프게 듣진 말게. 난 뭐 아무렇지도 않으니까!" 내 가슴이 어떤 예감으로 그때 철렁했다.

"세희 누나, 이 세상 사람이 아닐세!"

내가 느낀 예감대로였다.

선명우가 세희의 당숙네 젓갈 상회를 찾아갔을 때, 가게는 놀랍게도 예전 그 자리에 그대로 있었다. 채운산에서 버려진 지애를 거둔 다음 날이었다. 젓갈 상회는 큰아들이 물려받아 운영한다고 했다. 당숙네는 죽고 당숙 어른만 살아 있었다. 아흔이 넘은 나이였다.

"걔가 강경에 와서 죽었네!"

당숙 어른은 찾아간 그를 향해 대뜸 말했다.

그 말을 듣고도 명우는 놀라지 않았다. 마치 세희가 이미 이 세상 사람이 아니라는 것을 미리부터 알고 있었던 것 같은 느낌이었다고 했다. 그리움이 깊으면, 아무리 멀리 있다 해도 그리운 그이의 운명에 대한 강한 예지력을 갖게 되는 것이 곧 사람인지도 몰랐다. "말년에 몹쓸 병을 얻어서 여기로 내려왔었지." 당숙 어른은 계속 말했다. 그것은 뜻밖의 사실이었다. "제 할미가 살았던 동네로 거처를 정할까 하는 걸 내가 말렸네. 옛집도 이미 헐린 데다가, 죽을병에 걸린 사람이 어찌 외진 곳에서 혼자 살겠나? 옥녀봉 어느 빈집의 지상권만 헐값에 사서 들어갔지. 그 집에서 한 반년 더 살았던가."

당숙 어른은 실눈을 뜨고 먼 데를 바라보았다.

"남은 가족은 없었습니까?"

그가 마지막으로 물었고, 당숙 어른은 실눈을 떴다. "가족이라…… 그것에게 딸이 하나 있었네. 딸이 내려와 주검을 수습했지. 제 어미 소원이었다면서 화장한 유골을 저기 강에 뿌리고 떠났다네. 딸년이 제 어미를 찾아왔을 때는 벌써 걔가 이미 이 세상 사람이 아니었어. 혼자 죽은 거지."

당숙 어른 큰아들이 전화번호 하나를 갖고 있었다.

그가 세희의 딸을 만난 건 그러고 나서도 1년여 후였다.

　이미 이 세상 사람이 아닌데 그 가족을 만나면 무엇하겠는가
싶어 미루어두었다가 남양주시 어딘가를 다닐 때 당숙 어른 큰
아들한테 받은 전화번호가 갑자기 생각났던 것이었다. 세희의
딸은 동대문에서 자못 큰 의류 공장을 하고 있었다. 세희가 하
던 걸 물려받은 모양이었다. "엄마는 디자이너였어요!" 세희의
딸은 말했다. 그녀는 이름이 세명이었다. 재봉틀을 밟고 있는
처녀만 해도 수십 명이 더 됨 직한 공장의 재단실에서 그는 세
희의 젊은 딸인 세명과 마주 앉았다.
　"이걸 드리면 된댔어요!"
　미리 준비해둔 듯 그녀가 작은 함을 내밀었다.
　"저는요, 아저씨가 어떤 분인지 잘 몰라요. 엄마는 말수가 아
주 적은 분이셨어요. 그래도 평생 마음속에 간직해둔 그리운 분
이 있다는 건 짐작했지요. 강경으로 떠나시면서 그랬거든요. 혹
시라도 당신 돌아가시고, 먼 훗날에라도, 누가 찾아오거든 이것
을 주라고요. 꼭 찾아올 거라면서요. 그 사람 이름에 명 자가 들
어 있을 거라고 했어요. 맞지요? 성함에 명, 들어 있지 않나요?"
　"선명우네……."
　"그럼 맞네요! 이제 알겠어요. 그래서 엄마가 내 이름을 엄마
이름의 세 자와 아저씨의 명 자를 따 세명이라 지은 거예요!"

그는 아, 하고 소리 없이 입을 벌렸다.

가슴속에서 팟, 불꽃이 튕기는 소리가 났다. 세명이라니, 누나의 마음속에도 그럼 오롯이 내가 들어 있었단 말인가, 하고 그는 생각했다. "울 엄마 참, 내숭덩어리예요!" 세명이 환히 웃었다. 대화 중간에도 계속 전화가 걸려 오거나 직원들이 와서 그녀에게 무엇인가를 묻고 갔다. 그녀는 아주 바쁜 사람이었고, 또한 모든 일 처리가 시원시원, 조금도 막힘이 없었다. "나는 그 함에 무엇이 들어 있는지 몰라요. 열어보지 않았으니까요." 그녀가 건넨 함은 색깔이 다양한 예쁜 조각보로 싸여 있었다.

그는 세희가 남겼다는 함을 안고 밖으로 나왔다.

세명은 전화를 받고 있었다. 동대문 뒷골목엔 간밤에 내린 눈이 잔뜩 쌓여 있었다. 오토바이가 지나가고 짐을 실은 자전거가 지나가고 바쁘게 걷는 사람들이 어깨를 치며 지나갔다. 집 떠나고 몇 년 만에 처음으로 와보는 서울의 뒷골목은 여전히 '생산성'을 향해 미친 듯 내닫고 있었다. 다른 별에 와 있는 것처럼 그 모든 풍경은 낯설기 그지없었다.

"저기요, 아저씨!"

세명이 등 뒤에서 불렀다.

"차 대접도 못하고 죄송해요. 다음에 꼭 한 번 더 들러주세요. 그리고요, 아실지 모르겠지만 나, 엄마 친딸 아니에요. 엄마에게 입양돼 왔어요. 울 엄마 평생, 한 번도 시집간 적 없어요!"

미소 지으려고 애썼지만 그녀의 눈엔 눈물이 그렁그렁했다.

"정말 좋은 엄마였는데도요!"

눈물을 감추려고 그랬는지 그 말끝에 그녀가 얼른 돌아섰다. 그는 술에 취한 것처럼 조금 비틀거리며 골목을 빠져나왔다. 자신에 대한 세희의 숨긴 마음을 명확히 확인한 것은 그때가 처음이었다.

"누나, 미워!"

그가 혼잣말을 했다.

함 속엔 그가 보낸 편지들이 들어 있었다.

모두 대전에서 고등학교를 다닐 때 청계천에서 재봉사 보조를 하고 있던 2년여 동안 세희 누나에게 그가 일방적으로 써 보낸 편지들이었다. 세희는 거의 답장을 하지 않았다. 편지를 받는지 어쩌는지도 몰라 가슴을 태웠지만 그래도 그는 끈질기게 세희에게 편지를 썼다. 아침에 쓰고 저녁에 또 쓰고 다시 아침에 쓴 편지를 한 봉투에 넣어 부친 적도 많았다. 왜 답장을 안 해주었느냐고 나중 만리재 작업실을 드나들 때 물었더니, "난 글 못 써, 얘!" 그녀는 그 한 마디뿐이었다. 그녀가 자신이 보낸 감상적인 편지들을 한 통도 버리지 않고 간직해둔 줄은 꿈에라도 생각하지 못했던 일이었다.

편지 이외엔 그녀의 다이어리도 들어 있었다.

언젠가 그녀 몰래 읽은 적이 있는 '나의 꿈 백 가지!'가 쓰인
그 수첩이었다. '러시아 발레단의 〈호두까기 인형〉을 보고 나
와 소프트아이스크림 사 들고 거리를 걸으면서 먹기'부터 '속옷
은 한 번 입고 버리기' '사랑하는 사람과 젓갈집 발효실에서 여
름 한나절 나기' 등까지, 만리재 시절 그녀가 품었던 백 가지의
꿈이었다. 바늘들도 거기 들어 있었다. 다이어리의 메모에 따르
면 하나의 바늘은, 크리스마스이브에 옆구리가 터진 그의 셔츠
를 꿰매준 그녀의 바늘이었고, 다른 하나의 바늘은 세밑에 그녀
를 돕기 위해 그가 밤새워 블라우스 단추를 단 바늘이었다. 그
의 목도리를 뜬 뜨개바늘도 있었다. 그와 관련된 모든 것이 그
함에 담겨 있었다. 크리스마스이브에 그가 그녀에게 선물했던
머플러와 작은 모형 비행기도 보였다. 여고 시절부터 그녀가
늘 멀리 떠나고 싶다 했으므로 그가 장난삼아 사준 모형 비행
기였다.

"넌 참 착한 애야!"

모형 비행기를 받고 누나가 한 말이었다.

가죽으로 만든 싸구려 팔찌는 청계천으로 함께 걸어가다가
'누나도 좀 예쁘게 꾸미고 다니라'면서 그가 충동적으로 사준
것이었다. 그때도 그녀는 웃으면서 말했다. "넌 참 착한 애야!"
그러므로 편지를 비롯해 함 속에 든 모든 소품을 받을 때마다
그녀는 "넌 참 착한 애야!"라고 말했을 터였다. 눈물이 쏟아졌

다. 그녀와 달리, 손수 떠준 목도리나 스웨터부터 다른 작은 소품까지, 그는 그녀에게 받은 선물을 하나도 간직한 게 없었다. "나는 하나도 착하지 않아!" 그는 중얼거렸다. 그녀가 따뜻하게 웃으며 함 속에서 "넌 참 착한 애야!" "넌 참 착한 애야!" "넌 참 착한 애야!"라고 계속 말하고 있었다.

병에 걸린 다음 그녀는 차분히 삶을 정리했다.

어차피 회생할 수 없다는 걸 알고 나선 고향으로 돌아가고 싶어 했다고 했다. 입양해 기른 딸 세명이에게 짐이 되는 것도 싫었던가 보았다.

그녀는 옥녀봉 집으로 내려와 꼭 반년을 더 살았다고 했다.

따져보니 그녀가 혼자 눈을 감은 건 그가 김승민의 트럭 운전대를 잡고 막 서울을 떠날 무렵이었다. 서울을 떠나 곧장 강경 옥녀봉으로 갔다면 그녀의 임종을 보았을는지도 몰랐다. "눈 감은 엄마의 얼굴에서 향기가 나는 듯했어요. 언젠가 아저씨가 자기를 찾아오리라 엄마는 평생 믿었어요. 마지막 눈감을 때도 그랬을 거예요. 표정이 참 편안했거든요!" 세명은 힘주어 말했다. 세명의 말에 따르면 그녀는 평생 오이도라지무침을 제일 좋아했다. "마음에 남는 한 가지는 그거예요. 텃밭 있는 집에서 도라지를 키우며 살고 싶다고 엄마는 노상 말씀하셨는데요, 그 소망을 풀지 못한 거요!" 세명은 덧붙였다.

선명우가 옥녀봉 집을 얻은 건 그 이듬해였다.

떠돌이 생활을 그것으로 정리했다. 세희가 말년 6개월을 산
바로 그 집이었다. 마당에서 보는 풍경이 그리 좋았다. 그는 해
마다 조금씩 집을 고쳤고, 마당 둘레엔 세희의 뜻에 따라 도라
지를 심었다. 1년에 한 번쯤 세명이 들르는 경우도 있었다. 세
명의 의류 사업은 날로 번창해 공장 하나를 더 늘렸다고 했다.
세월이 아무리 지나도 그 집 구들장에 누우면 세희의 체온이
느껴졌다. 안온하고 감미로웠다. 혼자 죽어가던 세희의 마음
속에 그 자신과의 추억만이 깃들여 있었다는 걸 그는 충분히
느끼고 알았다. 죽음으로 분리되어 있다 해도 같은 구들장에 등
을 대고 누워 있으니, 세희 누나의 등에 자신의 등을 대고 있는
것 같았다.

나와 함께 세희의 할머니 묘지를 다녀온 그날 저녁에도 선명
우는 옥녀봉 그 집에서 노래를 불렀다. 손님은 늘 그만그만했
다. 텁석부리가 떡을 해 와 돌렸다. 진달래 화전이었다. 그 무렵
은 손님들이 무엇인가 특별한 먹을거리를 장만해 오는 일이 종
종 있었다.

여남은 명 되는 손님들은 제각각이었다.

젊은 사람도 있고 늙은이도 있고, 전라도가 고향인 사람, 강원도 경상도가 고향인 사람도 있었으며, 곰배팔이도 있고 운동을 많이 해 알통이 툭 튀어나온 사람도 있었다. 진달래 화전에 막걸리를 나누어 마시면서 사람들은 이것저것 자연스럽게 떡 이야기를 나누었다. "떡이 나왔으니 내가 〈떡타령〉을 한 소절 해보리다!" 선명우가 말했고 어린 신애가 북을 가지고 나왔다. 신애는 요즘 논산으로 북을 배우러 다닌다고 했다. 그가 〈떡타령〉을 부르기 시작했다.

> "떡 사요, 떡 사요, 떡 사시오. 정월 보름 달떡이요, 이월 한식 송병이요, 삼월 삼질 쑥떡이로다. 사월 초파일 느티떡에, 오월 단오 수리떡, 유월 유두에 밀전병이라. 칠월 칠석에 수단이요, 팔월 가위에 오례송편, 구월 구일에 국화떡이라. 시월 상달 누시루떡, 동짓날 동짓날 새알심이, 섣달에는 골무떡이라."

어떤 노인은 흥에 겨워 자리에서 일어나 곱사춤을 추기도 했다. 진짜 꼽추병을 앓고 있는 신애가 제일 많이 웃었다. "앗다, 이제 그만 김씨 노래를 해봐요!" 염천동 젓갈 상회에서 함열댁과 함께 일하는 늙수그레한 아주머니가 투가리 깨지는 소리를 냈다. 그는 이곳에서 어디까지나 김승민이었다. 새로 만들었다는 〈도라지무침〉 역시 타령조였다.

> "세상에서 제일 만난 건 새콤달콤 도라지무침이고
> 세상에서 제일 맑은 건 사랑하는 임의 눈물이야
> 우리네 살림 고개도 많건만 새콤달콤 넘어가고
> 우리네 사랑 눈물도 많건만 새콤달콤 흘러가네
> 나는야 좋아라 도라지무침 나는야 좋아라 도라지무침."

"워메, 뭔 놈의 도라지무침이여. 서산 어리굴젓이 제일 맛있던데"라고 아주머니가 투가리 깨지는 소리로 토를 달자 "뭔 소리여, 젓갈 하면 뭐니 뭐니 해도 갈치속젓이 제일이지." 하고 누가 받았고, "됐어요. 맛으로 치면야 프라이드치킨에 생맥 한잔이 최고요!" 젊은 누가 아퀴를 지었다. 까르르르 하는 웃음소리와 함께 여기저기에서 온갖 먹을 것 이름이 한참이나 쏟아져 나왔다. 선명우가 마지막으로 부른 자작곡은 〈눈물〉이었다. 바로 세희에게 바치는 노래인 것 같았는데, 그것을 아는 사람은 물론 나밖에 없었다.

> "아, 달고 시고 쓰고 짠 눈물이여
> 어디에서 와 어디로 흐르는가
> 당신이 떠나고 나는 혼자 걸었네

먼 강의 흰 물소리 가슴에 사무치고

나는 깨닫네 사는 건 먼 눈물이 오가는 길

그리움을 눈물로 씻어 하얗게 될 때까지

눈물을 그리움으로 씻어 푸르게 될 때까지

사는 건 저문 강 나직나직 흘러가는 일

아, 달고 시고 쓰고 짠 눈물이여.”

소리쳐 열창하는 것보다 더 고요히 몸속으로 스며드는 곡이었다. 짐짓 눈가를 훔치고 돌아앉은 것은 함열댁이었다. 무엇을 알고 있는지 모르나 함열댁은 그 무렵의 나를 별로 반기지 않았다. 때로는 경계하는 눈빛과 만나기도 했다.

사는 건 정말 먼 눈물이 오가는 길일까.

나는 생각했다. 후드득하고, 빗방울이 쏟아졌다. 누군가 문을 턱 열고 나서면서 “허, 마당귀에서 이거, 작년 그 도라지들이 막 올라오네!” 했다.

봄이 무르익고 있었다.

선명우에게서 나머지 긴 고백을 들은 건 그 다음 날이었다.

매운맛 - 빨대론

선명우는 여름 학기에 대학을 졸업했다.

졸업식 이틀 전이었던가, 예고 없이 큰형이 나타났다. "이 자식, 이거 뭐하는 짓이야. 대학교 이제 졸업하는 놈이 살림부터 차렸어?" 주소만 들고 찾아온 형이 히죽히죽 웃으며 그에게 말했다. 큰형은 비닐로 된 '빨대' 하나를 입에 문 채 질근질근 씹고 있었다.

"얼씨구, 애까지 만들었네!"

큰형은 기가 막혀 말이 안 나온다는 표정을 했다. 그는 그 무렵 남가좌동 언덕배기 다가구주택 2층에서 만삭의 혜란과 살고 있었다. 애를 지우라고 오빠들이 그리 설득했지만 그녀는 말을 듣지 않았다. 작은 마루가 딸린 방 두 칸짜리 주택이었다. 그에겐 돈이 없었다. 그나마 그녀의 오빠들이 아버지 몰래 도와줘 겨우 마련한 집이었다.

"웬일이야, 형이?"

그의 말에 큰형은 뻔뻔하게 대답했다.

"웬일이라니, 너 졸업식 한단 말 듣고 왔지. 우리 집에서 마침 내 대학 졸업자가 생기는 거 아니냐. 가문의 영광이다. 나도 이 참에 서울서 직장이라도 알아볼까 하고 왔다. 그럼, 제수씨, 잘 부탁합니다."

"뭘 부탁해요?"

혜란이 냉큼 쏘아붙였다.

"나는 고기를 좋아해요. 참고로 말씀드리는 거예요. 취직하면 나갈 테니 그 전엔 이것 좀 담그고 삽시다!" 형은 빨대를 빙빙 돌려 보이며 넉살을 부렸고, 혜란의 얼굴에서 핏기가 싹 가셨다. "우리 결혼한 것도 아니니 제수씨란 말 하지 마세요. 그리고요, 이 집에서 못 자요. 여관에 가든지 호텔에 가든지 하세요! 여기 어디 잘 데가 있다고 그러세요. 이 집 얻는 것도요, 명우 씨가 돈 보탠 거 없어요!"

"뭐, 이런 여자가 다 있어!"

형이 언성을 높였지만 거기에 밀릴 그녀가 아니었다. 그녀는 그 무렵 독이 오를 대로 올라 있었다. 가난뱅이라는 건 알았지만 그가 그렇게까지 극빈자인 줄은 몰랐다고 했다. 생활비의 대부분을 그녀의 통장에서 인출해 썼고, 그 바람에 그녀의 통장 잔액도 날로 줄고 있던 참이었다.

"안 나가면 경찰 부를 거예요!"

그녀가 단호하게 말했다.

"이런, 씨팔!" 형이 씹어뱉을 때 그녀는 정말 경찰에 알릴 기세로 전화를 집어 들고 있었다. 큰형의 표정에 당황한 기색이 역력했다. 말썽만 부리며 살았지만, 솔직히 큰형은 그녀의 적수가 되지 못했다. 그는 어찌할 바를 몰라 계속 가만히 있었다. 졸업식 끝날 때까지의 여관비를 주는 것으로 큰형과 혜란 사이에 타협을 본 것은 한참이나 티격태격한 다음이었다.

"용돈도 좀 줘야지!"

여관비를 받아 들고 큰형이 말했다.

"얘, 대학까지 나온 거, 우리 형제 고혈을 빨아서라는 걸 아가씨는 모르는 모양인데, 애 밴 처녀가 얻다 대고 고개를 뻣뻣이 처들고 지랄이야?"

"지랄?"

그녀는 다시 전화를 들었다.

"빨대 하나 들고 다니면서 세상 살겠다는 당신 같은 인간은 나도 많이 봤어. 어디 누가 빨리나 좀 봐!" 그녀는 악을 썼고, 큰형이 나를 향해 소리쳤다. "명우 너 이 새끼, 똑바로 살아. 아버지가 이걸 알면 목을 맬 거다!" 그러나 큰형이 모르고 있었을 뿐, 아버지는 이미 그의 사정을 알고 있었다. 고향에 잠깐 내려 갔을 때 맞아 죽을 각오로 아버지에게 혜란과의 문제를 모조리 고백하자 아버지는 의외로 "알았다!" 그 한마디뿐이었다. 아버 지는 당신이 들은 그의 이야기를 형제들 누구에게도 발설하지 않았던가 보았다.

그날 밤, 선명우는 큰형과 함께 보냈다.

가진 돈은 빠듯했고, 그러니 허접한 여인숙에서 강소주를 마 시는 수밖에 없었다. "씨팔년!" 혜란에 대한 분을 삭이지 못해 큰형은 온갖 욕을 퍼부었고 그는 묵묵부답, 그 욕을 견디었다. 방 사이를 베니어판 한 장으로 막아둔 서부역 뒤편의 싸구려 여인숙이었다. 어떤 방에서는 더러 교성이 들리기도 했고, 옆방 에선 섯다판이 벌어졌는지 초저녁부터 내내 시끌시끌했다.

"씨팔것들, 조용히 좀 못해!"

큰형이 몇 차례나 벽을 두들기며 소리쳤다.

큰형은 누구하고라도 시비를 붙고 싶은 눈치였다. 갑자기 문 이 벌컥 열리고 건장한 청년들이 서넛 들어왔다. "얻다 대고 욕 질이야, 이 촌놈들이!" 싸움이 벌어졌다. 일방적으로 두들겨 맞 는 싸움이었다. 형은 머리가 깨지고 그는 눈두덩이 찢어져 피 칠갑이 되었다. 차라리 속이 시원했다. 아버지와 형제들에게 몰매를 맞는 거라고, 맞아도 싸다고 생각했다. 더 때려! 더 때려 줘! 차라리 그렇게 소리치고 싶은 심정이었다.

한여름이니 염전이 제일 바쁠 때였다.

"아버지는 졸업식 당일에 새벽차를 타고 올라올 거야. 하루도 염전을 비울 수 없으니까. 돈도 안 되는 염전에 붙잡혀 사는, 아버지 사는 게 그게 어디 사람 사는 거냐!" 큰형의 말을 듣고 그는 자신이 더 한심하게 느껴졌다. 졸업식장에서 아버지는 만삭의 혜란을 처음 만나게 될 것이었다. 그녀의 성격으로 볼 때, 아버지라고 해서 특별히 고분고분하게 굴지는 않을 것이라고 그는 생각했다. 그녀와 함께 사는 집을 아버지에게 보여드려야 하는 것도 부담이었다. 어떤 사달이 생길는지 알 수 없었다.

아버지, 하고 그는 속으로 불렀다.

취직이 되면 아버지를 서울로 모셔 인사드릴게요. 혜란이도 곧 데려와 인사시킬 거예요. 그러니 이번 졸업식엔 오지 마세요. 어떡하든지 아버지의 서울행을 막아야 했다.

잠들어 있는 큰형을 여인숙에 놔두고 나와 고향으로 가는 버스를 탄 것은 그 때문이었다. 오랜만에 내려가보는 염전이었다. 서천읍에서 죽산리까지는 걸어서 갔다. 뙤약볕이 쏟아지고 있었다.

멀리 허물어질 듯한 그의 집이 보였다.

그는 집을 그냥 지나쳤다. 동생들을 만날 염치가 없었다. 간 밤에 제대로 잠을 이루지 못한 데다가 서천부터 시오 리 길을 걸었기 때문에 집을 지나칠 때엔 눈앞이 가물가물했다. 찢어진 눈두덩이 땀으로 젖어 쓰라리기 이를 데 없었다. 35도를 넘나 드는 고온이 여러 날 계속되고 있었다. 중학교 1학년이었던가, 논산 오동나무골에서 죽산리까지, 150리 길을 걸어가고 걸어 왔던 기억이 어제 일처럼 느껴졌다.

아버지는 염전에서 대파질을 하고 있었다.

그는 소금 창고 벽에 은신해 뙤약볕 아래의 아버지를 보았다. 이런 고온이라면 새벽에 소금을 거두는 것이 관행이었지만, 다음 날 있을 그의 졸업식에 가려고 아버지는 예상대로 햇빛 속에서 대파질을 하고 있었다. 하루도 염전을 비울 수 없는 나날이었다. 아버지는 아마 일을 단속하느라 새벽부터 나와 점심조차 변변히 먹지 못했을 터였다.

대파질 소리가 들릴 만큼 가까운 거리였다.

소금 창고 모서리에 이마를 대고 그는 한참이나 숨죽이고 서서 아버지를 보고 있었다. 드넓은 소금밭에서 대파질하는 사람은 아버지 혼자뿐이었으며, 아버지의 등은 금방이라도 무너질 듯 구부러져 있었다. 그 무렵의 아버지는 몸도 좋지 않았다. 허리가 안 좋아 큰 힘을 쓰기 어려웠고, 피부는 고약처럼 타들어 가는 중이었다. 20킬로 소금 한 자루만 지고 일어날 때도 다리가 파르르 떨리는 걸 본 적이 있었다.

가슴이 타는 것 같았다.

아버지를 향해 달려갈 수도 없고 뒷걸음질 쳐 도망갈 수도 없었다. 그것은, 섬까지 포함해 1만 7천여 킬로미터가 넘는 한반도 해안의 특별하지 않은 한 지점에서 벌어진 일이었다. 남, 북한 당국자 회의가 정치 전략적으로 제안되고, 카터 대통령에 의해 주한 미 지상군의 철수 중지가 발표된 직후의 일이었다. 그리고 그곳은, 긴급조치위반죄에 의해 바른말을 하는 정치인, 정당한 대가를 요구하는 노동자, 민주화를 외치는 학생, 심지어 개인의 존엄을 지켜달라는 신부들까지 계속 투옥되거나 고문당하고 있는, 그 반인간적 세계사에 둘러싸인 한여름의 내 나라 어느 변방이었다. 생각 없이 보기엔 눈물 날 만큼 아름답고 평화스러운 해안이었으며, 아버지는 역시 그 풍경의 일부가 되어 있었다.

저 사람은 우리 아버지가 아니야.

그는 한순간 속으로 부르짖고 있었다.

뙤약볕 아래에서 혼자 소금을 긁어모으고 있는 새카만 얼굴의 저 늙은 남자가 왜, 1979년 여름, 꼭 자신의 아버지여야 한단 말인가. 아니, 맑은 바닷바람과 뜨거운 햇빛과 무성한 숲에 둘러싸인 평화스럽기 그지없는 그곳이 왜 하필 자신의 나라 한반도의 남쪽 어디여야 한단 말인가. 그게 자신의 아버지가 아니었다면, 그곳이 자신의 고향이 아니었다면, 그는 한때 꿈꾸었던 대로 그곳, 소멸의 더께가 입혀진 소금 창고 벽에 기대어 시나 썼을는지도 몰랐다. 〈평화스러운 염전〉이라는 제목의 시를. 아버지가, 단지 한반도에 살림터를 잡고 있는 7천만 명이 넘는 사람 중 어디에 세워놔도 전혀 표가 나지 않을 한 사람의 중년 남자, 그냥 염부1이었다면.

그러나 그 남자는 '염부1'이 아니었다.

몰강스러운 햇빛을 견디면서 소금을 모으고 있는 늙은 남자는 어김없이 그의 아버지였고, 그곳은 들끓고 있는 자신의 조국 어느 변방의 작은 염전이었다. 그런저런 세계사의 변방에서 여전히 아무것도 인식 못한 채, 늙어가는 그 남자에게 오직 '빨대'를 꽂고 생명을 유지해온 것이 바로 그와 그 자신의 형제들이었다고 그는 생각했다. 빨대, 빨대였다. 그걸 어떻게 부정하겠는가. 그는 그래서 깨달았다. 자신의 졸업식에 오지 말라고 아버지에게 말할 수 없다는 걸. 누구에게는 단지 하나의 의식일지 모르지만 아버지에게 그의 졸업식은 모든 인내의 끝이며 모든 희망의 집결체라는 걸.

안 돼!

그는 소리 없이 소리쳤다.

아버지는 내 졸업식을 봐야 해!

아버지에겐 당연히 그럴 권리가 있었다. 그 누구도 감히 아버지의 그 권리 행사를 멈추라고 말할 수는 없었다. 그는 곧 뒤돌아서 비틀거리며 걷기 시작했다. 돌아보면 이편에 등을 보이고 오로지 소금을 거두고 있을 중년 남자가 있겠지만, 그 남자가 염부1이 아니라 아버지이기 때문에, 그는 도망자처럼 비틀거리며 소금 창고를 차례로 지나갔다. 굽잇길을 돌아서면서 마지막으로 고개를 돌렸을 때, 아버지가 미끄러져 소금 더께 위로 엎어지는 게 순간적으로 보였다.

그게 그가 본 아버지의 마지막 모습이었다.

달려가 아버지를 일으키고 대파를 대신 잡아야 할 일이었지만, 그러면 아버지의 마음이 더 아플 터, 그는 짐짓 엎어진 아버지를 외면하고 굽잇길을 재빨리 돌아 나왔다. 아버지로부터 멀리멀리 도망치는 수밖에 없었다. 염전은 더 이상 보이지 않았다. 그는 다시 걸어 읍내로 나왔고, 그 길로 곧장 서울에 돌아왔다. 내일 아버지께 사각모를 쓴 나를 보여드려야 해. 당신은 그걸 볼 권리가 있어. 다른 건 사소한 일일 뿐이야, 오로지 그렇게 생각하면서.

그때 왜 아버지에게 달려가지 않았을까.

사무치게 후회해도 다 소용없는 일이었다. 아침에 대학에 나가 사각모를 분배받아 나오는데 과 조교가 그에게 전보 하나를 건네주었다. '부친 급사'라고 쓰인 전보였다. 믿을 수 없었지만 사실이었다. 염전 어귀의 굽잇길을 돌아 나올 때 미끄러져 엎어지는 아버지의 모습을 마지막으로 보았는데, 그 상태에서 아버지는 다시 일어나지 못한 것이었다.

아버지의 임종을 남몰래 본 셈이 됐다.

아니 달려가 아버지를 일으켜 안았으면 살릴 수 있었으니까 결과적으론 아버지의 죽음을 방치한 셈이었다. 경찰 조사에서 어떤 염부는 그날 아침 아버지가 제1증발지의 '난치'에 저수조 바닷물을 들여앉히는 걸 보았다고 했고, 어떤 염부는 한낮에 아버지가 저수조 건너편의 하천 부지 콩밭을 매는 걸 보았다고 했다. 졸업식에 다녀올 요량으로 그날의 아버지는 새벽부터 뛰고 뛰었던가 보았다. 증발지에서의 체감온도는 40도가 넘는 날씨였다. 부검을 집도한 의사는 아버지의 위장에 음식물이 거의 없었다고 했다. 먹을 시간조차 없었을 터였다.

"소금 부족으로 사망한 거라고 봐야지!"

먼 훗날에도 그는 담당 형사의 말을 잊지 못했다.

"염전을 하는 양반이 소금기 부족으로 죽다니, 이런 아이러니가 어디 있겠나!" 형사는 혀를 찼다. 인체엔 기본적으로 0.85퍼센트에서 0.9퍼센트의 염분이 있어야 한다는 걸 안 것은 염전을 직접 일궈본 다음이었다. 0.2퍼센트 염도가 되면 사망에 이를 수도 있었다. 굶은 채 종일 뙤약볕 아래에서 중노동을 감당한 아버지에게서 시시각각 염도가 빠져나가는 것이 사실적인 그림으로 보이는 것 같았다.

그는 아무 말도 할 수 없었다.

어떻게 아버지가 대파질하는 걸 숨어서 보았노라고, 또 어떻게 당신이 소금 더미에 코 박고 쓰러지는 걸 직접 보았노라고 말할 수 있었겠는가. 입이 저절로 붙어버린 느낌이었다. 아버지의 마지막을 본 것은 그러므로 그 자신만의 영원한 비밀이 되었다. 그리고 그 모든 걸 그는 잊었다. 아니 지워졌다. 충격이 컸기 때문인지 너무 절실히 잊고 싶었기 때문인지는 알 수 없었다. 놀랍게도 아버지의 장례식이 끝날 때쯤부터는 그의 머릿속에서 마지막으로 본 아버지의 기억은 삭제되고 없었다. 완벽한 망각이었다.

일종의 통각이었을 거야.

그는 그렇게 생각했다. 소금에 달고 시고 쓰고 짠 모든 맛의 근원이 들어 있지만, 매운맛은 없었다. 아픔으로 혀를 마비시키는 게 통각이었다. 이후 긴 세월 동안 그랬다. 사우디아라비아 사막에서 보낼 때에도, 회사에서 수십 년간 생산성의 목표치를 향한 지상 과제를 향해 짐꾼처럼 달려가고 있을 때에도, 아내와 아이들의 소비 욕망을 따라잡기 위해 필사적으로 세상과 회사에 나의 비천한 빨대를 꽂고 죽어라 빨 때도, 심지어 아내와 아이들의 기쁨을 위해 조리하거나 식탁보를 깔거나 세탁기를 돌리거나 여행 스케줄을 짤 때에도 아버지가 소금 더께 위로 쓰러지던 건 기억나지 않았다. 그때의 지독한 매운맛 때문에 기억의 혀가 마비되어 있었던 모양이었다.

삭제된 기억의 봉인을 푼 건 김승민이었다.

성년을 맞는 시우의 생일, 그 눈바람 속에서 키 작은 남자 김승민의 트럭을 만나지 않았다면, 아니 트럭에 실린 소금 자루들을 만나지 않았다면, 그는 어쩌면 지금도 열심히 회사나 다니면서 가족들의 소비 온도를 따라가느라 허겁지겁 살고 있을지 몰랐다. 그가 일상의 옆구리 생살을 찢고 전혀 다른 생으로 튕겨 나온 것은 전적으로 김승민의 트럭 짐칸에 실린 소금 자루들이 불러온 기억 때문이었다. 트럭 위에 실린 생경한 흰빛의 소금 자루들을 보았을 때, 봉인된 기억의 회로에서 그 찰나에 대체 어떤 일들이 벌어졌는지는 알 수 없었다. 어떤 소금 자루들은 붕 떠오르고 어떤 소금 자루들은 마구 터지고 있다고 느꼈다. 그리고 벼랑 아래로 떨어지는 김승민의 비명을 듣는 순간, 기억의 지뢰가 뇌관을 터뜨리며 마침내 폭발했다.

그것은 아, 분명히 아버지의 비명 소리였다.

그런 의미에서, 김승민은 아버지의 현현인지도 몰랐다. 김승민의 기저귀를 갈아줄 때, 욕창에 걸릴까 봐 그의 온몸을 알코올 솜으로 닦아줄 때, 그에게 음식을 먹여주고 그를 목욕시킬 때, 그를 잠자리에 안아 뉠 때, 그때마다 그는 아버지의 기저귀를 갈고 아버지의 몸을 닦고 아버지에게 먹이고 아버지를 목욕시키는 느낌이었다. 아버지가 김승민의 몸을 통해 그 자신에게 돌아온 것 같았다.

이것은, 아주 윤리적인 거래야!

그렇게 중얼거린 적도 많았다. 아버지에게 빨대를 박고 살았으니 김승민의 몸을 빌려서라도 아버지는 당연히 그에게 그 정도를 요구하고 누릴 권리가 있으며 그는 그걸 수행할 의무가 있었다. 그것이 공평한 거래였다. 근원적인 공평함은 관계에 따른 관습을 넘어서 존재한다고 믿었다. 부모 형제라고 해서 뭐가 다르겠는가. 부모가 늙고 병들어 더 이상 일할 수 없으면, 부모를 빨아먹고 제 몸집을 불린 자식들이 헌신적으로 돌보는 게 윤리적인 거래였다. 김승민이 10년쯤 더 살았어도 좋았을 터였다.

돌아보면, 그는 평생 가난뱅이 인생이었다.

사우디아라비아에서 폐결핵에 걸려 귀국했을 때, 큰애는 초등학생, 둘째 애는 유치원에 다니고 있었다. 막내 시우만 어린

애였다. 오랫동안 떨어져 지내선지 아이들과도 서먹서먹했다. 그가 안아주기라도 하려 하면 마치 낯선 남자를 대하듯이 매몰차게 뿌리치고 제 엄마 품으로 달려가곤 하는 걸 보면서 그는 아이들과의 관계에서도 첫 단추를 잘못 끼웠다는 걸 알고 느꼈다. 애들한테 사우디에서의 5년이란 너무 긴 세월이었던 것 같았다. 아이들을 위해 멀고 먼 사막에서 죽어라고 일했다는 알리바이를 갖고 있었지만, 아이들은 그를 계속 그들에게 소속되지 않은 손님 보듯 할 뿐이었다. 혜란과 그의 문화가 근본적으로 달랐기 때문인지, 그가 없을 때 아이들이 그녀에게 지나치게 길들여졌기 때문인지 그런 건 확실하지 않았다. 어쩌면 모든 결정권을 전적으로 어미가 갖고 있다는 걸 아이들이 알고 있었기 때문인지도 몰랐다.

아이들과의 거리감은 좁혀지지 않았다.

큰애는 중학교 갈 때까지도 그를 아빠라고 부르지도 않았을 정도였다. 다정한 부녀의 모습을 보면 가슴이 찡한 적도 많았다. 아이들에게 손을 내밀어보려고 노력도 했지만 개선은 되지 않았다. 그는 가끔 아내한테 너무 결정권을 위임하고 있었던 것이 아버지로서 잘못은 아니었을까, 하고 생각했다.

겨우 시우와의 관계만 그나마 조금 달랐다.

그가 돌아왔을 때 그 애만 어린애였다. 안아줄 수 있었던 건 시우뿐이었다. 혜란과의 관계도 쉽게 개선되지 않았다. 그녀는 자신이 어렸을 때 사랑받아온 방식대로 애들을 사랑했고, 또 그런 방식대로 살았다. 유복한 가정에서 외동딸로 성장해온 그녀였으니까 아이들도 그렇게 커야 한다고 믿었던 것 같았다. 어떤 보상 심리도 작용했을 터였다. 자신이 가난해진 걸 주위 사람한테 들키는 것이 그녀로서는 죽기보다 싫다고 했다.

평생 플러스 통장을 가져본 적이 없었다.

사우디에서 5년 만에 돌아왔을 때, 통장에 잔고가 없다는 말을 듣고 그는 정말 놀랐다. 고생한 만큼 월급도 그 시절로서는 꽤 많이 받고 있다고 생각했는데, 돌아온 그에게 보여준 아내의 통장은 마이너스였다. 아파트로 이사해 있었지만 그건 망하기 전의 친정 오빠들이 도와 그리된 것이었지 그가 번 돈으로 구한 게 아니었다. 아이들은 최고의 사립학교와 유치원에 다니고 있었다. 아내는 여전히 부잣집 외동딸이었을 때의 수준으로 옷을 입었고, 아이들도 그 수준에 맞추어 꾸며졌다. 명품이 아니면 학용품도 쓰지 않을 정도였다.

혜란은 자본의 단맛을 평생 버리지 못한 환자였다.

그녀에게 마음의 빚이 있었기 때문에 그녀에게 단단히 맞설 수도 없었다. 가장 큰 마음의 빚은 언제나 그의 가슴속에 세희 누나가 있었다는 사실이었다.

그녀도 그것을 알고 있었다.

그것이 소비의 단맛을 쫓는 그녀에게 강력히 제동을 걸지 못한 내적 동인이었다. 죽어라 일했으나 가족들의 소비를 따라가기엔 항상 부족했다. 남의 밥그릇에 그 역시 나름대로 빨대를 박았던 적도 많았다. 거래처로부터 리베이트를 눈치껏 받아 챙기기도 했고, 여러 수단을 동원해 거래처에게 밑돈을 요구한 적도 있었다. 자신을 위해선 정작 자장면조차 변변히 못 사 먹을 정도로 짜게 살면서도 그랬다. 점심 약속이 없을 때는, 부하 직원들이 볼까 봐 먼 시장 뒷골목까지 가 김밥으로 점심을 때운 적도 많았다. 상무가 된 다음에도 그랬다. 그는 극빈자 신세를 평생 면하지 못했던 것이었다.

아버지의 염전을 찾은 것은 강경 옥녀봉에 자리 잡고 난 다음이었다. 중학교 1학년 때 걸어갔던 그 길을, 백발이 된 선명우는 혼자 트럭을 몰고 갔다. 가을이 깊어질 때였다.

서천에서 죽산리까지 가는 길은 예전과 달리 깨끗이 포장이 되어 있었다. 그가 살던 옛집은 허물어지고 없었다. 그는 집이 있던 자리에 차를 세우고 굽잇길을 걸어서 옛날의 염전 자리를 찾아갔다.

사방에서 단풍이 불타고 있었다.

아버지가 쓰러질 때의 모습이 생생히 재현됐다. 갈퀴 같은 아버지의 손과 껑충하게 솟은 어깨뼈와 성긴 머리칼이 선연했고,

당고모네로 혼자 거처를 옮기라고 이르던 날의 아버지 눈빛도 선연했다. "너는 오직 공부만 해라!" 하던 그 눈빛, 먼 길을 걸어서 찾아갔을 때 대파 자루로 사정없이 후려치면서 "오늘 밤 우리, 다 죽자!" 하던 순간의 그 살기 띤 그 눈빛. 눈물로 번질번질하던 눈 속의 그 불덩어리야말로 그가 기억하는 아버지의 진짜 모습이었다. 거기엔 가난으로 대를 물려온 모든 정한, 모든 분노, 모든 욕망이 담겨 있었다. 어찌 아버지뿐이랴. 그것은 아버지 같은 아버지1, 아버지2, 아버지3……, 아버지100……, 아버지1000…… 의 얼굴이기도 했다.

작은형에 대한 그리움도 사무쳤다.

작은형이 죽은 건 대학에 입학하던 해였다. 마지막으로 만났을 때 작은형은 매바위로 데려가달라고 그에게 부탁했다. 이른 봄이었다. 송림을 지나면 바다로 나앉은 매바위가 있었다. 언젠가, 갈매기들이 "따라와봐라, 따라와봐라, 하잖아"라고 작은형이 말했던 곳이었다. 작은형은 그에게 시를 가르쳐준 문학 스승이기도 했다. 매바위로 업고 가는 동안에도 작은형은 그의 어깨에 두 번이나 객혈을 했으며, 그래서 그는 작은형의 죽음이 임박했다는 걸 알았다.

"너, 아버지한테 돌아오지 마!"

한참 앉아 있던 작은형이 한 말이었다. 작은형도 자신이 곧 죽을 거라는 걸 알고 있었다. "너도 눈치챘겠지만, 아버지는 너를 가르쳐서 우리 집의 노예로 죽을 때까지 부려먹으려 하고 있어. 네가 대학을 졸업하면 우리 식구 모두가 너한테 붙을 거야. 특히 큰형을 조심해. 뼈만 남을 때까지 너를 빨아먹으려 들지 몰라. 그러니까 절대 여기 오지 마!" 작은형은 그러고 나서 이틀 후에 죽었다.

염전 자리엔 대하 양식장이 들어서 있었다.

소금이 오던 자리엔 새우들이 한창 자라고 있었다. 휴, 하고 한숨이 나왔다. 염전이 그대로 있는 것보다 대하 양식장이 된 게 오히려 마음이 놓이는 느낌이었다. 군산 하굿둑이 만들어진 이후 그 부근의 바닷물 염도가 묽어지고 해서 소금 생산량이 턱없이 줄어든 탓이라고 했다.

"그게 아니라도, 요즘 누가 염전을 하려고 하겠어요?"

대하 양식집 주인은 말했다. 수지 타산도 안 맞겠지만, 무엇보다 염부의 노동량을 감당할 사람이 없다는 뜻이었다. 물새들이 매바위 위를 날아가면서 "따라와봐라, 따라와봐라……." 울고 있었다. 작은형의 혼백이 내는 소리 같았다. 작은형은 누구보다 염전이 사라진 걸 다행이라고 여길는지 몰랐다. 그도 그랬다. 그때만 해도 소금에 대해선 아는 것이 거의 없었다. 아버지가 염부였으며, 소금이 한때 그와 형제들의 '밥'이었다는 사실만 겨우 알고 있었다. 아버지와의 공정한 '윤리적인 거래'를 도모하기 위해 꼭 염부의 길을 가야 하는 건 아니었다.

염전에게 앙갚음할 건 없다고 생각했다.

소금과 관계 맺게 된 건 그 이듬해였다.

그 무렵 정부는 전국의 염전을 대폭 줄일 계획을 갖고 있었다. 어떤 통계를 보면 1997년만 해도 우리나라 염전의 총면적은 약 8700헥타르에 달했다. 생산이 많으니 당연히 가격 경쟁력이 없었다. 중국 소금이나 기타 정제염을 사다 먹으면 훨씬 싼데 우리 천일염은 그 값으론 수지가 맞지 않았다. 세계적인 소금보다 우리 천일염이 미네랄 함량이나 기타 모든 면에서 월등히 우수하다는 걸 소비자들은 몰랐고 정부는 짐짓 모른 체했다. 오로지 효율성의 극대화가 지상 명제였던 시절이었다. 정부 스스로 천일염을 천시해 '광물'로 분류했고, 그에 따라 8700헥타르의 염전을 1500헥타르까지 줄일 계획을 세웠다. 암염이나 정제염은 나트륨 덩어리일 뿐 미네랄, 칼슘 등은 전혀 없는 죽음의 소금이지만 그것을 아는 사람도 없었다. 염전들이 하루가 다르게 없어졌고, 그 자리엔 골프장이나 잉어 양식장 같은 게 마구 들어섰다.

전라도 어느 해안을 지날 때였다.
어떤 늙수그레한 염부가 트럭 위의 소금 자루들을 바다에 버리는 걸 우연히 보게 됐다. 우리의 천일염은 세계적인 게랑드 소금보다 품질은 우수한데 값은 100분지 1도 안 됐고, 그 값으로나마 판로가 없었다. 정부의 저가 정책도 한몫했음은 물론이었다. 뼈 빠지게 농사 지어봤자 아이들 학비는 물론 입에 풀칠하기도 어려웠다. 오죽했으면 염부가 피땀으로 거둔 소금을 바닷속에 수장시키겠는가.

그 염부는 아이처럼 울고 있었다.

처음에 그는 그 사람이 하는 짓을 보면서도 도무지 믿어지질 않아서 멍하니 보고만 있었다. "저 양반 소금을 버리는 거야!" 함열댁이 하는 말을 듣고서야 정신이 번쩍 났다. 그 염부는 평생 염부를 해왔을 법한 청동빛 쪼글쪼글한 얼굴이었다. 염부에게 자식이 다섯이나 딸려 있었다는 건 나중에 알았다. 울면서, 중늙은이 염부는 소금 자루들을 들어 바다로 막 내던지고 있었다. "이게 무슨 짓입니까!" 그가 달려들었다. "비켜. 상관 말아. 내가 농사진 소금, 내가 버리거나 말거나 당신이 무슨 상관이야!" 염부가 한사코 그를 뿌리쳤다. 세상에 대한 원망과 증오가 활활 타오르는 눈빛이었다. 그의 가슴속에서도 불길이 솟구쳤다. "내가 다 살게요. 이 소금을 내가 다 사겠다고요!" 그는 남자의 허리를 부둥켜안고 늘어졌다. 생면부지였지만, 악을 쓰면서 그들은 지칠 때까지 그 바닷가에서 드잡이를 했다.

그것이 그가 소금과 관계 맺게 된 단초였다.

드잡이를 하다 하다 지치니까 그 염부가 쓰러져 누우면서 말했다. "다 싣고 가쇼! 꼴도 보기 싫으니 다 싣고 가라고!" 작은 토판 염전에 온 가족의 생존이 걸려 있었다. 아무리 열심히 일해도 아이들 먹이고 입히는 것조차 역부족이었다. 수입 소금이 물밀 듯 들어오는 참인데 누가 비싼 토판염을 사겠는가. 제값을 받아보자고 소금을 트럭에 싣고 광주로 서울로 다녔지만 염부는 가져간 소금의 3분지 1도 못 팔고 염전으로 돌아오다가 울화를 견디지 못하고 소금을 바닷속에 버리려 한 것이었다. 애들 학비를 마련하려고 길을 나섰다가 싣고 간 소금을 3분지 1도 못 팔았으니 집으로 돌아오는 아버지 마음이 천 갈래 만 갈래 찢어졌음은 물론이었다.

선명우는 트럭에 남은 소금들을 옮겨 실었다.

염부도 울고 그도 계속 울고 있었다. 매운 눈물이었다. 있는 대로 남자에게 돈을 쥐어주면서 그는 말했다. "우리 아버지라면 소금에 코 박고 죽을망정, 당신처럼 자신이 거둔 소금한테는 이런 몹쓸 짓 안 했을 거요!" 똑같은 염전에서 얻은 소금이라고 해도, 소금은 그 맛과 형태가 달랐다. 가령 남서풍을 받은 소금은 거칠거칠하고 건조해서 짠맛의 으뜸이 되고, 북서풍을 받은 소금은 입자가 단단하고 굵어 맵시의 으뜸이 되었다. 동풍을 받으면 그 입자가 곱고 가볍지만 남동풍 소금은 습기를 머금어 무거워지는 것도 바람의 이치였다. 바람과 햇빛에 따라서 확연히 달라지는바, 그 늙은 염부가 소금을 버린 것은, 알고 보면 바람을, 햇빛을, 하늘을, 그리고 제 새끼들을 버리려 한 셈이었다. 세상이 잘못돼 있으면 어떤 애비들 또한 그렇게 비뚤어진다는 걸 그는 그날 절실히 느꼈다.

그는 자신의 삶을 혁명의 불씨에 대고 싶었다.

소금에 대해 공부하기 시작했다. 처음엔 책을 보았고 다음엔 전국의 염전을 찾아다녔다. 그건 오로지 자신을 위한 공부였다. 학교를 다닐 때나 회사를 다닐 때, 한 번도 자신을 위한 공부를 한 적이 없었다는 걸 아프게 깨닫기도 했다. 돌아보면 모두 세상이 가리키는 방향에 따른 공부였다. 소금은 그러나 온전히 주체로서 자신이 선택한 학습이었다.

소금 공부가 정말 재미있었다.

그리고 마침내 확연히 알게 되었다. 좋은 소금은 사람을 살린다는 걸. 염전을 무조건 줄여야 한다든가, 바다를 막아 갯벌을 없애야 소득이 높아진다든가, 우리의 농업을 팔아 자동차를 몇 대 더 팔면 낫다든가 하는, 저 싸가지 없는 생각들을 갈아엎어야 한다는 걸. 지난날의 삶, 지난날의 공부가 병든 공부였다는 걸.

선명우의 인생은 가출 전과 후로 나눌 수 있었다.

가출 전의 그는 빨대 하나 들고 세상의 구조에 충직하게 복무했다. 만족은 오지 않았다. 불가사리 같은 자본 중심의 체제에 기생해 그 역시 빨대를 꽂고 죽어라 빨았으나, 넷이나 되는 처자식이 그의 몸뚱이에 빨대를 또한 꽂고 있었으므로 그가 빨아올리는 꿀은 늘 턱없이 모자랐다. 모자라면 더욱 몸이 달았다. 그 체제는 그에게 약간의 꿀을 제공하는 대신, 그를 계속 노예 상태로 두고 부려먹기 위해 그의 후방에 있는 처자식을 끊임없이 부추겨 그가 빨아 오는 꿀을 더 재빨리 소모시키도록 획책했다. 회사의 매출이 10으로 늘어나면 '단맛'에 길들여진 가족들의 소비 욕구는 어느새 100이 되었다. 회사와 회사를 거느린 체제가, 그에게 10을 주고 뒷구멍에서는 그의 가족들이 100의 욕구를 갖도록 끊임없이 획책했다는 것을, 그는 가출하기 전엔 몰랐다. 그가 죽어라 빨대를 꽂아 빤 10의 꿀은 빚까지 보태 가족들에게 100으로 빨렸고, 그 100은 다시 고스란히 회사와 회사를 거느린 체제 안으로 되돌아가는 방식이었다.

체제의 입장에서는 아주 효율적인 구조였다.

그러나 그의 입장에서는 아무리 연봉이 올라도 계속 방어 불능 상태에 남게 되는 잔인한 구조가 아닐 수 없었다. 그 구조 안에 들면 부모 자식, 부부 관계도 안전하게 영위하는 일이 불가능했다. 자식들은 커가면서 아비의 말보다 저들에게 더 다급하게 영향받는 욕망의 '괴물'로 시시각각 변해갔다. 가족끼리 둘러앉아서도 더, 더, 더라고 말하면서 소비의 단맛을 쫓아가도록 만드는 효과적인 프로그램은 얼마든 널려 있었다. 동료에게든 친구에게든, 비인간적인 빨대를 꽂아 욕망을 채우도록 유도하는 프로그램들도 다 그 범위 안에 있었다.

특히 '핏줄'이라는 이름으로 된 빨대는 늘 면죄부를 얻었다.

사람들은 핏줄, 핏줄이라고 말하면서 '핏줄'에서 감동받도록 교육되었다. 핏줄조차 이미 단맛의 빨대들로 맺어져 있다는 것을 아는 사람은 많지 않았다. 사람들은 '사랑'이라고 불렀다. 사랑이 빨대로 둔갑했지만 핏줄이기 때문에 그냥 사랑인 줄만 알았다. 빨대를 들고 기웃거리는 젊은이들은 어디에서든 볼 수 있었다. 일차적인 표적은 아버지였다. 스물이 넘은 자식들조차 핏줄이므로 늙어가는 아비에게 빨대를 꽂아도 당연하다고 여기는 것이 흔한 일이 되었다. 모두 그 체제가 만든 덫이었다.

"우리가 남인가요. 서로 나누어야 돼요!"

그렇게 부르짖는 사람들도 물론 많았다.

언필칭 여러 분야의 지도자라고 불리는 사람들이 나눔과 통합파의 선봉장이었다. 그러나 그것은 거짓 희망을 만들어내려는 전략적 수사에 지나지 않았다. 목소리가 큰 저들이야말로 거개가 그 구조의 조정자이고 가장 큰 수혜자라는 걸 보통 사람들은 잘 몰랐다.

저들은 일반인보다 더 큰 빨대인 '깔때기'를 갖고 있었다.

그 깔때기는 주둥이가 넓어서 수많은 빨대들이 빨아들인 걸 단번에 빨 수 있는 일종의 '괴물 빨대'였다. 사람들이 욕망에 따라 우왕좌왕하지 않으면, 넓은 깔때기 흡입구를 다 채울 수가 없으므로, 저들은 한낮에 나눔과 통합을 외치고 한밤중에 끼리끼리 배 맞춰, 사람들이 패거리 지어 나누어지도록 끊임없이 획책했다. 사람들은 저들이 퍼뜨리는 바이러스에 감염되어 자기들끼리 패거리를 나누고 물어뜯으면서 그 괴물 빨대에 기생하거나 굴종하기를 마다하지 않았다. 더 큰 나라가 더 작은 나라를 빨고, 더 힘센 우두머리가 힘없는 졸개들을 빠는 빨대와 깔때기의 구조야말로 자본주의적 세계 구조였다.

핏줄이라고 그것을 넘어설 수는 없었다.

"아버지의 무능 때문이야!"라고 어떤 자식들은 말했다. "우리 아버지는 우리를 위해 별로 한 게 없어!" 그렇게 말하는 자식들 중엔 성년을 넘긴 자식들이 오히려 많았다. "모든 게 당신 때문이야!"라고 말하는 부부도 있었고, "다 저쪽 패거리 때문이야!"라고 말하는 이쪽 패거리도 있었다. 사람들은 어디에 대고 손가락질해야 하는지 잘 판별할 수 없었기 때문에, 그 체제가 기획한 대로 사랑하는 사람들을 손가락질하며 생산력과 소비라는 이름의 거대한 터빈 안에서 불안과 어지럼증에 시달리며 나아가고 있었다. 단맛은 필연적으로 이를 썩게 만들었다. 소비구조가 자식들에게 분별없는 빨대를 쥐어주고, 체제가 안방에 들어와 부부 사이를 이간질시키고, 세계가 집안에 끼어들어 형제를 갈라놓는 건 누워 식은 죽 먹기였다.

아버지들은 근엄했지만 아무 힘이 없었다.

체제에 편입돼 과실을 따 오는 대표 선수로서 그럴듯해 보이긴 했지만, 가족들이 거대한 소비 체제에 들어 있는 한 아버지에겐 그 체제를 방어할 항거 능력이 전무했다. 핏줄에게 빨리고 핏줄의, 핏줄의, 핏줄에게도 빨렸다. 핏줄이라는 강력한 이데올로기를 명분으로 삼은 저들이 자신들의 깔때기를 채우기 위해 그 구조를 전적으로 허락하고 돕기 때문이었다. 성장한 자식을 독립시키겠다고 해도, 핏줄이므로 아버지만이 비난받는 이 구조는, 체제의 입장에선 양보할 수 없는 규범이었다.

그 대신 자식들은 늙은 아버지를 돌볼 필요가 없었다.

여력도, 시간도 없다고, 그러니 늙은 아버지는 체제가 돌봐야 한다고 사람들은 말했다. 노인 요양원을 더 많이 지어 자식들의 짐을 덜어야 한다는 주장을 복지라고들 불렀다. 철저히 불공정한 비윤리적 거래였으나 아버지들은 아버지이기 때문에 그 모든 것에 침묵하는 게 최선의 미덕으로 간주됐다. 늙은 아버지의 죄는 더 이상 생산성을 갖고 있지 않다는 것이었다. 생산성을 갖고 있지 않기 때문에 늙은 아버지들은 '폐기품'으로 처리

할 수밖에 없으며, 그렇게 간편히 처리해야 이미 성장해 또 다른 자식들을 거느린 자식 출신의 젊은 아버지들을 체제가 마음 놓고 부려먹을 수 있었다. 어떤 이들은 그것을 가리켜 역사 발전이라고 말했다.

거대한 고리(高利)의 구조가 바로 역사 발전이었다.

선명우는 시우의 스무 살 생일을 회상했다.

아내는 집에서 파티를 해야 한다면서 일식집에 전화를 걸고 있었다. 음식 재료를 가져와 집에서 회를 뜨고 초밥을 만들고 해달라는 주문이었다. 이사 들어간 빌라만 해도 빚을 많이 지고 산 것이지만 아내는 그런 건 상관없다는 태도였다. 일식집에선 부주방장이 출장을 오겠다고 하는 눈치였다. 그는 화장실에 앉아서 아내가 일식집과 통화하는 소리를 들었다. 부주방장만 가도 되느냐, 설거지 등 허드렛일을 할 사람을 딸려 보내야 하느냐, 저쪽에서 그렇게 묻는 눈치였다.

"설거지는 아빠가 하면 되잖아!"

큰딸의 말이 들렸다. 파티를 하고 난 뒤처리는 늘 그가 맡아 왔으므로 큰딸의 말이 틀린 건 아니었다. 무슨 말이 그들 사이에 오고 갔는지 이번엔 둘째 딸이 말했다. "진짜로 엄마, 봄에 별장 사는 거야? 내 생일 파티는 그럼 별장에서 해도 되겠네!

생일 선물로 있지, 나 차 한 대 사줘! 이쁜 유럽 차로!" 가슴이
막 무너지는 느낌이었다.

애들에게 섭섭하진 않았다.

애들에게 자신의 존재가 겨우 은행의 지불 창구 직원이거나
가사 도우미 정도라 해도 그건 애들 탓이 아니라고 생각했다.
화장실에 앉은 그의 가슴이 무너진 것은 섭섭함 때문이 아니라
외로웠기 때문이었다.

세상 끝에 혼자 버려진 것 같았다.

물론 선명우는 애들을 사랑했다.

집을 떠나온 뒤에도 마찬가지였다. 사랑하지 않고서야 어떻
게 아이들을 키우는 그 길고 지난한 과정을 묵묵히 견뎌냈겠
는가. 밤이 깊었을 때, 가끔 딸들의 방을 돌아다니면서 한참씩
잠든 얼굴들을 들여다보던 기억은 언제 생각해도 가슴에서 모
닥불처럼 타올랐다. 세상의 모든 아름다움, 세상의 모든 희망,
세상의 모든 감동이 잠든 그 애들 얼굴에 있었다. 그 애들 때문
이라면 어떤 시련도 무섭지 않았다.

하지만 소용없는 일이었다.

자본이 만들어내는 거대한 소비 문명이 아이들과 그를 끝없
이 이간질시켰다. 어떤 개인도 그것으로부터 가족을 지켜낼 수

는 없었다. 아비가 빨아 오는 단물이 넉넉하면 가정의 평화가 유지되고 그 단물이 막히면 가차 없이 해체되고 마는 가정을 그는 너무나 많이 보았다. 아버지가 실직하면 가족이니 더 뭉쳐야 한다고 생각했지만 현실은, 해체였다. 그는 그래서 가끔 생각해보았다. 자신이 좀 더 적극적으로 아이들에게 개입했다면 달라졌을까, 저 거대한 문명에게 어떤 개인이 맞장 뜨는 게 과연 가능한 세상일까 하고.

아직 꿈이 사라진 건 아니었다.

"내겐 지애와 신애가 있어." 그는 중얼거렸다.

핏줄이라는 말엔 누대에 걸쳐 만들어온 이데올로기에 의한 어떤 속임수가 깃들여 있다고 생각했다. 그는 핏줄이라는 이름의 맹목적이고 소모적인 관계망에 다시 갇히고 싶지 않았다. 핏줄이 아니지만, 잠든 신애, 지애를 들여다볼 때도 여전히 가슴이 먹먹했다. 성우나 시우의 잠든 모습을 볼 때하고 하나도 다르지 않았다. 구루병에 걸린 신애는 노래하는 사람이 되어서 죽어가는 사람들 머리맡에서 계속 노래를 불러주며 살고 싶다고 했다. 실명으로 가는 지애는 안과 의사가 되는 게 꿈이었다. 실제로 신애는 그가 염전에 가 있을 때 김승민의 시중을 그 대신 다 들었고 그 곁에서 틈만 나면 노래를 불러주었다. 그들 역시 핏줄로 엮인 관계가 아니었다.

"두고 봐!"

336

그는 말했다.

"나의 아이들을 자유롭게 키울 거야!"

자본의 저 거대한 '깔때기'와 무분별한 '빨대'가 사랑하는 그 애들을 제 입맛에 맞는 노예로 만드는 걸 다시 또 방치하지 않을 작정이었다. 사랑의 이름으로 무엇을 어떻게 지켜야 하는지 알 것 같기도 했다. 그 애들은 아주 건강히 크고 있다고 생각했고, 그리하여 그 애들 아버지가 된 게 참으로 좋았다.

아버지 같은 염부는 되고 싶지 않았다.

"나는 당신의 아들이지 당신이 아니니까." 아버지는 평생 소금이 사람을 살린다고 믿지 않았다. 생산성만을 생각한다면 아버지는 처음부터 염전으로 돌아가지 않았어야 옳았다. 당신은 세계가 주입해준 대로 소금이 오직 '밥'이라고만 생각했다. 체제가 획책하는 대로 살았던 원죄는 아버지도 피해 갈 수가 없었다. 아버지 같은 염부는 되지 않을 것이었다. 토판염의 가치를 아는 소비자가 최근 부쩍 많아진 것도 다행이었다. 수지 타산이 안 맞는 것도 아니었다.

사람을 살리는 소금을 만들고 싶었다.

그동안 꾸준히 공부해왔으니 곧 죽염 공장도 만들 예정이었다. 대나무에 천일염을 넣고 황토로 봉해 소나무 장작불로 아홉 번 구워낸 것이 진짜 죽염인데, 고온으로 구워낸 죽염엔 오염된 중금속 물질이 거의 없었다. 산성화한 체질을 알칼리성으로 바꾸는 환원력엔 죽염이 최고라 할 수 있었다. 현대인의 질병은 잘라내고, 갈아 끼우고, 꿰매고, 또 항생제 먹이고 하는 일반적인 병원 처방만으론 한계가 있다고 생각했다. 병원 처방과 함께 면역력을 함께 키우는 길을 꾸준히 찾는다면 신애나 지애를 구하는 일도 불가능한 것만은 아닐 것이었다. 인체에 신성이 깃들어 있다는 걸 그는 믿었다. 아버지만이 아니라 세상에도 빨대를 박고 살았으니, 이제 세상과의 거래도 공평히 하고 싶었다.

그래서 선명우는 '젊은 시인'에게 이렇게 말했다.

"알아. 자네가 내게 무엇을 더 묻고 싶은지. 나의 또 다른 가족 이야기, 성우, 시우 이야기를 들이대고 싶은 것이겠지. 잘한 짓이냐고 들이대고 싶겠지. 미안하네. 내가 가족을 '버렸다'고 생각하는 자네의 생각에 동의할 마음은 없네. 처음부터 의도한 건 아니지만 결과적으로 보면 나로 인해 그 애들도 인생의 새로운 찬스를 맞은 거라고 생각하네. 모두 성년이 되어 내게로부터 떠났으니. 헛, 동의 못 하겠다는 표정이군. 자네는 뭐 관습에 따라 생각하고 나는 새로 태어난 나의 주체로 생각하니, 우리가 생각을 합치긴 쉽지 않을 걸세. 그러니 친구로 내게 오는 건 좋지만 다른 생각을 갖고 내게 오진 말게나. 모든 건, 미

루어두시게. 아니면 허어, 자네가 쓰고 있는 그 소설에서 한번
멋진 길을 내보든지."

귀가

5월에 나는 시우와 함께 남쪽 바다로 갔다.

자신이 출연한 연극 공연이 끝난 것과 때맞추어 직장을 옮기기로 했다면서, 그사이 며칠 동안 바다를 보러 가고 싶다고 시우가 말했기 때문이었다. 진도에서 '신비의 바닷길 축제'가 열린다는 것을 전해 듣고 우선 진도로 갔다. 조수간만의 차이에 의해 고군면 회동마을과 의신면 모도 사이에 한 시간 동안 생겨나는 바닷길을 보러 수십만 명의 사람들이 몰려들었다. 미처 몸을 피하지 못해 땅 위로 드러나 팔딱거리는 낙지를 줍고 시우는 어린아이처럼 좋아했다. 처음 바닷길을 걸었다는 전설의 주인공 뽕 할머니 동상 앞에선 사진도 여러 장 찍었고 세방 낙조 전망대에서는 황홀한 일몰 풍경을 보았다. "사람이 죽어 정한을 남기면 그것이 붉은 놀빛이 된대." 선명우에게 들은 이야기를 내가 했고, "슬프다." 시우는 놀을 바라보며 눈을 붉혔다.

여행의 마지막 하루는 보성에서 잤다.

보성엔 차(茶)를 기리는 '다향제'가 열리고 있었다. 낮엔 찻잎 따기 행사와 녹차 쿠키 만들기 체험을 함께한 다음 저녁엔 군불을 때주는 소박한 민박집에서 묵었다. 민박집은 주막도 겸하고 있었다. "막걸리 한잔 해야지!" 술안주로 우렁탕과 녹차김치, 벌교 꼬막이 올라왔다. 오랜 친구와 모처럼 마주 앉은 기분이었다. 시우와 있으면 언제나 마음의 앉은자리가 편안했다. 일부러 꾸미지 않는 활달하고 정직한 그녀의 성격 때문일 터였다. 연거푸 막걸리를 마시다가 그녀의 잔이 계속 그대로 있다는 사실을 깨닫고 내가 물었다.

"막걸리 싫어? 다른 술 시킬까?"

"괜찮아. 좋아!"

그녀는 싱글싱글 웃기만 했다. 진도에서의 지난 이틀 밤에도 그녀가 거의 술을 하지 않았다는 데 비로소 생각이 미쳤다. 술이라면 나보다 그녀가 더 세고 또 좋아했다. "몸이 안 좋은 모양이네. 술을 안 하는 걸 보면." 그녀는 고개를 저었다. "아니야. 아저씨는 아저씨 속도로 마셔. 난 천천히 마실게." "모처럼 여행

와서, 그런 법이 어디 있어!" 그러고 보면 그녀는 담배도 피우지 않았다. 담배는 끊었다고 했다.

"혹시 언니 때문이야?"

그녀를 통해 들은 바에 따르면, 그녀의 작은언니 성우는 얼마 전에도 알코올중독 클리닉에서 입원 치료를 받았다고 했다. 케이블 티브이의 쇼핑 프로그램에서 그녀의 작은언니는 꽤 알려진 쇼 호스트였다. 몇 차례 남자와의 혼담이 오고 갔지만 성사되진 못했다고 했고, 그때마다 그녀는 술로 마음을 달래면서 살아왔던가 보았다. 언니의 입원 치료에 충격을 받아 그녀도 술을 끊을 생각인지 몰랐다. "끊을 거면 끊는다고 말을 하던가." 불만에 차서 내 목소리가 자연 볼통해졌다.

밤이 이슥해 방으로 들어와 우리는 나란히 누웠다. 창 너머에서 바람 소리가 들렸다. 송림 사이로 부는 바람이었다. 나는 그녀의 가슴에 코를 묻었고 그녀는 가만히 있었다. 그러나 어쩐지 평소와 다른 느낌이었다. 키스를 하려는데 그녀가 살짝 고개를 돌렸다. 그녀의 눈가가 젖어 있는 걸 나는 그제야 보았다. 술이 확 깨는 것 같았다. "울어?" 내가 물었고, 그녀가 눈가를 쓰윽 문지르면서 "울긴 왜 울어!" 했다.

"언니 때문이야? 아니면 아버지?"

알코올중독으로 입원한 작은언니를 데리고 나올 때는 눈물이 한없이 나오더라고 했다. 미국으로 건너간 큰언니와 소식이 끊어진 지 여러 해라 했으니, 그녀에겐 성우가 유일한 직계가족인 셈이었다. 곧 언니와 살림을 합칠 계획도 갖고 있었다. 얼마 전엔 죽산리 염전에도 갔었다고 고백했다. 호적에 나와 있는 선명우의 옛날 주소지를 차례로 찾아다니고 있는 눈치였다. "할아버지의 염전은 대하 양식장이 돼 있었더라고." 그녀는 말했다. 아버지를 영 포기할 수 없는 심사인 것 같았다. 어쩌면 그녀는 선명우가 살아 있다는 걸 이미 눈치채고 있는지도 몰랐다. 그런 느낌이 들었다.

"이혼했다는 그 여자, 어떤 타입이었어?"

그녀가 기습적으로 물었다. 뜻밖의 질문이었기 때문에 나는 얼른 일어나 앉았다. "그냥 갑자기 궁금해졌어. 어떤 여자였을까 하고." 그녀가 덧붙였다.

달이 떴는지, 자귀나무 그림자가 창에 어른거리고 있었다.

밤이 되면 대칭을 이룬 잎사귀들이 오므라들어 포개지기 때문에 부부 금실을 상징하는 합환수(合歡樹)로 불리는 나무였다. 우희의 마지막 모습이 자귀나무에 겹쳐 떠올랐다. 이혼 수속을 끝내고 나온 법원 앞 너른 층계 위에서였다. "어느 쪽으로 갈 거야, 오빠는?" 묻고, "봐, 오빠 그게 문제야. 지금도 머뭇거리고만 있잖아!" 키드득 웃고 나서, "나를 그냥 쏴악, 통과해버려. 맘에 오래 두지 말라고." 한 다음, 젊은 애인의 차를 향해 성큼성큼

층계를 내려가던 뒷모습이었다.

"우희는, 통과, 통과로 사는 여자였어."

한참 만에 내가 간신히 말했고, "그게 무슨 말이야?" 시우는 반문했다. "뭐든 마음에 오래 담지 않는 스타일이라고 할까. 이혼 수속을 하고 나와 말했지. 자기를 쫘악, 통과해버리라고. 우희는 그런 사람이야. 뭐든지 통과, 통과, 통과로 사는." 이번엔 시우가 일어나 앉아 나를 보았다.

창을 통과해 온 달빛이 그녀의 이마에 닿고 있었다.

"아저씨는 여자를 몰라!" 그녀는 단호하게 지적했다. "바보 멍청이 아저씨야! 낙관주의든 뭐든, 한때 사랑하고 결혼했던 남자를 쫘악, 통과하는 여자는 없어. 그렇게 말했다고 그 여자가 아저씨를 금방 통과해버렸을 거라고 생각하는 거야? 여자는 있지, 적어도 사랑에서, 단순하게 통과하는 법 절대로 없다고. 그러니까 여자야. 남자들의 단세포적 구조하고 다르다고, 이 늙은 아저씨야!"

"거기서 왜 늙었단 말이 나와?"

"늙었으니까. 그냥, 아저씨는 늙었어!"

그것은 아픈 지적이었다. 한참 동안 말이 끊어졌다. 그녀는 무릎을 세우고 그 위에 이마를 내려놓은 채 앉아 있고 나는 담배에 불을 붙였다. 그래도 시우 너를 만나고 많이 회복됐다고, 내 안에 새로운 에너지들이 들어차고 있다고 말하고 싶었으나 차마 입이 떼어지지가 않았다. 회복은 느리고 세상의 시간은 급진적으로 흘러가고 있다는 걸 모르는 건 아니었다. 그 편차는 내 인생에서 오래된 관습이 되었다.

"다시 결혼할 마음은 없다고 그랬지?"

"그랬지."

"아버지가 되는 게 남편 노릇보다 더 싫다고 그랬지?"

"시우도 내 말에 동의했잖아!"

평매 마을 내 방에서 처음 관계를 맺던 날 나눈 말이었다. 그녀는 "결혼할 마음이 전혀 없는 남자 친구를 찾고 있다"라고 말했고 나는 결혼도 싫지만 "아버지 되는 게 더 싫어!"라고 말했다. 그녀의 결론은 "아저씨처럼 이기적인 인간, 난 참 좋더라!"였다. 그것은 우리들 관계에서 암묵적으로 맺은 하나의 규칙 같은 것이기도 했다. 그사이에도 나는 몇 차례 서울에 올라갔으며 그때마다 그녀의 방에서 잤다. 관계는 자유로웠으며 그러므로 늘 편안하고 따뜻했다. 그런데 지금, 그녀는 왜 새삼 그 이야기를 끄집어내어 내게 다짐받듯 확인하는 것일까. 활대처럼 기울인 그녀의 희끄무레한 등에 자귀나무 그림자가 흔들리고 있었다. 내 감각의 촉수가 전광석화, 비등한 건 그다음 순간이었다. 술을 마시지 않고 담배를 갑자기 끊은 것도 그랬다.

혹시 임신한 것일까.

나는 지뢰를 밟은 것처럼 흠칫했다.

예감은 여지없이 들어맞았다.

차라리 몰랐던 게 나았을까. 그랬을는지도 모르겠다. 그녀는 애당초 말을 하지 않으려고 했던가 보았다. 그녀가 임신 사실을 고백한 것은 내가 여러 번 달래고 다잡은 다음의 일이었다. "맞아. 나 임신한 거. 하지만 뭐 아저씨하곤 상관없는 일이야. 그렇게 생각하기로 했어. 부담 갖지 마!" 마치 남의 이야기를 하는 듯 서글서글한 목소리였다. "상관없는 일이라는 게 말이 돼?"라는 내 말에도, "말이 돼. 결혼도 하기 싫고 아버지도 죽어라 되기 싫은 사람이잖아, 아저씨는. 나도 동의했고. 어디까지나 이 일은 내가 부주의해서 생긴 나의 일이야!" 그녀의 어조가 더 씩씩해졌다.

"어떻게 하려고?"

나의 질문은 범박하기 이를 데 없었다.

그녀가 내 눈을 한참이나 조용히 들여다보더니, 이불을 뒤집어쓰고 휙 돌아누웠다. "아저씨하고 상관없는 문제라고 했잖아. 부탁인데 잊어줘!" 그녀는 말했다. 자귀나무 그림자가 유리창에 푸른 길을 내고 있었다. 아버지의 길은 푸르지 않을 것이었다. 여전히 나는 아버지가 되고 싶지 않았다. 결혼도 마찬가지였다. 그 점엔 그녀와 이미 합의를 했었다고 나는 생각했다. 그런데 그녀는 무슨 마음으로 이미 합의한 사실을 내게 다잡아 확인한 것일까.

다음 날 우리는 호남고속도로를 타고 올라왔다.

"논산 터미널에 내려줘!" 그녀가 말했고, "서울에 데려다 줄게." 내가 대답했다. "뭐하러 서울까지 가? 논산에서 버스 타면 두 시간인데." "갔다 올게!" "싫어요!" 그녀는 거칠게 도리질을 했다. "논산으로 안 갈 거면 다음 휴게소에서 세워줘요!" 전에 없이 존댓말 어미를 붙였기 때문에 그녀가 갑자기 낯설게 느껴졌다. 어색한 침묵이 왔다. 어디에서부터 어떻게 잘못됐는지 모르지만 어제와 달리, 지금의 그녀는 한참이나 내게서 멀어져 있었다. 코앞에서 문이 닫힌 기분이었다. 그녀는 한사코 버스 터미널에 차를 세워달라 했다.

"우리, 할 말이 남았잖아!"

터미널 어귀에 차를 세우고 내가 그녀의 손을 더듬어 잡았다. "난 할 말 없어요. 그리고 장담하지 마요!" 그녀는 그 대목에서 풋, 하고 웃었다. "뭘?" 나는 그녀를 똑바로 보았고 차 문손잡이를 잡은 채 그녀는 딴 데를 보고 있었다.

"아이……."

"아이라니?"

"내 뱃속 아이, 아저씨 아이라고 장담하지 말라고!"

"자학…… 하는 거야?"

내 언성이 조금 올라갔다.

말도 되지 않는 소리를 그녀는 하고 있었다. 그녀의 말은 나에 대한 모멸이 아니라 그녀 자신에 대한 모멸이었다. "상관하지 말라는 거예요!" 고속버스가 들어왔고, 그녀가 차 문을 열고 나갔다. 나는 화가 나서 가만히 있었다. 이대로 헤어질 수 없다는 생각도 들었지만 이대로 더 대화를 이어나갈 수 없다는 생각도 들었다. 머뭇거리는 사이에 그녀가 재빨리 버스에 올라탔으며 재빨리 출발했다. 그녀는 끝내 내 쪽을 보지 않았다.

날이 막 저물고 있었다.

머릿속에 수많은 실타래가 서로 엉켜 있는 것 같았다. 선명우가 갑자기 그리워졌다. 그는 수십 년 동안 계속 아버지로 살아왔고, 또 그녀의 아버지였다. 그를 만나면 해답을 얻을지도 몰라, 라고 나는 생각했다. 그러나 그는 옥녀봉 그 집에 없었다. "울 아빠, 새벽에 염전 갔어요. 토요일이나 오실 거예요." 신애가 말했다. 함열댁과 부딪치지 않은 건 다행이었다.

함열댁이 찾아온 건 일주일 전이었다.

아무런 사전 연락도 없었다. 초인종이 울려서 나가보니 함열댁이 대문 앞에 서 있었다. 놀랄 일이었다. 자신의 주소를 그녀에게 일러준 적도 없을뿐더러, 집에까지 찾아올 만한 일이 도무지 떠오르지 않았기 때문이었다. 방으로 따라 올라온 함열댁은 울기부터 했다. 절룩거리는 걸음으로 어디서부터 걸어왔는지 아주 지친 모습이었다. "그 사람을 데려가지 마세요, 선생님!" 함열댁은 털썩 무릎을 꿇으면서 나의 손을 덥석 잡았다. "그 사람이라니요?" 내가 놀라서 물었고, "애들 아버지요!" 그녀가 말했다. 어떻게 알았는지는 알 수 없으나 시우의 이야기를 듣고 찾아온 것이었다. 시우가 아버지 선명우를 찾으러 강경에 다녀간 것도 함열댁은 알고 있었다. "애들 아버지가 떠나면…… 신애…… 지애…… 우리, 다 죽어요." 함열댁의 애소가 하도 간절해서 위로할 말도 생각나지 않았다. 겨우 달래서 옥녀봉 집까지 데려다 주었는데, 그때에도 선명우는 염전에 가고 없었다.

나는 곧 차를 고속도로로 진입시켰다.

시우가 탄 버스가 천안 부근쯤 지나고 있을 시각이었다. 마음은 여전히 제자리로 돌아가지 않았다. 꼭 시우에게 화가 난 것은 아니지만 자꾸자꾸 화가 났다. 선명우의 염전은 한 시간 이상 가야 할 남쪽에 있었다. 그녀는 버스에, 나는 내 차에 실려, 서로 등을 돌리고 시속 2백 킬로미터로 멀어지고 있는 셈이었다. 가슴을 누가 면도날로 에는 듯했다.

선명우는 소금 창고에서 막 저녁을 먹고 있었다.

결정지의 토판 다지는 일이 마침내 다 끝난 모양이었다. 나는 창 너머로 가지런히 정돈된 결정지를 힐끗 내다보았다. 함수까지 대놓은 것 같았다. 막 떠오른 달빛을 받아 결정지가 희부옇

게 빛나고 있었다. 이른 봄부터 시작된 작업에 상상 이상의 노동력을 집요하게 바친 결과였다. "연락도 없이 어떻게……"라고 그가 말했고, "토판이 다 완성되었네요. 이제 그 좋다는 토판염을 생산하겠군요." 내가 딴소리로 받았다. "당분간은 황토나 기타 불순물이 많이 섞여 나올 게야. 황토 섞여 나오면 사람에게야 좋은 소금이지만 상품 가치는 떨어질 걸세." 엄살 부리듯이 말했으나 그의 얼굴엔 자랑스러움이 가득했다. 자신의 노동을 바쳐 어떤 결과물을 얻은 사람만이 가질 수 있는 단단한 표정이었다. 괜히 심통이 났다.

우리는 소주와 막걸리를 섞어 마셨다.

낮에 이웃 염부가 가져왔다는 낙지볶음이 안주로 올라왔다. 내가 연거푸 잔을 비우는 걸 보고 "오늘 밤 돌아가지 않을 작정을 하고 왔네그려." 그가 말했다. "토판이 완성된 거 축하해야죠." "무슨 축하를 그렇게 하시나?" "왜요?" "무엇엔가, 지금 화가 나 있잖아." "화 안 났어요!" "나이 든 사람은 한눈에 알아. 초등학교 선생이 교단에 선 것과 같다고나 할까. 애들은 책으로 가리고 어쩌고 하지만 교단에 선 선생 눈엔 다 보이거든. 우리 젊은 시인께서 왜 화가 나셨을까?" 당신의 딸 시우 때문에 화가 났어요, 라는 말이 목울대에서 시소를 타고 있었다. 그렇다고 차마 지금 그녀와 헤어지고 오는 길이라고 말할 수는 없었다. 시우라는 이름이 뛰쳐나온 것만 해도 많이 나간 걸음이었다.

"시우요, 처음 보았을 때 어떤 심정이었어요?"

"……."

허를 찔린 듯 그가 한참이나 입을 다물고 있었다. 그와 나 사이에 유지돼온 어떤 금기가 그 한마디로 깨진 셈이었다. "대답해봐요. 딸로서 시우를 처음 보았을 때 어떤 느낌이었는지." 이왕 내던진 말이었다. "오래되어, 잊었나요?" 나는 잇달아 칼을 던졌고, "어떤 애비가, 아이를, 처음 보았던 그 순간을 잊겠는가." 그의 눈에 푸른 섬광이 언뜻 지나갔다.

"공항에서 처음 시우를 보았네."

사이를 두었다가 그가 다시 말을 이었다.

"사우디에서 귀국할 때였지. 시우는, 그때 제 어미 품속에 있었어. 위의 두 아이는 짧은 휴가 때 두어 번 본 적이 있었지만 시우를 대면한 건 그때가 처음이었네. 세 아이 중 갓난쟁이로 본 것도 첨이었고. 얼굴이 붉고 쪼글쪼글했지. 객관적으로는 아주 못생긴 얼굴이었어. 그렇게 주름이 많은 갓난아이도 처음 봤지. 아이를 포대기째 건네받았는데, 안자마자 나하고 어린것하고 눈이 딱 마주쳤어. 가지런한 속눈썹이 막 반짝이는 것 같았네. 애가, 나를 똑바로 바라보았어. 심장이 멈추는 줄 알았지. 너무 놀라 하마터면 아이를 떨어뜨릴 뻔했으니까. 뭐랄까, 아이가 나를 알아보는 것 같더군. 내가 사우디에서 어떻게 살다 왔는지, 내가 누구인지도 다 아는 것 같은 깊은 눈빛 말이야. 그 애

351

가 시우였네. 무섭고, 경이롭고, 아득한, 아니 그 모든 것을 넘어서는 느낌이었어. 가슴에서 뛰쳐나온 피돌기가 꿈틀꿈틀 전신으로 퍼져나가는 느낌이 그럴 게야. 아직도…… 그게 뭔지는 모르겠네. 아비인 것, 딸인 것, 말로 잘 정리가 안 돼."

"그런데요?"

"그런데라니? 그런데 왜, 그 아이를 지금 만나려고 하지 않느냐, 들이대고 싶다면 관두게. 전에도 말했지만, 그런 말이라면 더 이상 듣지 않겠네. 어떤 것은, 설명할수록 본질에서 멀어져. 나는 그 애들을 키웠고, 그리고 지금 따로 살 뿐이야. 특별할 것 없어. 따로 사는 것이 자연스럽다고 여기고 있네. 그 애와 만나면, 그 애와 나 사이에 다시…… 세상이 끼어들겠지. 아비와 딸이라는 관계에 주석처럼, 주렁주렁 매달려 있거나 덧칠이 된 수많은 이념들도 말일세. 충고 하나 할까. 누군가와 불멸의 관계를 갖고 싶다면, 관계를 맺지 말게. 그 수밖에 없어. 사랑이 훼손되지 않으려면!"

말을 끝마친 그가 문득 밖으로 나갔다.

담담한 말투였으나 그에게도 뭔가 복받치는 것이 있는 눈치였다. 결정지의 함수는 얼음 같아서 아무런 움직임도 없었다. 그는 결정지를 지나고, 제2증발지까지 빠른 걸음으로 걸어갔다. 물꼬를 보는 듯 허리를 숙였다가 일어나는 그의 그림자가 길게 늘어나 결정지 이쪽에 닿았다. "시우가요!"라고, 나는 그의 그림자를 향해 소리 없이 말했다. 취기가 급격히 올라왔다. "개가요, 임신을 했어요. 우리, 어떻게 해야 할까요?" 달이 그의 머리 위에, 증발지와 결정지의 함수 속에 떠 있었다. "당신에게 묻고 싶은 건 그거예요! 당신은 어쨌든 아버지잖아요! 비겁하게 피하지 마세요. 나 같은 입장이 된다면, 다시 아버지가 되겠는지 내게, 우리에게 말해주세요!" 그가 바로 앞에 앉아 있는 것처럼 나는 탁자까지 가볍게 치면서 말했다. 내친김에 제1증발지 물꼬까지 보려는지 그가 아득히 멀어지고 있었다.

그러나 비겁한 것은 그가 아니었다.

비겁한 것은 나 자신이었다. 나라고 그걸 모르지는 않았다. "그냥, 답답해서요! 무서워서요!"라고 중얼거릴 때, 그가 돌아왔다. "뭐가 무섭다는 게야?" 다시 쾌활해진 목소리였다. 제1증발지, 제2증발지, 결정지의 소금밭을 고루 돌아온 그에게선 싱싱한 바람 냄새 같은 게 났다. 공복에 빠르게 비운 술이라 나는 잔뜩 취해 있었는데 그는 멀쩡해 보였다. 나는 싱싱한 바람의 에너지를 전수받으려는 듯 그의 어깨에 슬며시 코를 부비면서 물었다.

"나이가 얼마나 들면……."

내가 혀 꼬부라진 소리로 물었다.

"……사는 게, 무섭지 않을까요?"

"시인한테 내가 묻고 싶은 말이네."

"그럼 지금도 무섭단 말인가요?"

"다그치지 말게. 알다시피, 나는 평생 회사원으로 살았어. 말단 위엔 대리가 있고, 과장, 차장, 부장이 있고, 이사, 대표이사, 회장도 있다네. 생산성을 전제로 한 목표치가 그 라인에 주어져. 그때부터 모든 조직원이 장애물 경기 선수가 되지. 이루기도 어렵지만 그렇다고 불가능하지도 않은 아슬아슬한 수준에 목표치가 정해지거든. 운동회 때의 과자 따 먹기 놀이하고 비슷해. 까치발을 하고 조금만 더, 조금만 더, 하면서 핏대를 세우면서 목 줄기를 죽어라 세우는. 꽁무니에 불을 붙여놓고 달리는 느낌이지. 앗, 뜨거! 앗, 뜨거! 하고 종대로 달려. 불안에도 면역성이 생기네. 불감증 말일세. 회사에 있을 땐 나도 불안한지 어쩐지 몰랐으니까. 그러나 그런 불안, 이제 없네!"

"글쎄, 그게 언제부터 없어지냐고요?"

"나이 먹어 절로 없어진 게 아니야. 공짜는 없어. 생산성이라는 사슬을 끊었기 때문에 얻은 축복이지. 외부로부터 부여받은 목표치를 걷어찼기 때문이라고! 시인이야 이런 거 알 필요 없겠지만." "아뇨!" 내가 갑자기 소리를 질렀다. "문단에도 있어요. 과장, 부장, 이사, 뭐 그런 계급요. 시인들도 생산성을 가져야 이 땅에선 살아남으니까요!"

눈꺼풀이 무거워 나는 슬며시 눈을 감았다.

잠의 터널 속으로 진입하는 게 느껴졌다.

"취했군, 이 사람!"

그의 말이 아득히 들렸다.

어두운 터널을 몇 번인가 들락날락하는데 누가 어릿어릿, 눈 앞에 보였다. 시우였다. 꿈인 것 같고 헛것을 보고 있는 것도 같았다. 시우가 만삭의 몸을 하고서 뒤뚱뒤뚱, 그보다 앞장서 오리처럼 걸었다. 그를 웃기려고 작정을 한 모양이었다. 바닷가인지 들녘인지 알 수 없었다. 시속 수백 킬로미터의 빠른 속도를 타고 가는 것처럼 느껴지기도 했다. "웃기지 마!"라고 말하려고 하는데, 난데없이 그녀의 배가 점점 더 불어나기 시작했다. 곧 금방이라도 터질 듯 빵빵해졌다. 나는 비명을 질렀다.

"끔찍해. 나는 싫어!"

몸이 붕 하고 들리는 느낌이 찾아온 건 그때였다. "젊은 사람이 이렇게 몸뚱이가 가벼워서야." 하면서 누가 혀를 차고 있었다. 침대에 눕히려고 그가 나를 번쩍 안아 든 모양이었다. 품이 듬직하고 따뜻했다. 배부른 시우는 더 이상 보이지 않았다.

"내게도 아버지가 필요해요!"

그의 목을 껴안은 내 입에서 그런 말이 나왔다.

부지불식간에 나온 말이었다. 나를 안은 사람은 과연 선명우, 그일까. 치사해, 치사해…… 라고 중얼거리는 아버지가 부둣가를 걸어 집으로 오고 있었다. 베트남전에서 다리가 잘린 채 성긴 안개 사이로 절름절름 걸어오는 어떤 아버지의 모습도 보였다. 이게 다 너 때문이야, 라고 소리치는 아버지와, 소금을 안고 엎어지는 아버지와, 감옥에 간 아버지와, 사우디아라비아 모래바람 속에서 함마를 내두르는 아버지와, 빨대 아버지와, 깔때기 아버지와, 그리고 또 가족을 등지고 필사적으로 도망치는 아버지도 보였다. 누가 됐든, 그런 건 조금도 중요하지 않았다. 그들이 내게 오고 있었다.

아버지들이 돌아오고 있다…… 고, 나는 느꼈다.

경이로운 느낌이었다. 등을 보이고 떠나는 아버지는 아무도 없었다. 어떻게 된 노릇인지는 알 수 없으나 아무개야! 아무개야! 아무개야! 소리쳐 부르면서, 아버지들이 집으로, 집으로, 집으로 돌아오고 있었다. 감동적인 귀가였다. 그 발걸음이 걸걸하고 그 품들이 듬직해 막 눈물이 났다. "이 친구 정말 많이 취했네." 그중의 어떤 아버지가 나를 품 안에 누이며 눈물을 소맷부리로 닦아주고 있었다.

시인

　가을이었다. 날씨는 연일 맑았다. 옥녀봉에 있는 선명우의 소
금집에서 내려다보는 금강은 정말 비단을 깔아놓은 듯 매끄럽
고 유장했다. 계룡산의 허리쯤을 파고 돌다가 공주 부여의 옛
꿈을 쓰다듬고 내려오는 강물이었다. 흐르기 때문에 강인 것인
지, 강이기 때문에 흐르는 것인지는 알 수 없었다. 강물을 내려
다보다가 고개를 돌리면 멀리 계룡산의 연접한 줄기줄기도 머
물지 않고 마냥 흐르고 흘렀다. 흐르고 머무는 것이 자연이려니
와, 흐르고 머무는 것이 곧 사람이었다.

　선명우는 지그시 눈을 감고 노래를 불렀다.

벽에 붙여 쌓아놓은 소금 자루엔 '선기철토판염'이라고 쓰여 있었다. 가을이 깊으면 '선기철죽염'도 출시 예정이었다. 송화소금은 물론 도라지소금이나 강황소금, 매실소금도 연구 중이라 했다. 그는 한국산 토종 소금을 가지고 남은 생애에 한번 "걸판지게 놀아보고 싶은 꿈"을 갖고 있었다.

좌중은 흥취가 한껏 고양되어 있었다.

그가 새로 만든 돌림노래를 모두에게 가르쳤기 때문이었다. 돌아가면서 이어 부르는 돌림노래는 우습고 따뜻했다. 점차로 그의 노래판은 혼자 부르는 단독 공연에서 함께 부르는 두레 노래판으로 바뀌고 있었다. 신애가 북을 들고 그 옆에서 노래판의 흥을 돋우면서부터였다. 새로 만들었는지 처음 듣는 노래를 그가 하고 있었다. 발라드풍이었다.

"누구나 가슴속엔 시인이 살고 있네
시인의 친구가 살고 있네
바람이 메말라 사막이 되더라도
눈물이 메말라 소금밭 되더라도
눈빛은 서글서글 속눈썹은 반짝반짝
나의 친구 시인은 어린 나무처럼 잠들지
누구나 가슴속엔 시인이 살고 있네
시인의 친구가 살고 있네."

그는 한 소절의 노래가 끝나고도 눈을 뜨지 않았다. 청동빛 얼굴은 상기돼 있었고 은빛 수염은 나지막하게 흘렀다. 나는 분위기를 깨뜨리지 않으려고 발소리를 내지 않고 살며시 밖으로 나왔다. 텁석부리가 어디 가느냐는 눈빛을 보내고 있었다.

시우에 대해 노래 부르고 있지 않은가.

뒤란의 언덕에 올라서면서 나는 중얼거렸다. 시우를 처음 보았을 때 "가지런한 속눈썹이 막 반짝이는 것 같았다"던 그의 고백이 떠올랐다. 그는 두 번째 소절을 노래하고 있었다. 그사이 날이 저물었으므로 강은 어느새 희부연 색으로 제 몸 빛깔을 바꾸는 중이었다.

"내 뱃속 아이, 아저씨 아이라고 장담하지 말라고!"

시우의 마지막 말이 귓가에 남아 있었다. 보성 다향제에서 돌아오며 논산 터미널에 내려준 게 그녀와 마지막이 되었다. 그녀는 그 무렵 작은언니와 살림을 합쳐 이사 갈 준비를 하고 있었으며, 직장도 바꿀 예정이었다. 통화가 영 되지 않아 서울로 찾아갔을 때 그녀가 살던 원룸엔 이미 다른 사람이 들어와 있었다. 그녀의 전 직장에서도 어디로 옮겼는지 모른다는 대답뿐이었다. 연극을 버릴 사람은 아니니까 서울에 산다면 어떻게든 찾아냈을지 모르지만, 하루 이틀 머물면서 의도적으로 숨은 그녀를 찾는 건 한계가 있었다. 여름이 그렇게 지나갔다. 목에 가시가 걸린 것 같은 시간이었다.

나는 담배를 꺼내 물고 라이터를 켰다.

강바람 때문에 라이터가 자꾸 꺼졌다. 선명우의 노래가 거의 끝나가고 있었다. 이번 노래를 끝으로 오늘 모임은 아마 작파할 터였다. 나는 강바람을 등지기 위해 서편으로 돌아서서 라이터를 켰다. 담배에 불이 붙은 것과 소금집의 서쪽 추녀 밑에 은신하듯 선 한 여자의 실루엣을 발견한 것은 거의 동시였다. 멀지는 않은 거리였으나 어스레한 그늘에 싸여 있어서 여자라고 여긴 것도 본능적인 나의 감각에 따른 판단이었다. 뒤란의 언덕위였기 때문에 나는 여자를 비스듬히 내려다보고 있는 상황이었다. 여자는 벽에 귀를 붙이다시피 하고 선명우의 노래를 듣고 있었다. 노래가 끝나고 곧 박수 소리가 울렸다.

여자가 그때 재빨리 움직였다.

여자가 서 있는 서쪽 마당귀에선 내려가든 올라가든 길이 없었다. 본채 앞의 마당을 지나야 내가 서 있는 옥녀봉 정상 쪽 방향과 강 쪽 방향으로 길이 갈라졌다. 공연이 끝나는 걸 눈치채고 사람들이 나오기 전에 떠날 요량으로, 여자가 재빨리 마당을지나와 비탈길을 따라 강 쪽으로 내려가기 시작했다.

시우야!

그 순간 내 안에서 외마디 소리가 나왔다. 돌아서기 직전 가로등 잔영에 얼핏 드러난 얼굴은 틀림없이 시우였다. 사람들이우르르 쏟아져 나오고 있었다. 행여 텁석부리에게 들킬까 보아

나는 얼른 여자를 뒤쫓아 언덕을 내려왔다.

"시우!"

마침내, 나는 소리 내어 불렀다.

논산천이 금강 본류와 막 합쳐지는 지점이었다. 앞서 가던 시우가 멈춰 섰고, 뒤따르던 나도 멈춰 섰다. 손을 뻗으면 어깨를 만질 수도 있는 가까운 거리였다. 시간의 간격이 나와 그녀 사이에 존재하고 있었다. 침묵의 짧은 시간이었지만 먼 시간이라고 나는 느꼈다.

"걸음이 빨라서 따라오느라고 혼났네."

잠시 후 내가 덧붙여 말했고, "원래 아저씨, 나보다 느리잖아!" 돌아선 그녀가 빙긋 웃으며 말했다. 살이 오른 듯했으나 그녀는 여전히 밝고 따뜻한 표정이었다. 원피스를 입었는데, 배가 도도록했다. "뭘 살펴보고 그래? 내 아이는 잘 자라고 있어. 이제 발길질도 해." 킥킥, 하고 장난기 많은 소녀처럼 그녀가 웃었다.

"언제부터 여기를 알았어?"

"아저씨가 아버지 첫사랑 이야기해줄 때부터. 나도 언젠가 아빠한테 들은 이야기였거든. 그곳이 어딘지 몰랐을 뿐이야. 중학생 때 150리 넘는 길을 걸은 이야기, 쓰러졌는데 어떤 누나가 업고 달린 이야기, 그 집 할머니가 죽은 이야기 뭐 그런 거. 잊

고 있었는데, 어떤 선배의 첫사랑 스토리라면서 아저씨가 그 이
야기를 해주니까 단번에 기억났어. 아저씨가 그 이야기를 한 게
바로 여기쯤이었지. 그날도 아버지가 저 위에서 노래를 부르고
있었어. 기억나? 그냥 막연히 듣다가, 당황한 표정으로 아저씨
가 밥 먹으러 가자면서 나를 저쪽으로 한사코 끌고 갈 때, 기타
소리에 실려 오는 그 노랫소리가 아버지의 목소리라는 걸 느꼈
어. 우리들이 처음 몸을 합치던 날의 이야기야."

"알아. 그날 밤이었어!"

그녀가 결혼할 마음이 전혀 없는 남자 친구를 찾고 있다고
말한 것도 그날 밤이었고, 내가 결혼보다 아버지 되는 게 더 싫
다고 말한 것도 그날 밤이었다. 이른 봄, 바람 부는 호숫가 2층
내 방에서 시시각각 언 강이 풀리는 소리를 함께 들었던 밤이
기도 했다. 아버지의 생존을 확인한 그날 밤 나의 육체를 속 깊
이 받아들이면서 그녀가 한 말은 "3월은 일종의 공백기 같아요"
였다. 아버지가 사라지고 만 희색의 공백기가 끝났다는 감회가
그녀를 사로잡고 있었을 것이었다.

"오늘은 밥 안 사줘?"

그녀가 내 팔짱을 끼며 말했다.

'생명을 살리는 소금'을 꿈꾸며

2년여 만에 새 소설을 펴낸다. 누구보다 열렬히 써온 나로서, 2년은 자못 긴 시간이다. 데뷔하고 만 40년이 되는 해에 펴내는 40번째 장편소설이《소금》이고, 내 고향 논산에서 최초로 쓴 것이《소금》이며, 자본에 대한 나의 '발언'을 모아 빚어낸 세 번째 소설이《소금》이다.

2011년, 나는 혼자 논산으로 내려갔다. 앞이 갑자기 가로막힌 느낌이었다. 혼자 지내는 시간을 많이 가지려고 노력했으나 쉽진 않았다. 영화 〈은교〉가 화제를 불러일으켜 기자들이나 많은 독자들이 논산까지 찾아왔다. 나는 소설《은교》의 작가로서, 영화가 불러온 화제는 나와 상관없다고 생각하려 애썼다.

되도록 '알집'에 들어가 있는 시간이 되기를 바랐다. 막막한 느낌이 들기도 했다. 독백 같은 〈논산일기〉를 쓴 것도 그 때문이었다.

어떤 날 우연히 내가 쓴 소설 《비즈니스》의 '작가의 말'을 읽었다. 거기엔 이런 구절이 나왔다. "사실, 이런 식의 현실 비판적 이야기는 오늘날의 우리 '문학판'에서도 거의 실종 상태에 놓여 있다. …… 이래도 좋은가. 우리네 삶을 몰강스럽게 옥죄는 전 세계적 '자본의 폭력성'에 대해, 문학은 여전히, 그리고 끈질기게 발언해야 한다고 나는 믿는다." 그래서 2010년엔 자식의 과외비를 벌기 위해 '거리'로 내몰린 어머니의 이야기 《비즈니스》를, 2011년엔 자본에 은닉된 폭력 문제를 정면으로 기술한 《나의 손은 말굽으로 변하고》를 연거푸 쓴 것이었다. 앞의 '작가의 말'을 읽고 나서, 한순간 뒤통수를 맞은 느낌이었다. 작가로서 내가 잠시라도 직무 유기를 하고 있는 게 아닌가, 하고 생각했다. 자본의 폭력성에 대한 나의 '발언'이 아직 강력하게 남아 있다고 느끼기도 했다. 그렇다면 내가 할 일은 당연히 쓰는 일을 계속해야 한다는 것. 《소금》은 그렇게 시작되었다.

《소금》은 가족의 이야기를 할 때 흔히 취할 수 있는 소설 문법에서 비켜나 있다. 화해가 아니라 가족을 버리고 끝내 '가출하는 아버지'의 이야기가 《소금》이다. 그는 돌아오지 않는다. 자본의 폭력적인 구조가 그와 그의 가족 사이에서 근원적인 화해를 가로막고 있기 때문이다. 이 이야기는 특정한 누구의 이야기가 아니라 동시대를 살아온 '아버지1', '아버지2', 혹은 '아버지10'의 이야기다. 늙어가는 '아버지'들은 이 이야기를 통해 '붙박이 유랑인'이었던 자신의 지난 삶에 자조의 심정을 가질는지도 모른다. 애당초 젊은이들에게 읽히고 싶어 시작한 소설인데, 정작 젊은이들에게 오히려 반발을 불러일으킬까 봐 걱정되는 대목이 많은 것이 딜레마다. 그렇지만 나는 여전히 묻고 싶다. 이 거대한 소비 문명을 가로지르면서, 그 소비를 위한 과실을 야수적인 노동력으로 따 온 '아버지'들은 지금 어디에서 어떻게 부랑하고 있는가. 그들은 지난 반세기 무엇을 얻고 무엇을 잃었는가. 아니, 소비의 '단맛'을 허겁지겁 쫓아가고 있는 우리 모두, 늙어가는 아버지들의 돌아누운 굽은 등을 한번이라도 웅숭깊게 들여다본 적이 있는가.

　자본주의는 '빨대'와 '깔때기'의 거대한 네트워크라 할 만하다. 내 가슴에 가장 깊이 새겨진 이미지는 빨대와 깔때기의 구조 안에 살면서도 '첫 마음'을 오롯이 지켜온 '세희 누나'의 모습이다. 소설을 탈고하고 나서, 앞으로도 오랫동안 내가 그녀를 사랑하게 될 거라는 걸 알았다. 그녀에게 부끄러웠고, 그녀가 눈물겹게 지켜온 '사랑의 심지' 때문에 눈시울을 붉히기도 했다. 우리가 오늘날 누리는 경제적 과실은 모두, 생의 어느 굽잇길에서 세희 누나를 버린 죄로부터 유래된 것은 아니던가. 당신도 유죄, 나도 유죄일는지도.

솔직히 에너지가 옛날 같지는 않다. 조만간 나는 자의 반 타의 반 지켜온 '청년작가'라는 수식을 반납하게 될지도 모른다. 그러나 여전히 나를 뒤받치고 있는 동력은 '문예반 학생' 같은 문학에 대한 나의 순정주의적 지향이다. 나는 아직도 오로지 글쓰기를 통하여 모든 발언, 모든 사랑, 모든 갈망을 다 담아낼 수 있다고 감히 믿는다. 자본의 폭력적인 구조에 세계가 다 수감된 상황을 생각하면, 개인적인 삶에서는 참 지난한 일이 아닐 수 없다. 그래도 뭐 어쩌겠는가. 글쓰기야말로 내게 유일한 소통의 수단이고 또한 내 첫 마음을 지키는 유일한 방패인 게 사실인데. 바라노니, '생명을 살리는 소금' 같은 소설을 쓰고 싶다.

어느덧 봄이다. 호수는 물론 온 산천에 봄빛이 가득하다. 저 봄빛에 행여 살이 벨까 봐 너와지붕 두른 나의 '유류정(流留亭)'에 은신해 이 글을 쓰고 있다. 흐르고 머무니 사람이라고 생각한다. 내 영혼도 그러하다. 흐르면서 머물고 머물면서 흐르니,

작가로서 나의 삶은 아직도 분별없이 현재 진행형이다. 날마다 고통스럽고 날마다 황홀하다.

2013년 4월

논산 조정리, 유류정에서

박범신

충남 논산에서 태어났다. 1973년 〈중앙일보〉 신춘문예에 단편 〈여름의 잔해〉가 당선되어 작품 활동을 시작했다. 소설집 《토끼와 잠수함》《흰 소가 끄는 수레》《향기로운 우물 이야기》, 장편소설 《죽음보다 깊은 잠》《풀잎처럼 눕다》《불의 나라》《더러운 책상》《나마스테》《촐라체》《고산자》《은교》《나의 손은 말굽으로 변하고》《비즈니스》 등이 있다. 대한민국문학상, 김동리문학상, 한무숙문학상, 만해문학상, 대산문학상 등을 수상했다. 현재 상명대학교 석좌교수로 있다.

소금

© 박범신 2013

초판 1쇄 발행 2013년 4월 15일 | **초판 16쇄 발행** 2020년 5월 26일
개정판 1쇄 발행 2022년 5월 13일 | **개정판 3쇄 발행** 2024년 10월 25일

지은이 박범신
펴낸이 이상훈
문학팀 최해경 박선우
마케팅 김한성 조재성 박신영 김효진 김애린 오민정

펴낸곳 (주)한겨레엔 www.hanibook.co.kr
등록 2006년 1월 4일 제313-2006-00003호
주소 서울시 마포구 창전로 70(신수동) 화수목빌딩 5층
전화 02-6383-1602~3
팩스 02-6383-1610
대표메일 munhak@hanien.co.kr

ISBN 979-11-6040-821-8 03810